光文社古典新訳文庫

すべては消えゆく　マンディアルグ最後の傑作集

マンディアルグ

中条省平訳

光文社

目次

すべては消えゆく

マンディアルグ最後の傑作集

クラッシュフー

サラ・ステティエ[1]に

仕事がひとつの季節から次の季節までしか続かないため幸せなヴァカンスのように思える職業が、いまでもいくつか存在する。じっさい、穏やかだが、高さも深みもあり、説明不可能とはいわないまでも、言葉でいい表すのが難しい幸福感、それこそ、ブラン・ド・バリュが、森を貫く街道の長い直線上において、時速八〇キロ足らずでアクセルに軽く足をかけ、森の下生えのなかに自然を汚すものはないかと視察しながら、幌を畳んだオープンカーを走らせているときに抱いていた感覚だった。顔を上げると、樅（もみ）や松や樺の小枝に挟まれた鮮やかな青空の細い帯が見えて、ブランは女やかわいい子供を愛するように、この空の青を愛していた。朝の一〇時のたっぷりと酸素

1　レバノン出身の外交官でフランス語作家。

を含んだ冷気は、速度を上げればただちに野蛮な酩酊に変わってしまうだろうが、この緩やかな速度なら、甘く軽やかな味わいをもって運転者の肺に滑りこんでくる。道は東に向かっているので、灰色のアスファルトは鏡のように光を反射し、ブランは太陽に向かって走っているような気がして、この六月の晴れた日の夜明け、いまから六時間も前に昇った太陽を、すこし眩しく感じている。サングラスが車の物いれに入っているが、むきだしの顔を風に愛撫させる快感を捨ててまでサングラスをかけたいとは思わない。

「明るい森だ」とブラン・ド・バリュは心で思い、いまはメーターで二八〇〇回転の四速という低出力でぼんやりと「クラッシュフー」[2]を運転しながら、そうするときの癖として、何か言葉を思いうかべ、ずっとその同じ言葉をくり返すという昔ながらの習慣を守っていたが、「クラッシュフー」とは、ブランがこの小さな黒塗りのトライアンフ・スピットファイアのオープンカーに付けた愛称で、地区技師長の地位にある彼は、毎日、この車を使って自分が責任を負う広大な国有林を視察するのだった。

一年半前、この森の鉱物、植物、動物という三つの領域の十全な保護を担う任務に就いて以来、ブランは、父親として、友人として、また所有者としての感情をこめて、ここを「私の森」だと考えていた。そして、あえて「明るい森」と呼ぶのは、彼はこの森と完全に一体となって、その広がりのなかに彼の知らない場所はまったくないため、暗い森とか黒い森とかいうあまりにも乱用される紋切型が、自分の熟知する親しみ深い森にふさわしくないからだった。「ペルスフォレスト」[3]という美しい言葉も思いうかべ、それがいにしえの物語の題名に使われたことも知っていて、これも愛車の名には悪くなかったなと考えていた。そんなふうにして、左右両側に立つ根元の苔むした木々のあいだを通りぬけながら、時間は淡々と過ぎていった。エンジンの音は、車道を走るタイヤの回転音より静かだった。

灰色とピンクと青の交じった翼のきらめきと、せっかちな調子の囀り(さえず)でカケスと思われる鳥が、低空飛行で車の前の路上を横切った。その鳥が松の枝の彼方に消えていくのを見送った直後、ブランはさらに遠方に自分と同じ方向に向かう自転車乗りの

---

2 「火を吐くもの」の意味で、英語の spitfire（スピットファイア）をフランス語に訳した言葉。

3 一四世紀の叙事物語の主人公である英国王の名で、「森を貫くもの」というのが原義。

姿を見出した。女性の声を思わせるカケスの囀りを耳にした瞬間、ブランの足は反射的にアクセルをゆるめ、エンジンの回転を二五〇〇、速度を七〇キロまで落としたが、ふたたび加速はしなかった。だが、この緩い走行でも、二〇から四〇キロメートル四方に広がる森林の静寂のなかで、車の機械音はよく響いたにちがいない。というのも、自転車乗りははっと振りかえってしばらく背後を眺め、そのために自転車は道路の真ん中に寄ってしまったからだ。そのときブランは、自転車乗りが実際には女で、髪を短くカットして、前髪を額に垂らした若い娘だと気がついた。さらに接近して、娘がふたたび振りかえったとき、彼女の真っ直ぐな髪は日焼けした肌よりすこし薄い色の、栗色と金髪のあいだくらいの色調であることが分かり、その髪はきらきらと輝いて、周囲の森とも、若いシダの爽やかな緑や古いシダの茶色ともよく調和していた。娘は半袖の赤いブラウスにピンクのオーバーオールを着て、白くて軽い男子競技用の自転車を裸足で漕いでいた。

アクセルをまったく踏まずに、ブラン・ド・バリュは数分で娘に追いついたが、軽くブレーキをかけてさらに減速し、娘をもっと仔細に、もっとじっくり眺めようとした。小型のスポーツカーの場合、運転者の座席は自転車乗りより低い位置にあり、とくに幌を畳んでいる場合には、彼らは同じ空気に浸されて、否応なく同じ空間を共有するが、運転者がその気になれば、速度で差をつけることもできるものの、ブランにその気はさらさらなく、むしろ努めて娘を追いこさないようにして、このいわば女騎手をじっと見つめて微笑んだ。すぐ間近だったので、娘も真っ直ぐブランを見つめかえしたが、その顔に笑みはなく、むしろ恐怖の表情を浮かべ、彼から逃げようとして、いっそう激しくペダルを漕いでいるようだった。しかし、それは空しい試みで、ブランは、追いたてられて自分の横を走る狩りの獲物の滑稽な姿を連想したので、笑みが満面に広がった。するといきなり自転車の進路は車の側にふくらみ（あるいは、ブランが無意識のうちにちょっと減速させるつもりでハンドルを切ったのか？）、娘は車の側面に突っこんできた。ブランは娘が転倒するのを見ると同時に、その衝撃を自分の体で感じたように思った。ただちに車を路肩に停め、地面に飛びおり、後方に駆けつけた。

自転車は路上に倒れていた。娘は転倒する瞬間、敏捷にも体をひき離したらしく、自転車には片手を触れているだけだった。だが、ブランが予想したように失神してはおらず、彼にむかって明るい灰色の大きな目を見開き、その目に、さきほどの恐怖とはうって変わって、むろん満足というわけではないが安堵の色を浮かべ、落ち着いた声でこういった。

「ちょっと痛いの」

「ひどくはないのか?」とブランは尋ねた。

「ええ、ひどくはないわ。でも、むかし見た夢のなかで……」

娘は言葉を切り、すこし焦ったように、こうつけ足した。

「自転車を……車道から安全なところへ、お願い」

親密な口調にうれしくなり、ブランは自転車を抱えて、車の脇の叢（くさむら）に置きに行った。ハンドルとペダルを調べ、前輪、そして後輪を回してみたのち、どこも壊れてはいないようだと口に出していった。そして、元の場所に戻り、屈みこんで娘を見たが、彼女は転倒した現場から動いていなかった。

「で、君のほうはどこが痛い?」ブランが尋ねる。

「こことここ」と娘は短く答えながら、かすかに腫れているこめかみと、左の胸の下の脇腹を指で差した。「小川とシダの向こうの木蔭に運んでいって。いい空気が吸いたいの。ここはアスファルトの匂いのせいで気が遠くなりそう。あなたに助けてもらわなければ、このまま道路で眠りこんで、車に轢かれてしまうかもしれないし、また夢のなかに戻るのは怖いわ」

たしかに小川はあったが、川というより、シダとトクサとミントの茂みのあいだをひと筋の細い水が流れる溝にすぎず、森林監督官であるブランはこの溝を知っていた。警察で調書を作るときにブランが負傷者と呼ぶことになる娘は、まだ一六歳か一七歳ほどに思われ、背が高く、体重もかなりありそうだが、娘の肩の下に手を差しいれて、上体を持ちあげ、腕を取って自分の首にかけさせ、腰を抱えて助けてやれば、娘は彼の首にしがみついて、歩くことができるだろう。こんな絡みあいには心も弾み、若い汗が発散させる匂いもむろん悪くないもので、ブランは娘を抱えて蛙のいる溝をまたぎ越え、それからさらに大ごとだが、道路と森のあいだの湿った境界に盛りあがっている、狭いけれども、びっしり生えたシダの茂みを通りぬけようとして、娘の体を抱きかかえたり、支えてやったりした。折れたシダの茎が娘の剝きだしの足を刺していたにちがいないが、娘は呻き声もあげなかった。そこを過ぎると、樅と赤松の下に苔の美しい絨毯が敷かれ、万事が申し分なく、娘も支えなしで歩けるはずだったが、彼女は離れようとせず、ブランも離そうとはしない。そして森の空き地に到着すると娘はそこに座り、日を浴びながら横たわったが、ブランは溝まで数歩ひき返し、そこで自分のハンカチを水に浸し、ミントをひと束ぶん摘んで、娘にその芳香を嗅がせてやろうと、ミントの葉を揉んでおいてから、娘のかたわらに腰を下ろした。

「具合はどうかな?」と娘に尋ねながら、水に浸したハンカチを額の小さなこぶに当ててやったが、こぶがそれ以上膨らむ気配はなかった。

「良くなってきたわ。でも、ぶつかったところは、上より下のほうが痛いの」

そこでブランは娘のいう下の打撲の箇所に目をやったが、オーバーオールの胸当ての端とブラウスに大きな汚れが付いており、それはクラッシュフーの埃だらけのフェンダーが掠ったところだろう。もっとよく見るためにブランはオーバーオールの肩紐を外し、胸当てを下ろし、ブラウスの左右の裾を引きだしながら、打撲を調べるなら左の裾だけで十分だが、と考えていた。ブランは、絹のような赤いポプリンの生地の汚れた場所を押さえながら尋ねた。

「ここかな?」

「そう、そこよ」と娘は答える。

ブランが不器用にブラウスのボタンを外しはじめると、娘は両腕を差しあげて、頭の上のほうで開き、頭をさらに深く苔のなかにめりこませ、目を閉じながら、もう一、二度、小声で「そう」といったように思われた。そして、ブラウスが大きく開かれ、その裾が胸元までめくりあげられ、小ぶりではあるが丸いピンクの乳房が静かに現れたとき、ブランは左の乳房の下の心臓のあたりに、皮膚は擦りむけていないものの、大きな痣を見て、不安と罪悪感を覚えるとともに、やさしい情愛で胸がいっぱいになった。「私が傷つけた女はなんと美しいのだろう！」彼はなんだか勝ち誇ったような気分になり、同時に祈りに似た気持ちで「この娘の肋骨が折れていませんように！」と思った。いまブランが使える癒しの道具はハンカチとミントしかなかったが、それで打撃の痕をやさしく拭い、脇腹に耳を当てると、狂ったような心臓の鼓動が聞こえ、ついで耳の代わりに唇をおし当て、ごく自然に唇はふくらみかけた乳房の蕾へと滑っていった。

ブランが顔を上げたとき、やはり計算した動きの結果ではなく、自分の手がオーバーオールのズボンのファスナーのつまみに触れていて、手が静かにつまみを下ろしていくと、下腹の卵形のふくらみ、そして、皮膚の小さな結び目であり人体の中心点である魅力的な臍、さらには、赤褐色の金属の薄片のように日に輝く縮れた恥毛の上部が現れてきた。ブランの指はしばらくそこに置かれていたが、この行為の結果を意識した瞬間、本能の欲望は遂行の意志に変わり、娘の目を閉じた顔が穏やかに身を任せきった表情を浮かべ、いかなる抵抗の反応も見せないことを確かめると、横たわる娘の体からすばやく乱暴な手さばきで衣服をすべて剝ぎとり、オーバーオール、ブラウス、そして、最後の被いである真っ赤なショーツを遠くへ放りなげた。自分もただちにクラッシュフーの塗装の色に合わせた黒のジャンプスーツを脱ぎすて、従順な娘の体を抱きしめた。すると娘は目を開き、長い別れのあとで男と再会し、その男だと分かったときのようにブランをやさしく受けいれた。全裸になって娘が最初に発した言葉はこう響いたように思われた。「わたし、処女よ」しかし、その手は頭上で固く組みあわされたままで、まるで男に押さえつけられているかのようだった。

どうしてブランは男としての好奇心に引きずられ、恥ずべき行為に及んでしまったのか？　出会いの初めから自分が優位に立っていると思っていたが、その地位から転落した森林監督官は、自分を恥じるあまり、赦しを乞うことも忘れていた。

「ひどい人、わたしの言葉を信じなかったのね」娘はそういったが、恨むふうではなかった。

そして娘に笑われて、ブランは恥辱のどん底に突きおとされた。かすかな風が樅の枝を震わせている。遠くから鳥の囀りが聞こえてくるが、おそらくツグミの鳴き声だろう。

「あなたが傷つけたところを見たかったのよね」と娘は真面目な顔になっていった。

娘は姿勢を変えてはいなかった。手も頭上で組んだままだ。ブランは娘に寄りそい、今度は乱暴な行為に及ぶ前のような衝動的な欲望を感じることなく、新たに指を、そして唇を、こめかみのこぶに、それから脇腹の痣に押しあてたが、それは娘の発した「傷つけた」という言葉に奇妙な興奮を覚えたからだった。ブランの車に衝突されたとき、意図的ではなく不注意による過ちだったにせよ、娘はブランの最初の攻撃を受けいれたのではなかったか、そして、手当てと称して被害者の衣服を剝ぎとったことは、強者の論理による攻撃の続行ではなかったか？　娘は傷つけられたことで、突きを受けたフェンシングの選手が正直に手を上げるように、敗れたことを認め、勝者であるこの森林監督官ブランの意のままになると宣言したのではないか？　ブランはむかし多少フェンシングをしたことがあったので、この娘との決闘の空想から、突きを受けた敵は、戦いを続けたければ、面と胸当てを外して無防備になって当然だと密かに考えていた。そこでごく自然に、ブランは、娘の可愛い顔と筋肉質の太腿のあいだにゆっくりと唇を這わせ、長身の肉体を思いのままにした。唇は行き来をくり返しながら、必要に応じて一箇所にとどまることもあったが、敗者であり犠牲者として扱って当然と見なされた娘は、なんの反応も示さなかった。おそらくブランと同じく、娘のほうも手当てと愛撫が混同されていると分かっていたのだろうし、ブランが傷つけた娘を愛撫することで快楽を味わっていたように、娘は苦痛をあたえられた男に手当てしてもらうことで同じ快楽を感じていたのだ。

　かくしてブランは好きなだけ長いこと娘を恣（ほしいまま）に扱い、自分ができることは制限なくすべてやり尽くした。娘が助けてといったとしても、たぶん同じようにしただろうと考えたが、彼女は助けが必要だなどとは感じなかったはずだし、なんの不満も洩らさなかった。ブランは娘の体から離れると、すくなくとも自分の欲望からは解放されたのだというしるしに、彼女の組まれた両手をほどいてやり、近親相姦を果たして満足した兄のようなまなざしを娘に投げた。しかし、言葉はかけなかった。激しい行為のあいだは耳に入らなかった鳥の鳴き声がふたたび森の静寂のなかで途切れとぎれに聞こえてきて、ブランに時と場所の感覚を甦らせた。そのとき娘が口を開いた。裸の娘の声は、木々の枝で被われた苔の寝床の上で初めて愛されてからというもの、奇妙な深みを帯びたように思われた。

「むかし見た夢のなかで」と娘は先ほど中断された言葉の続きをたどるようにいった。

「わたしはこの森のどこかだと分かる道で自転車を漕いでいたの。でも、その道は、あなたがわたしに追いついて車でぶつかった道路よりも狭くて、曲がりくねっていたわ。それに、あの道路と違って、車道がアスファルトで舗装したばかりで真っ黒で、すごく強烈な臭いがしていたの。道の両側に並んだ木はブナだったと思うけれど、この森にはほとんど生えていない種類のもので、色の薄い剝(む)きだしの幹がぎらぎら光っていたので、その木のあいだを全力で自転車を漕ぎながら、その木の数と同じ人数のスパイに見張られているような気がして、もしかしたら木の枝で鞭打たれるんじゃないかと思ったほどで、そんな不安な気持ちに襲われているうち、頭のなかに『警吏の束桿(そっかん)[4]』という言葉の断片が浮かびあがってきて、それが、ペダルを二度踏んでギアが

4 古代ローマの警吏が高官を先導するときに担ぐ、斧の柄に木の枝を束ねて巻きつけた棒のこと。

一回転するリズムでくり返されて、頭から離れなくなったの。ぞっとするでしょ、古代の束桿が急に現れてくるなんて。あれには斧が付いているのよ！　そのうえ、道の右側の下生えからカラスが飛びたって、頭のすぐ上を横切ったので、その羽で叩かれたり、カラスに触られたりしないように、ずっと頭を下げていなくちゃならなくて、すぐにカラスは左側の木の下に入って見えなくなったけれど、鳴き声はぜんぜん聞こえなかったから、逆にカラスの声が聞こえてローマの束桿っていう恐ろしい呪文が途絶えていたら、かえって怖かったかもしれないわ。でもその呪文を中断させたのは別のもので、それに気づくと同時に、もともと理由があって現れたカラスが、その理由をぱったりなくしたみたいに、急に飛びまわるのをやめたんだけれど、別のものというのは、車のスーパーチャージャー付きのエンジンの音で、それが後ろからゆっくりと近づいてきたの。その車がわたしに追いついて、追いこして、すぐに消えてくれないので苛々したというのは、森でのひとりぼっちの不安と単調な変化にもう慣れていたので、それを奪われるのはもっと不安で、苦しくなるほどで、頭を振りむけて後ろを見ると、黒塗りで低い車体の、輪郭のくっきりした小さなスポーツカーに追いかけられているのが分かったのよ」

「それが私のクラッシュフー、というか、私の車に似たスピットファイアだったって
わけか」
「そう、スピットファイアで、同じように幌を畳んであったけど、あなたの車じゃな
くて、運転手の顔を見たら、鮮やかな赤毛の男で、炎みたいに真っ赤な髪がフロント
ガラスの向こうで輝いていた。でもわたしのすぐそばまで来ていて、その気になれば
広いスペースがあってすぐに追いぬけるのに、ぜんぜんそうしないの。わたしは相変
わらず一生懸命ペダルを漕いで、できるかぎり速く走りながら、ときどき後ろを振り
むいて、唸りを上げてわたしを追ってくる車のほうを窺っていたわ。そのとき、男の
髪が風になびいて首の後ろに流れるのが見えたけれど、目は運転用ゴーグルの大きく
膨らんだレンズと赤いゴムのフレームの陰に隠れて見えなかった。そのしつこい追跡
者のゴーグルの下の目は、アルビノや赤毛の人にはよくあるっていうけど、ピンクの
目なんじゃないかしらって思ったら（どうしてかしらね）、かえって怖くなってし
まったの。それから、車道の端を走っていると、地面の隆起か窪みのせいで自転車が
急に方向を変えて、たぶんわたしを追いぬこうとして加速していた車の前に、わたし
は脇腹を向けてしまって、地面に放りだされるのを感じると同時に、自転車が砕けて

わたしの骨が折れるのが分かって、その音まで聞こえて、ぶつかった硬いものが、恐ろしいことにこの頭蓋骨と肋骨にまでめりこんできたの。そしたら頭のなかに幻みたいなものが浮かんで、それは裸の乳房で、わたしは母の乳房だって分かったのね、そんなものは、わたしが生まれたばかりのころ、口に乳房が触れるたびに夢中になって吸いついた時代から完全に忘れていたのに。そこで痛みを感じてびっくりして目が覚めたら、父のやっている居酒屋の裏庭で日にあたりながら眠りこんで、その木のベンチから転げおちていたの。なんとか立ちあがって、店に走っていって、一杯ミルクを飲んだけれど、その味は吐き気がするようなものだったわ。わたしは夢のなかで命を失くしたので、これからずっと母の乳以外のすべてのミルクは、わたしにとって死の味がするんだって分かったのよ」

「君のお父さんの居酒屋はどこにあるんだい？」ブランは尋ねた。

「三羽ガラスの四つ辻で、ここから八キロのところに『三羽ガラス』って看板が出ているわ。これから帰るところだったの。わたしは、店の主人のボワロー親父の娘で、ノエミ」

「君のお父さんは知っているよ」と森林監督官はいい、自分の名前も名乗った。

それから言葉を切った。娘が衣服を拾いあつめ、美しいブラウスを着て、オーバーオールのズボンに脚を通すのをやさしく見守っていた。娘が、苔の上に落ちたショーツを大きなナイロン製の雛罌粟(ひなげし)の花のようにそのままにしておいたのは、もしかしたらその場所を記念するためにわざとそうしたのだろうか?

「私と衝突しても君は死ななかったね」とさらにブランは続けた。

「そうね」と娘は答える。

「しかし、私の車は夢のなかで君を殺した車とそっくりだったから、君が私から逃げたのは、本当に死んでしまうことを恐れたからだな。私は、君が私から逃げるのを見て、君を追いかけたんだと思う。狼の本能か……。恥ずべきことだが」

「あなたは狼じゃないわ、ブラン・ド・バリュ。あなたは、わたしが夢で見た車で、わたしの夢と同じ世界に入りこんできたけれど、その悪い夢の意味をひっくり返すような行動をとったから、あなたはわたしに恐ろしい死ではなくて、わたしを愛することで、生きる喜びを教えてくれたのよ。あなたの車はわたしの皮膚だって擦りむかなかったわ。ほとんど怪我もしなかったし、むしろ手当てと愛撫を一緒にしてもらう気持ちよさを知ることができたくらい。わずかな血は流したけれど、それはあなたに愛してもらったときの血で、それがこの森の苔に吸いこまれて、わたしはとてもうれしいの」

「私はむしろ君から、手当てと愛撫を同時にすることがどれほど心地よいか教えてもらったよ。君は私が初めて傷つけた女だ。これが最初で最後だといいけれどね」

娘はわずかに笑い、いまや服を着終わって、このままそこでぐったりしていたかったブランの前に立っていった。

「あなたは看護師でも救急隊員でもなくて森林監督官なんだから、わたしの望みは、あなたが任務を忠実に果たすのを見ることだけ。あなたの思っているとおり、わたしの自転車はたぶんちゃんと走れるでしょうから、わたしは自転車に乗って、居酒屋に帰ることにするわ。そこでまた会いましょうよ。父が飲み物を出してくれるわ」

「ミルクを？」と森林監督官は訊いた。

「ミルクなんかじゃなくて……キルシュよ……古いキルシュ……。少なくとも四五度以上の……。父の酒蔵でいちばん上等なやつ……。飲むでしょ？」

「飲みたいね」とブランは答えたが、娘の耳に届くように声を上げなければならなかった、というのも、彼女は来たときと同様、裸足のことなど気にもせず、道路に出るのを邪魔するシダの茂みをすでにさっさとまたぎ越えていたからだ。

娘が自転車で走りはじめるところは見えなかったが、あとを追ってくるようにという合図で、彼女が何度も鳴らした自転車のベルの音は聞こえてきた。ブランはもの憂げに立ちあがり、脱いだ服を着て、彼女を追いかけようとした。ブランの頭に残っていたのは、自分を狼になぞらえる比喩で、それは自分を責めるためにブラン自身が考えだしたものだが、娘はそれを否定してくれた。その娘がブランにとって未知の獲物という魅力を失ったいま、彼は娘を急いで狩りたてようという気にはなれなかった。昔ならば、彼は森林監督官という地位に加えて、狩狼官（しゅろうかん）の称号を得ていただろうから、なおさら狼になぞらえられてしかるべきだったが、その場合、森の下生えを視察するのも、屈強の黒い雄馬の上からだったろう……。まあいい、とブランは考える、これからすぐにハンドルを握るクラッシュフーは、馬より便利な移動の手段なのだ。馬だったら、木の枝に手綱をつなぐのを忘れて長いこと放っておいたら、傷ついた娘の手当てをしているあいだにどこかへ走って行ってしまい、いつまた見つけられることだろう？　しかし、小型のスポーツカーは事故のあとで停めた場所に置かれたままで、見たところ誰も手を触れた様子はなく、イグニッションキーを回せば排気音が聞こえ、それからクラッチを切り、一速に入れ、クラッチをつなぎ、徐々に加速していけば、そんなに先に行ったはずのない娘の自転車の影をまもなく路上に見出すことができるはずだ。

だが、そうはならなかった、というのは、シダの茂みを抜け、小川をまたぎ、車に戻り、低い運転席に座ったとき、ブランはイグニッションキーを右に回せなかったのだ。エンジンがかかったままだったからだ。おそらく撥ねた娘の体を抱きおこそうと急いだあまり、キーを捻るのを忘れ、エンジンがかかったままで、その後自然に停止してしまったのだろう。いまは動いていなかった。こういうときの手順に従って、キーを左に半分回し、それから右に一回転させて、スターターを作動させた。しかし、エンジンが空回りしただけで、シリンダーでまったく燃焼が起こらず、アクセルをぎりぎりまで踏みこんだり、逆にほとんど浮かせてみたり、小刻みに踏んでみたりしたが、だめだった。バッテリーが上がらないように、しばらく操作を中断してから、ふたたび何度かくり返してみたが、やはりうまくいかない。それから油温計に目をやると、針は一〇〇度の目盛りをすこし超えていた。スターターの作動で水の循環が再開されたため、針はゆっくりと元に戻っていったが、炎天下に車を停めて、エンジンがアイドリングの状態のままだったので、過熱して停止したにちがいない。スターターの効果がなかったことから、点火装置というより燃料供給装置の故障だろうと判断し、外に出て、ボンネットを開けた。

過熱したオイルの吐き気を催すような臭いが噴きだし、ブランは顔をそむけた。シリンダーヘッドに触れると火傷（やけど）するほど熱く、キャブレターもほとんど同じ状態で、ガソリンが回ってこず、空っぽになっているらしかった。ブラン・ド・バリュは多少は機械の心得があったので、トランクのほうに回って、スポーツカーに不可欠の道具であるクランクとぼろ切れを取りだした。ぼろ切れを小川の水に浸し、それでキャブレターと給油ポンプを包んで冷やし、燃料供給の循環を再開させようとした。クランクを使ってエンジンを最初はゆっくりと回し、それから急いで勢いよく回転させて動かそうとしたが、そうしても最初と同じくむだな努力に終わり、疲れが増すばかりだった。一台の車が前を通りすぎてブレーキをかける音が聞こえ、ブランが顔を上げると、同じ黒塗りで、やはり幌を畳んだ、何から何までそっくりのもう一台のスピットファイアが目に入り、はっと驚いた。要するに、まさに分身というべき車がブランから一〇メートルか一五メートルのところに停車して、運転手がこちらを向いてブランを眺めていた。この男も車がそっくりなことに驚いたらしく、言葉は発さぬものの、男の雰囲気と視線には不安を誘うものがあり、ブランは初めは啞然としていたが、その不安の理由を理解した。というのも、帽子をかぶらない男の髪は縮れ毛で、燃えるような赤毛だったため、そのいわば人工的な暴力の感じが森の穏やかな自然を侵していたのだ。運転用のゴーグルが害虫のような外見をあたえていた。ブランが、どうしようという明確な意図をもたないながら、敵意をあらわにして、赤毛の男のほうに一歩踏みだすと、いきなり男の車は発進し、急激に加速し、見る見る小さくなって、一〇分ほど前にノエミ・ボワローが向かった道路の先に消えていった。ひとりとり残されたブランは、悪寒のような苦痛が体に這いあがってくるのを感じた。

さまざまな場所からたがいに囀りを交わしていたらしい鳥たちが、姿を見せぬまま、いまや鳴き声の調子を変えており、その穏やかだが容赦のない鳥の言葉をすこし理解できるような気がして、ブランがそこから受けとめた印象は、あらゆる生物と人間、そしてあらゆる動物と植物が、偶然の結果として現れるすべての出来事に全面的に服従しなければならないということだった。小鳥たちの歌声が意地悪にも説いているのは、幸にも不幸にも動かされない心、行動と抵抗の空しさ、樹木と落葉のあいだにある無関心だった。死の淵から生きかえると思っていたのに屍体だけを残していく人間、かかるべきときにかからないエンジン、かいま見たのも束の間、低い枝の彼方に消えていく小鳥のような望み、そんなものは人間にとって大事に思えても、じつはまったく大事ではないのだ、と森が語るのをブランは耳にしたと思い、無数の木の幹のあいだに努力して敷設され、道路作業員が苦労して維持しているアスファルトの狭い道路など、森に嘲笑されていると感じたのだ。その残酷な歌声に支配され、旋律の流れにはまりこみ、その旋律がまわりでつながりあって自分を締めつけてくるのが分かり、ブランはこの自然の軛(くびき)に屈しそうになっていた。しかし、気力をふり絞ってそこから逃れ、森林監督官の資格と技師長の地位において、自分こそが鳥たちの主人であり、木々の君主であることを思いおこし、全面降伏への誘惑を退けようとした。さらに、心のなかにノエミの顔が浮かび、それは自分のすぐ下に見た彼女の顔、大きな灰色の瞳をブランに捧げようとして瞼を開いた瞬間の彼女の顔で、ノエミの体を包む苔は、自分を犠牲に供するための屍衣だった。いまやブランの望みは、ノエミの父親の目の前で彼女に口づけし、ノエミとふたりでたったひとつの杯を口から口へ何度もやりとりしながら、ボワロー家の家伝の古いキルシュを飲みほすことだけだった。

赤毛の運転手に関しては、それがノエミの夢の産物であることはあまりにも明らかであり、そこに何らかの現実性を認めるのは不合理だ、とブランは考えていた。もう一台のスピットファイア、あの男の黒い車も、男のスズメバチのような顔や縮れた真っ赤な髪と同じく、すべてが忌まわしい幻覚にすぎないのではないか？　それを肯定する答えも否定する答えも得ることはできなかったが、ともかく前より落ち着いて、目下のもっとも肝要な問題、つまり、ふたたびエンジンを作動させ、居酒屋まで車を走らせるという問題にとり組むことにした。

ここまで何の成果も得られなかったが、手持ちの道具にしか頼れないので、スターターとぼろ切れとクランクに戻ることにした。吸気制御バルブをぎりぎりまで引いたのち、長いことスターターを作動させて、シリンダーの好調な拍動の前兆となる爆燃を期待したが、聞こえてきたのはバッテリーの消耗に起因する弱々しい音だけだった。バッテリーを休めるために、彼はふたたび小川まで行き、ぼろ切れを水に浸してから、とくに給油ポンプを冷やすように配慮しながら元の場所にあてがった。ただし、機械部全体の温度はかなり下がっていた。キャブレターの空気取り入れ口に乾いたぼろ切れを突っこんで可能なかぎりそこを塞いでから、その具合をよく見たうえで、ブランは、もはや骨の折れるクランクの作業を再開するしかないと考えた。

そして実行した。疲れ、汗をかき、汚れ、絶望して仕事を放りだし、もう地面にでも寝転がろうと思ったとき、突然、動かなくなったときと同様に、わけもなくエンジンが動きだした。ブランは急いですべてのぼろ切れを取りさり、吸気制御バルブのレバーを押しもどして、今回はキャブレターがオーバーフローしないように注意して、クランクをトランクに戻し、ボンネットを閉じて、ハンドルの前に座り、すこしだけアクセルを踏んで、それまで動かなかったものが震え、唸るのを聞き、感じ、その喜びだけに気持ちを集中した。

ノエミが出発してからたっぷり三〇分は経つから、もう到着しているだろう。急いで行かなくてはならない。

すべてが静まりかえっている。影は短くなり、太陽はいっそう熱く、樅の枝の軽い震えは愛の思いに頷いているかのようだ。ブランは足でクラッチを切った。一速に入れて、クラッチをつなぎ、加速し、どんどん速度を上げ、フロントガラスの頼りない防壁の後ろで、風が激しさをつのらせ、剝きだしの目を直撃すると、目を細めた。森の下生えを視察するときはゆっくり車を走らせるのが通例で、そのときと同じ習慣を守って、ブランはサングラスをかけずに運転することに固執し、時速一四〇キロに近づいて、目を開けているのがつらくなっても、すこし風を防ぐために両側のウィンドウを上げただけだった。自動車の速度が開くこの新たな空間では、もちろん鳥の鳴き声など取るに足らぬものとなる。耳に入るのは、風とエンジンとタイヤの音だけだ。ダッシュボードを見ると、タコメーターの針は五〇〇〇回転を超え、速度も一六〇キロに近づいている。スピードが上がるにつれて、目の前の道路が狭まってくるように感じるが、この道には慣れていたので、三羽ガラスの四つ辻の手前のゆるいカーブに入るのに、ほとんど減速する必要はなかった。しかし、カーブを見て、アクセルから足を上げ、ブレーキをかけて三速に落としたのは、そこから一キロ足らずのところにある四つ辻に人がいつもよりたくさん集まっているように見えたからだ。道路からすこし引っこんだところに、かなり広いロータリーがあり、そこに、野菜と花を植えた小さな庭と隣りあって、灰色の煉瓦でできた、スレート葺きのボワロー親父の居酒屋がぽつんと建っている。横に長い平屋に、ピンクのカーテンのかかった細い窓が並び、その上に四本の煙突が立っていて、煙突に渡された粗削りな梁に、本物そっくりの彩色を施した木彫りの、体格のいい男児ほどの大きさの三羽のカラスが止まっており、その羽を広げた姿は遠くから眺めると、ゴルゴタの丘の滑稽な三つの磔刑像のように見える。

クラッシュフーが、ボワロー親父なら「常歩で」といいそうな緩い速度で居酒屋の前に到着したとき、乱雑に駐車された車のなかで、まずブランの目に飛びこんできたのは、自分の車の恐るべき分身である黒いスポーツカーだった。それから、集まった人のなかにその車を運転してきた男がいて、ブランがいささか性急に「幻覚」だと決めつけて頭から追いはらったこの男は、ふたりの憲兵とかなり熱のこもった会話をしており、警官たちのオートバイが居酒屋の入口の横にスタンドを立てて停めてあった。やはりそちらには、人々が恐る恐る遠巻きに囲んでいる空間があり、そこには手押しのワゴンがあって、その荷台に人体によく似た形と大きさの細長い物体が載って、シーツで被われていた。それからブランが憲兵の眺める方向に目をやると、地面に白い自転車が転がっており、じっくり見るまでもなく誰のものか分かったが、それは原形をとどめぬまでにぺちゃんこに潰れていた。クラッシュフーは停止しようとしたが、憲兵のひとりが手で示した命令に従って、ギアを一速に入れて、右に寄りながらその場から遠ざかった。

なぜ停まらなかったのか、とブランは自分に問おうとも思わず、ひどくゆっくりと三羽ガラスの四つ辻を離れていったが、四つ辻の上空はあくまでも青く、広大な森の木の間ごしに眺めたときにしか見られない、あの狂おしいほどの酷薄さを湛えていた。どこへ行くのか、と自らに尋ねようと思っても、そんな質問は無意味だっただろうし、ブランはそんなことを考えもしなかった。彼の運転の動作は呼吸か心臓の鼓動のように自動的なものとなり、人は話すことも、食べることも、飲むことも、歩くことも、立つこともできなくなったとしても、無意識のうちに車を運転することは困難ではなく、そうしながらブラン・ド・バリュの思考は、もはやノエミ・ボワローという名前を形づくる五つの音節をたえず心のなかでくり返すだけになってしまい、ついさっきまで愛する女の裸体を意味した言葉が屍体の意味しかもたなくなったいま、その二重の意味をもった言葉を、この森の楢とブナと楡とポプラと樺と樅と松の木々が、地下墓所を囲む六方の壁のように閉じこめているのだった。

催眠術師

リューバ[1]に

「四百羽の兎」[2]という名のバーは、空気より生ぬるそうな黒い水を湛える波止場からさほど遠くない場所にあって、建物の正面の色つき電飾がその所在を示してはいるものの、電飾は点いたり消えたり、瞬きをくり返しながら、アステカ族の酩酊をつかさどる神々の物語をゆらゆらと描きだしている。港は河口にあるが、その夜、陸に上がったティテュス・ペルルはもはや港の名前も憶えていない。というよりそんなことは初めからどうでもいいことで、そのつもりがあったかないかはともかくとして、彼

1　マンディアルグの友人のセルビア人画家。

2　アステカ神話における酩酊の神は四百人いて、「センツォン・トトチティン」と総称されるが、この呼称は「四百羽の兎」の意。

はいま自分がいる地理上の位置のことなど完全に忘れ去っている。彼の気を引くのは、青と緑の電飾の森のなかでピンク色の四百羽の兎がたえず飛びはねている様子であり、さらにその兎たちが目印となって誘っている長く低い建物のなかにあるもの、あるいは、そこにあるかもしれないものなのだ。突然、彼は意を決して、弾みをつけ、円筒形の穴のような回転扉に身を投げだすが、勢いあまってぐるりと一回転してふたたび外に放りだされてしまい、酒場のなかについては、外とは違った照明と、立ったり小卓に座っていたりする何人かの暗い人影を見ただけだった。

いま何時だろう？　手首に目をやると、大きめの仔羊並みに太った兎たちの投げるちらちらする光はそこに何もないことを示し、ティテュス・ペルルは、腕時計をうっかりどこかでなくしたか、それとも船室の棚に置き忘れたかと思う。ともあれ、場所と同じく時間にもさほど関心はない。手を酒場の扉に置きなおし、今度は回転扉に勢いをつけすぎないようにゆっくりと押す。なかに入ると、ホールは建物と同じだけの横幅があるが、奥の一面を占める黒塗りのカウンターと、すべての窓をぴったり閉ざした入口側の壁に挟まれて、奥行きはひどく狭い。低いテーブル、小さな椅子、カウンターのスツールなど、そこにある家具類もすべて黒塗りで、床を被うリノリウムも黒い。壁と天井はピンクで、黒ずんで見えるのはたぶん埃やタバコの煙のせいだろう。ティテュス・ペルルは背が高いので、最初のうち、色とりどりに輝く無数の小さな半球を見下ろすように進みながら、駝鳥の卵か亀の甲羅かと思ったが、それらはテーブルを照らすランプのシェードにすぎなかった。女たちがボトルやグラスを盆に載せて歩きまわり、酔客のかたわらに腰を下ろす。白いサンダルを履き、絹に似た化繊の、明るい色でとても軽い、前開きが広くて下が透けて見えるワンピースしか着ていない。ティテュスはすこし店内をぶらつき、ホステスたちがいい寄ってくるのを撥ねのけてから、空席を見つけたが、その隣の席には猫のように丸い顔をした小男がひとりで座り、男の赤茶けた髪は肩より長く垂れ、目は緑色のぎらぎらした光を放ち、一度目を合わせたら逸らすことができないほどだった。ティテュスは腰を下ろした。すぐにひとりの女が現れ、彼は女に言葉をかけたが、その言葉は彼の意志によって発せられたのではなく、意識の制御から逃れて洩れだしたもので、自分でも理解できない言葉だった。しかし、女のほうはどうやら理解したらしく、カウンターに行き、ボトルとグラスを持って戻り、グラスに酒を満たし、ティテュスが勧めたわけでもないのに、テーブルに座ってしまった。女は肉づきがよいほうで、申し分なく若く、金髪を短くカットし、大きな青い目に、ドレスも青で、その下で豊かな乳房がぶるぶると揺れていた。水のように輝く空気、晴れた日に見る美しい海の波のような空気だ、とティテュスは思い、だがそんな空気にはまったく鈍感なくせに、自分で自分の比喩に悦に入りながら、隣席の男の緑色の瞳にまなざしが吸いこまれるままに、その手は酒の満ちたグラスを口に運び、一気に飲みほしていた。

焼けるように甘美な刺激、それこそが、液体が通過するとき、喉の奥、扁桃腺の下あたりまでを痺れさせる感覚で、すぐにえもいわれぬ芳香が広がるが、それを味わったと思った瞬間、香りはすでに思い出と化している。幸いにも、豊満な女の仕事は杯を空にしておかないことなので、ティテュス・ペルルはもう一杯ひと息に飲みほし、いまこの瞬間に至上の味わいを呼びもどす。ふたたび焼けるような痛みが走り、最初の一杯ですでに焼けた喉をさらに刺激し、それが前より甘美に感じられる。アメリカ先住民は白人から魔法のように啓示された飲み物に「炎の水」との美しい名称をあたえたが、ティテュスが味わった火傷の感覚は、まさにその名にふさわしいものだった。さらに一杯、そして四杯目、五杯目と飲みほすたびに、この啓示はいっそう確かなものとなり、ティティュス・ペルルの味覚を刺激するのだが、この飲み物、豊満な女がどんどん注ぎ、口から胃袋へとたえず流れこむこの魔法の酒の正体は、皆目、見当がつかないのだ！ いっぽう、同じような流れがティテュスの目と赤毛の小男の目のあいだにも生まれていた。飲み物が喉の奥に流れこむたび、ティテュスの生命の一部が、男のエメラルド色に輝くふたつの眼窩に吸いこまれ、小さな狡猾そうな顔の奥へと消えていく……。かまうものか！ この病気への対抗策、悪魔祓いの手段は、ティテュスの手のなか、このグラスのなかにあり、さらに、ほとんど空になった最初のボトルの援軍として、二本目のボトルもすでに到着しているのだから。いくらでも飲めばいい……。ティテュスの人生で今夜ほど痛飲したことがあっただろうか？ 五〇度かそれ以上ありそうなこの無色の酒はいったい何だろう？ マルティニークかキューバのこの上なく純粋なラムか、ピエモンテかヴェネツィアかスイスのヴァレー地方のマールか、それともカタルーニャのアニスか、樽に仕込んだばかりのウィスキーか、はたまた特製のジンか？ ティテュスは極上のテキーラよりも強烈な蒸留酒メスカルではないかと考え、一杯飲みほすごとに、巨大な植物の鋼のように鋭い葉先が頭蓋に食いこみ、その棘で脳髄がずたずたにひっ掻かれるのを感じる。苦痛にはちがいないが、快美な感覚でもあり、限りない酩酊の喜びへと引きずっていってくれる。ティテュスは自分が恐るべき神を閉じこめた神殿になったような気がしてくる。だが突然、すべてが断ち切られる。もはや神殿に神はいない。ティテュス・ペルルは赤毛の小男の姿が消えて、自分が酩酊から弾きだされたことに気づく。あの男を捕まえなければ。ティテュスは女に勘定はいくらだと尋ねる。「お水を三杯。『四百羽の兎』で飲むものじゃないわ」

「一ペソよ」女は嘲るように答える。

彼はいい返そうとする。だが、喉が詰まって声が出ない。すると女が笑いだし、その後ろから彼女の乳房のそれぞれに手をかけたふたりの男も噴きだし、それは隣の褐色の髪の女と三人の男にも伝染し、笑いが酒場の端から端まで、火事の炎の素早さであたり一面に広がり、「四百羽の兎」は巨大な笑いの火柱と化して燃えあがり、そのなかでティテュス・ペルルは激怒に身を焼かれている。水だと……。水を飲まされただと……。

彼は立ちあがる。扉が回転する。波止場に投げだされていた。じっとりと湿った熱気が体を包んでいる。

あの忌々しいいかさま師を見つけたら、かならず殺してやる。だが、あたりに人影はない。不思議なことに消えうせただけでなく、三二杯もの水を飲まされて、その罰に殺してやろうと思うほどの奴なのに、もう姿もかたちもさっぱり思いだせない。しかたない、誰でもいいから、ほかの奴をばらしてやろう……。今夜、最初に出くわした奴をやってやる。

ティテュスはその場を離れながら、こう考える、子供だってかまわない、悪人の芽を摘みとってやるんだから。

すべては消えゆく

I

四時半、あるいは今ふうにいうなら一六時三〇分、空には雲ひとつなく、たったいま自分の住まいを出たユゴー・アルノルドが下るリシュリュー通りの頭上には、太陽が輝いていた。国立図書館からさほど遠くない彼の住居は、シャバネ通りにある、作られて早くも一世紀をこえるにちがいない建物のマンサード屋根[1]の下の、小さな台所と小さな浴室に挟まれた二間の屋根裏部屋で、心地好い昼寝の痺れるようなだるさから身を引きはがし、起きあがるのにひと苦労しなければならなかったユゴー・アルノルドは、慣れた足どりに運ばれる馴染みの歩道の上で、自分の思考が道草をくいなが

1　天辺から下る軟傾斜と、軒へ下る急傾斜という、二重の勾配をもつ屋根。一七世紀の建築家マンサールが得意としたのでこの名がつけられた。

ら、自分からすこし離れて遅れてついて来るのを放っておいた。その思考はといえば、屋根裏部屋から階段の下までたどり着いてやっとシャバネ通りに出た今から数分前のところをまだうろうろしていた。なんとも粋な住所だな、とユゴーは思う、というのも、戦争が終わるまで、この通りには、あの素敵な作家のラルボーが淫売の芸術院とか学士院とか評したものがちゃんと残っており、この通りの名前を口にするときには、だれもが事情に通じていることを示すために、かならずある種の微笑みを洩らすのが通例になっていたからである。だが今日ではそうしたものは跡形もない。かなり年配の人びとの記憶からも、〈大いなる館(グランド・メゾン)〉[2]の痕跡は消え果てていた。しかし、何年も前からこの小さな通りに住んでいる自分が、あの悪名高い場所が正確にどこにあったのか、また、住所が何番地だったのかを知らないというのはいささか奇妙なものではあるまいか？　帰ったらすぐに一軒一軒扉を叩いて調査を始めよう、笑われてもかまうものか、と彼は考えた。隣近所の連中になんと思われようとべつにどうでもいいことなのだ。

いま彼はゲネゴー通りの小さな画廊のほうに向かって歩いているのだが、その店の持ち主で、ユゴーとおなじく中欧出身のノラ・ニックスという女は、骨董屋のような商売も営んでいて、自分が入手したばかりの、フォルトゥニー[3]のデザインによる一揃いのドレスをユゴーに優先的に見せようといってくれていた。たしかにめったにない掘出物だろうし、ドレスの生地はモダン・スタイル時代に彩色された絹のはずで、布の状態に多少の難があっても、その美しさからすれば割りの良い売買に回せることはたぶんまちがいなく、ユゴーがシャバネ通りの屋根裏部屋でぶらぶら暮らしていく資金を得るためには、ときどきそんな商売もする必要があるのだった。狭い歩道を行きかう人びとは数多く、ひどい雑踏というほどではないにしても、注意していないと前方から来る歩行者にぶつかりそうになる。ほとんどすべてのショーウィンドウを頭に叩きこんでいたユゴーは、家を出るとたいていすぐに、左のプティ゠シャン通りへ曲がり、ついで右のリシュリュー通りに折れて、パレ・ロワイヤル広場まで行き、そこから地下鉄で目的地に向かうのだが、しばしば、食料品、みごとな果実、大きな酒壜、

2 シャバネ通り一二番地にあり、通称「ル・シャバネ」と呼ばれたパリ随一の娼館。一九世紀末から二〇世紀前半に全盛を誇った。

3 マリアーノ・フォルトゥニー。スペイン出身で、ヴェネツィアで活躍した二〇世紀前半のファッション・デザイナー。絵画、写真、舞台美術などにも秀でた。

さらには、見るからにおいしそうな包みにくるまれた果物の砂糖菓子といった品々からなる陳列台が、たえず彼の心をそそりながら、いま歩いている場所がどこかを教えてくれ、最後には、猟銃類、自動拳銃、口輪、滑らかな一本革の鞭、あるいは革紐を編みあげた鞭などの並ぶショーケースが、水上のブイが河から湾に出たことを船に知らせるように、まちがいなく道の終わりを教えてくれるのだった。その船の出る湾とはパレ・ロワイヤル広場のことで、ユゴーの目の前に広がる広場の木々は、五月の末の若葉の緑をかすかな風のもとに揺らしていた。

今日のパリは美しい、とユゴーは胸のなかでつぶやき、パレ・ロワイヤルの入口を前にして、彼の思いはふたたび心の内へとさまよいこんだのだが、彼はよくこの列柱の下で、ひとつの回廊から反対側の回廊へと、長いこと行ったり来たりを繰り返したもので、そこでは、長い空っぽの広場の端から端までを全速力で駆けぬける以外なにもそこにいる理由がないように見える男、あるいは女の歩行者の不安そうに急ぐ姿のほか、だれとも出会うことはなかった。しかし、もとはといえば、この場所は、一八世紀末、総裁政府時代[4]の婦人に愛用された派手で軽い衣裳しか身につけず、媚をふり撒くいかがわしいあばずれ女たちが、石の柱と庭の木蔭のあいだで、その体を誇示するのにうってつけの舞台だったはずだ。今日は五月二五日、いまこの空気を包みこむ太陽が沈んで数時間後には始まる満月の夜、そうした夜に過去の幻影と戯れるのに、この広場こそ格好の場所ではないだろうか？　とはいえ、艶めかしい亡霊との出会いなど、舞台の上で技の巧みな女優だけが演じられる絵空事でしかないのに、ユゴー・アルノルドはよくそんな夢を見ることがあり、いざとなったら躊躇なく亡霊との戯れに飛びこむだろうと自分でもよく承知していた。しかし、目下のところ、彼の考えはパレ・ロワイヤルとフォルトゥニーのドレスのあいだを行き来しており、このドレスは総裁政府時代の甘美な錯乱からもはや一世紀も後に作られたものにすぎなかったが、想像するだけで心の沸きたつ本物の亡霊の裸体、あるいは贋物(にせもの)でもいいからそうした亡霊の裸体を、フォルトゥニーのドレスの一枚で飾ってやりたいと思うのだった。もし必要なら、いや多分そうする必要があるだろうが、このドレスを繕いなおし、洗濯し、もしかしたら消毒したのち（この種の仕事には専門の出入りの職人たちがいた）、

4　フランス革命でロベスピエールが失脚したのち、五人の総裁が支配する政体となり、一七九五年から一七九九年まで続いた。

ユゴーは、持ち重りのする絹の長いチュニックを手に取って仔細に眺めることに無上の喜びを見出すはずであり、いたるところに寄せられたプリーツは、着るものの体をまったく自由に遊ばせながらも、肢体の線をいっそうくっきりと際立たせ、手芸で飾られ、また、絶妙な色合いの花模様のプリントが施され、袖はなく、両肩に細いリボンが掛かっているほか支えはいっさいなく、布の裂け目からはしばしば脚が覗き、そのため、全裸の体にしか纏(まと)えず、また、全裸の体以外に纏ってはならないように、前と後ろは完全なデコルテになっている。そして、この素晴らしいドレスを、若く、美しく、裕福な女性客のまえに広げて見せ、ゆっくりと、恭しく、最後の希望価格を告げるとき、自分の浮かべるはずの微笑がユゴーの目に浮かび、その微笑を思っただけで、実際にはしゃぎだしたくなってしまうほどだった。そうして、まだ見たこともないフォルトゥニーのドレスに刺激されたせいか、つい先ほど、その前で足を止めたショーウィンドウの記憶が甦ってきた。それは、武器を売る店のすこし手前、リシュリュー通りの女性服飾店の飾り窓の記憶で、がらんとした空間の、通りに向いた長方形の鏡の下に、一着の黒い絹のドレスが放りだされていたのだが、そのようすは、たったいま体がそこから抜けだしたかのようで、この愉快な抜け殻に長いことまなざしを遊ばせたのち、ユゴーが大きな鏡に向かって目を上げると、そこには太陽の日差しをいっぱいに浴びた顔が映っていて、それはほかでもない彼自身の顔だった。とくに驚いたのが、ぎろりと剝きだした目の表情で、その目は、禿頭の始まる毛のない額の下で、普段より飛びだしているように見え、まるで蛸の目だ、と彼は思った。薄い瞼の下のひどく白っぽい目玉と、金色の小さな光が浮かぶほとんど黒に近い茶色い虹彩は、「おれも五三歳になってもう三か月になるのだ」という皮相な判断とすこしも矛盾してはいなかったが、その言葉をあえて心で口にしてみることによって、彼は記憶に浮かんだ鏡の像からなんとか離れようと努めたのだった。望みはすぐに叶って、彼は自由の身となる。そして数歩で車道を渡り、木々の下をくぐって、地下鉄駅の入口に着く。

有名な「ボッカ・デッラ・ヴェリタ」、つまり「真実の口」は、ヴェネツィアでは獅子の頭の形をした石のマスクで、その口には密告の手紙を滑りこませるのだったな、とユゴー・アルノルドは思いだす。ところが、この呑気なパリの下水道や地下鉄の入口では、口という言葉は、地下の世界に入るための地面の割れ目を意味するだけなのだ。それでもかつてのメトロは、およそ九〇年前に創られたときに生じたにちがいない神秘的な雰囲気を保ち、当時は、外から見ても、薔薇色のランプの花をつけた丈の高い青銅のスイートピーが駅の場所を示していたのだが、いまやこの花も稀少なものとなって、美術学校で保管されるか、外国の美術館に買いとられて、モダン・スタイル彫刻の見本として展示されているありさまだ。そして、いまの地下鉄の利用客の大部分は、なんの変哲もない階段のような入口からただなかに流れこむだけだが、それでも一部の客、とくに女性、いや男でもいいのだが、そうした人びとは、どこか謎めいた、そしてかなり不安をそそる、いずれにしても地上や野外の世界とはまったく異なった世界に降りていくという感覚を失ってはいない。ユゴーは深い場所に降りるとき、恐れはぜんぜん感じなかったが、普段より慎重にならざるをえなかった。意図してかどうかはともかく、瞼を大きく開き、眼球を四方八方にめぐらせ、隣にいる人間の顔や態度や身ぶりを、地上にいるときとは比べものにならない鋭さで目に焼きつけようとするかのようだ。地下鉄にいると、まったく気楽になれないというのではないが、いつもより気が立つ感じで、ある種の夢のなかでのように、生まれつきの受動性をほとんど捨てて、能動的な役を演じることができるような気分になり、それが嬉しくて、ときにはひとりでほくそ笑んだりするために、プラットホームで人にじろりと見られてしまうことさえあった。

そしていまこそ地下に降りていくときであり、ユゴーは、海に飛びこもうとする海水浴客が水温を確かめるように、階段の最初の一段を足で探ってみるのだが、これは彼が意識しておこなうしぐさだった。というのも、彼は水平の面から下りの斜面に移るときにバランスを崩しやすいからで、そんな彼を横から見る人がいたら、これは滑稽な見世物だっただろうが、今回はだれもいない。ただ、後ろから来て急ぐ若い男が彼を押しのけ、そして追いこしながら、礼儀などかけらもない調子で、「まったく」といっただけだった。男はすぐに消え、ユゴーの足はちょうど具合よくゆっくりと進んでいったので、下に行っても、もう男と再会することはないはずだった。そのときユゴーの頭をかすめたのは、これが、フォルトゥニーやガブリエレ・ダンヌンツィオ[5]の時代のローマやヴェネツィアで、「上流階級」の男性がこうした種類の言葉を発したり、こんな攻撃的な調子で口を利いたりしようものなら、たがいに立会人を立て、

5　イタリアの作家（一八六三〜一九三八）。フランス象徴派とニーチェに影響を受け、イタリアにおいてロマン主義的デカダンスの極点を形づくった。

剣かサーベルか拳銃による決闘に至るだろうということだった。「身の毛もよだつ！」とユゴーは思ったが、いまの彼のように、いかなる〈階級〉にも属さない人間にそんな危険がおよぶわけもない、とは考えもつかなかった。地下鉄にいると、こうもやすやすと小説の登場人物にでもなった気分になるのはじつに奇妙なことだと思いながら、彼は盗まれないように気を配りつつ、内ポケットから財布を抜いて、切符を取りだす。幸いなことに、スリを仕込まれたジプシーの子供たちも近くにはおらず、財布はもとのポケットに収まり、切符は検札機に滑りこみ、検札機は高度に複雑な機構の仲立ちで所定の動作をおこなうのだが、ユゴー・アルノルドにとって、それが機械の正しい働きなのか、単なる気まぐれなのか、いつでも分からないままだった。とはいえ、この地下鉄駅には慣れていたので、ポスターで飾りたてられた通路に入りこんでも、進むべき道を行くのにわずかなためらいもなく、さらに階段を昇ったり降りたりし、無数の矢印に従って、シャトー・ド・ヴァンセンヌ駅行きの電車が発着するプラットホームに導かれる。電車は出発したばかりらしく、ホームから最後の客が出ていくところだった。ひとりきりで数分待つのは苦にならないが、この孤独も新たにやって来る客のせいでまもなく破られてしまうだろう。だがいまはだれも彼を見ていないようだし、彼のほうもだれにも注意を払わない。地下の空間では、人と触れあうことは厳禁、また、無名の存在になることが絶対に必要な条件であり、それは、見知らぬ人と接することが第一の規則である仮装舞踏会の正反対である。人から見つめられたり、人を見つめたりすること、(できれば)女性を、あるいは男性を観察することにこれほど自分が神経質になるのは、それなりの理由で家に閉じこもっている孤独な生活に原因があるのではないか、またそのせいで、一度外に出て、なにか奇異なものを目撃する機会が訪れると、それに向かって蛸のような丸い目を見開くのではないかと彼は思う。きっとそうにちがいない。

向かいのホームに電車が到着し、そこから吐きだされるほとんどたがいに見分けのつかぬ乗客たちは、人目を避けるように急いでたち去り、電車はふたたびポン・ド・ヌイイ方面に去っていく。つづいて、今度はこちら側の電車がトンネルに音を響かせ、光を投げかけ、停車して、乗客たちを釈放する。まるで誘拐の被害者でもあるかのように乗客が逃げだすと、ユゴーは先頭の車輛の開かれた扉に乗りこんだ。二番目の駅のシャトレで降りて、ポルト・ドルレアン行きに乗り換えると、オデオン駅のプラットホームに運ばれ、そこで、古典時代の詩人を真似て地の底の国と呼びたいこの場所から脱けだすことになるだろう。そして地上に出て、サン゠ジェルマン大通りを渡り、マザリーヌ通りからゲネゴー通りまでそう遠くない道のりを歩けば、ノラ・ニックスの手が、埃にまみれた荷造りのなかから、彼のためにフォルトゥニーのドレスを引っぱりだしてくれるはずだ。ユゴーが乗りこんだ車輛はたいして混んではいなかったが、彼は立ったままでいる。非常に長身というわけではないが、平均より多少背が高いと思うと気分は悪くない。最初のルーヴル駅はすぐに過ぎるが、そこを通りすぎるとき、美術館の玄関といった趣きの装飾にだれもが笑みをこぼす。このデザインの推進者は、ここにローマン体でANDRÉ MALRAUX FECIT（アンドレ・マルロー作）[6]という銘を刻みこませることもできただろう……。と思っているうちにシャトレに着く。さまざまな枝道でいっぱいのこの広大な駅をユゴー・アルノルドは知りつくしており、ときどきぶらりとやって来ては、おかしな顔つきの連中を眺めてみたり、琺瑯引きの壁にしばらく背をもたせかけて、テキサス出身の若い放浪者がいちばん音響効果の良い一角で歌うブルースや囚人歌（ジェイル・ソング）に耳を傾けたりするのだが、ユゴーは、自分よりまる頭ひとつ背の高いその男の顔をぼんやりと覚えており、それというのも、男が地面に置く皿にかならず小銭を入れてやっていたからだった。

だが今回は、通路を急ぎ足で通りすぎ、階段を降りて、目的のホームに出ると、ちょうど電車がやって来た。ふたたび先頭の車輛の扉がユゴーの前で開き、彼がほかの何人かの客とともになかに乗りこみ、ばね仕掛けの補助席に座ると、隣は黒服の若い女で、彼が席に着こうとしたとき、その女がすばやい一瞥で自分を観察したのが分かった。そこで、彼のほうでも女を見返したのだが、時すでに遅く、電車が出発した瞬間、女は横を向いて、足の甲に乗せていた黒い革の小箱のようなものを膝に置きなおし、ちょうどそれを開いたところで、その箱はもはや今どきの女性がわざわざもち歩くようなものではなく、英語ではビューティ・ケースと呼ばれ、かつてはフランス語でも身嗜みに欠かせぬもの（ネセセール・ド・トワレット）と呼ばれた物体であることが見てとれた。その蓋に付いた面取りした鏡で、女が長ながと自分の顔に見入っているので、ユゴーは身をかがめてしげしげと女を眺め、人から観察されていることを分からせてやろうとした。だが女はいっこうに気にする気配もなく、顔をためつすがめつし、さらには口を開いて歯

6 地下鉄駅ルーヴルのホームをルーヴル美術館所蔵の美術品のコピーで装飾するという計画は、一九六八年に文化大臣だったアンドレ・マルローの発案によるもの。

の点検さえ始めたが、その歯は、若くまったく無垢なものだけが持つ白さで輝いていて、女がときどき頭をのけぞらせて覗く鏡のなかに、彼はかなり低めで小ぶりの鼻を認めて驚いたのだが、それは、この奇妙な体勢で見ると、女の鼻が毛のない雌猫の鼻そっくりに思えてくるからだった。さらに、女が化粧箱から金色の細長い円筒を取りだし、その底を捻ると、動物の性器のどんぐり状の亀頭に似た赤い棒がせり出し、彼女はそれを口に近づけ、丁寧に上唇、それから下唇に押しあて、それぞれの真ん中を強く擦って、両端にはわずかな色しか着かないようにし、しかし内側の粘膜にも赤い色を広げることを忘れず、その操作が完了したと見るや、両唇を軽くすりあわせて、機敏な舌のひと舐めで完璧を期し、舌の先にうっすらと色が着くのを見て楽しんでいた。女は鏡に微笑みかけたが、それは彼女の顔の横に映っているユゴーにたいしてではなく、自分自身に向けた微笑にほかならず、ユゴーもつられて笑いながら、このあからさまな猥褻さにひどく感じいったこと、また、動揺させられたというよりは魅了されたことを隠そうとはしなかった。だがそれだけでは終わらず、電車がシテ駅に入ろうとしたとき、女は箱から小さなタバコ色のアイシャドウと刷毛を取りだし、すでに美しい眉に薄く色を引きはじめ、さらに人差指とハンカチの先端の助けを借りて、瞼の彩りにかかり、目を見開いたままで結果を確認しながら、片方ずつ瞼の色を濃くしていくのだった。そのうえ、汲めども尽きせぬ化粧箱からは、ひどく白っぽい粉をつけたパフが登場し、顔の上を動きまわってそこに蒼白さを点じ、それをじっと見つめるユゴーはいくらなんでもこれは行きすぎだと判断を下し、もはや彼女の顔色は苦しむ病人か幽霊のようではないか、つまりこの女は憐憫か恐怖をひき起こそうとしているのではないか、とそんなことを思っていた。そして、この鏡の劇場の女優の演技をすこしも見逃すまいと、女にほとんど体を押しつけんばかりにしたため、ユゴーは自分の濃い鼠色のスーツに白粉の粉が飛んだにちがいないと思ったが、体を揺すったり、手の甲で払い落としたりしなかったのは、そんな動作は彼女への非難と受けとられかねなかったし、たったいま礼儀などものともしないことを表明した女にたいして逆に礼儀を守って接したいと思ったからだった。

電車はすぐに出発する。というのもシテ駅は、出口から外に出るとすぐ隣にいかめしい最高裁と商事裁判所があるにもかかわらず、パリの地下鉄でいちばん乗降客の少ない駅だからだ。知ってのとおり、次のサン゠ミシェル駅の混雑ははるかに激しく、電車が構内に滑りこんだとき、ユゴーの隣の慎みと無縁の女は、茶色の短い髪と前髪にちょっと鼈甲(べっこう)の櫛を入れ、たくみに膨らませて、作品に仕上げを施したところだった。髪の毛とは対照的なその目の青さは、普通に見られる明るい青ではなく、南国の空かもっとも色鮮やかなサファイアのような濃い紫がかった紺碧の色だった。ほかの乗客はだれひとり女の不作法に興味をそそられてはいないようだが、ユゴーは女を見ながら、自分の鼻先で化粧をするという大胆さを示して以来、この女は自分にとって見知らぬ乗客ではなくなったな、と心のなかで思っていた。女の名前も、彼女に関するどんな些細なことも知らなかったが、そんなことはこの際どうでもいい。ユゴーひとりのおかげで、この恥知らずな行為は無意味なものではなくなり、その結果、彼女は無名の群衆から脱けだしたのだから……。そんなことを考えていると、美しき破廉恥女は彼のほうに向けて体を揺すりたて、白粉の粉は彼女の着ているかなり大柄なセミロングの黒いジャージーのドレスの上にも降り落ちたのだが、この服は楕円形の大ぶりな黒玉のボタンで前が開くようになっていて、腰を下ろすとそこが割れて太腿がのぞき、肩も大きくデコルテされて、体を大きく動かす拍子に、細い肩紐が片方の前腕に滑りおちて、つるりとした肩を現わしたばかりでなく、見たところなんの支えもなく布地の下で息づく裸の乳房をも露わにしたのだった。男の手は微動だにしないが、ドレスの布と触れあうほど身近に置かれているので、布に触れることを受身で楽しみ、女が鏡のなかで自分の顔の理想のマスクを追求するようにばね仕掛けの補助椅子の上で奮闘しているあいだに、女のジャージーの生地が柔らかく滑らかであることを確認することができた。

その卑しさを承知の上でこうした戯れに気もそぞろだったが、ユゴー・アルノルドはこの外出の当初の目的を忘れていなかったし、オデオン駅にも注意を払わなかったわけではなく、まもなくトンネルの先にオデオンが出現し、電車はそこで停止して、多くの乗客を吐きだした。彼はほとんど立ちあがる寸前で、なにかに引き止められることをはっきりと意識し、にもかかわらず、そのなにかの正体は皆目見当がつかなかった。そして、時機を失して、扉はふたたび閉まり、電車はトンネルに潜りこみ、車輪の一回転ごとにゲネゴー通りとフォルトゥニーのドレスは遠ざかっていくのだが、彼はまったく後悔しないどころか、自分があらたに巻きこまれたこのからくり仕掛けに満足している。隣の気になる女にもうほとんど目を向けないのは、彼女がそれほど親しみ深い存在になったからで、鉄道のカーブを口実に、曲り角が来るたび女の脚は彼の脚と触れあっていたが、突然思いもかけない事態が出来し、女は小さな化粧箱を閉じて、急に立ちあがり、扉に近寄ったのだった。こちらをふり返るだろうか？　たしかに。そこで彼は女を見つめ、女は彼のまなざしを冷ややかに見返し、電車は次のサン゠ジェルマン゠デ゠プレ駅の近くで速度を緩める。またしても女が顔をそむけたとき、ユゴーは席を立ち、決然としたその外見の下には不安が渦を巻いていたが、女のほうににじり寄って、体に触ったり、腕を摑めるほどそばに近づいたのだが、そのとき電車はふたたび強烈な光のもとで停車し、扉が開いた。女は脇にどいて、四人か五人か分からないほどしっかりと固まって急ぐ若い娘たちを先に通し、娘たちが散っていくと、手を伸ばして自動ドアの外枠に置き、それから、急ぐふうでもなく車輛から降りるそぶりを見せた。そこでユゴーは自分のしていることがよく分からないまま、女の手に唇を押しあて、手首のほうにまで滑らせたのだが、そのとき羊飼いの角笛のような音が鳴りわたり、自動ドアが戸袋から滑りでた瞬間、女はすばやくホームに身を躍らせ、左右の扉はがちゃりと閉じてしまった。ドアの動きを阻止しようとしたユゴーの努力も空しく、顔は窓ガラスに押しつけられるばかりだ。電車は出発する。ゆったりと進む車輛のなかから、手ひどい別れを演じた女が出口に向かう客の流れには従わず、向かい側の白い琺瑯の座席に腰を下ろすのが目に入り、彼女の頭上のポスターに、巨大な活字でこんな文句が書きこまれているのが見てとれた。TOUT DOIT DISPARAÎTRE。[7]

電車が疾走するトンネルのなかで、彼の胸に浮かぶ考えは、電灯で飛び飛びに明るくなる黒い壁から生まれでるように、一瞬ごとに頭のなかで燃えあがっては、マダム・ニックスと交わした約束に彼の心を引き戻し、ユゴーはこれから、女の体を被い、ついで女の体から引き剝がされるための絹のドレス、かつて作られたもっとも豪華で軽やかなヴェールのひとつをこの目で確認し、手に取ってよく調べ、値切らねばならないことを思いだした。だが、自分を誇り高く力強いと認めていた男が、あれほど優美に演じられた売淫への誘いに尻ごみするというのは、臆病で卑劣な振舞いではないか？　いまや電車の速度で近づいているサン゠シュルピス駅から、ゲネゴー通りの画廊まで向かうためには、セルヴァンドーニ作の荘重な教会でドラクロワのいささか女性的な天使たちが身を休めている広場から出て、狭いカネット通り、シゾー通りを経

7　文字どおりには「すべては消え去らねばならぬ」の意味で、同時に「全品一掃処分」を表す広告の決まり文句でもある。

て、人と車でいっぱいのサン゠ジェルマン大通りを横切り、すぐに細いエショデ通りを、ついでジャック゠カロ通りを進めば、その距離は、未知の奇妙な力で降りることを妨げられたオデオン駅から画廊に行くのと、そうたいして変わらないはずだ。この愉快な道筋は、思い起こせば、若干の道草はあったかもしれないが、夜となく昼となく、画家のフィリッポ・デ・ピシス[8]が通った散歩道にほかならない。だが、どうしたことか、この道筋と思案のほどは早くも放りだされて煙のごとく消え果て、ばかげた希望を胸に秘めた彼は、サン゠ジェルマン゠デ゠プレ駅の座席に戻ることを決心していたのだが、その座席がもぬけの殻なのはほぼ確実といってもよかった。

しかし、現実がどうであれ、いまのユゴーにとって、その座席に向かう道のりはわずかなものに思われたし、電車が速度を落としたことから、まもなく次の駅の名前が壁に見えてくるはずであり、そこから地上に出た場合、駅とおなじ名前のサン゠シュルピス広場ではなく、レンヌ通りに出ることになるのだが、たんなる思いつきを超えて彼の決断はしっかりと固められ、人工照明のなかで電車が停止するやいなや、彼はドアの把手をひっ摑み、数秒でも早く扉が開くのを助けようとする。錯覚もはなはだしいが、まあ良しとしよう、ともかくもドアは開かれる。前にいる人間も目に入らず、その体を突きとばし、なにか言われても聞く耳をもたず、「出口」と書かれた通路に向かって突進しながら、外に出る気は毛頭なく、階段を昇り、線路を越え、客を外に運びだすエスカレーターを無視し、検札機のバーを飛びこえて左に行き、そちら側をふたたび下って、出口に通じる短い通路を人とは逆向きに急ぎ、赤い座席のあるホームに着いた瞬間、いま来た方向に戻ろうとする電車がちょうど到着したところだったが、さすがにそれが希望の待っている方向だとまでは思わなかったのは、この欲望が自分をどこに向かって駆りたてているのか、見当もつかなかったからだ。

扉が開く、急がねばならない。待っている客は三人もいないからだ。そこで、自分のすぐ前に止まった最後部の車輛に乗りこみ、もちろん立ったままで、ドアの把手に手を掛けたまま、隣に人がいるかどうかも知らないし、いたとしてもなにも知るつもりはなく、出発の警笛が聞こえたはずだが、意にも介さず、すべてはあっという間の

8　キリコの影響を受けた「形而上絵画派」に属するイタリアの画家（一八九六～一九五六）。一九二〇～三〇年代にパリで暮らしたおり、マンディアルグと交遊する。マンディアルグの妻ボナはピシスの姪である。

出来事で、あまりにも速く過ぎさったため、なにかを見ようという気も、見ている余裕もまったくありはしなかった。そのむかし、多くの貴族、貴婦人、令嬢が、前もって髪を切られ、美しい首も露わに、徒刑場の牢獄からサムソンのような怪力の大男の斬首役人のもとへと引きだされたことがあったが、彼らを運ぶ荷車のなかは、この地下鉄に似ていたのではないか？　ある人びとにとってまんざら嘘でもないそうした事態は、しかしユゴーの心にはまるで浮かんでこなかったし、すでに電車の先頭はサン゠ジェルマン゠デ゠プレ駅に入りこみ、そのホームでは、濃褐色の土台に一連の白い琺瑯の腰掛けが並んでおり、彼の目下の関心は、あげてこの座席にあった。車輛を降り、この電車が構内を出ていけば向かい側のホームが見えるはずで、そこで自分を待っているはずの失望にあらかじめ身構えると、ますます諦めの気持ちが強くなった。警笛が鳴って（今度は確かに耳にした）、電車はトンネルへと追いだされ、最後の車輛のあとにホームが現われる。ホームの真ん中近くにある出口にむかって、けっして多くない数の客たちが進み、その隙間から問題の白い腰掛けのひとつに黒い影が座っているのが見え、数歩動いてその真向かいの位置に立った。黒い影は、まさに電車で隣に腰を下ろしていた女、見知らぬ不作法女にほかならず、これほど必死で再会しようと努めながらも、きっと彼女は自分のもとを永遠に去ったにちがいないと思ってさえいたのだが、いま女は彼の動きを目で追い、それは、餌食になりそうなものが手元に近づくのを虎視眈々と待つ猫の姿にそっくりだった。奇妙にも、彼の抱いた感情は女に会えた嬉しさというより、不安をふくんだ驚きであり、彼の卑怯な心は、女と別れた場所に向けて行ったり来たりの駆け足を続けているあいだに、彼女が姿を消し、楽しい思い出のひとつにでもなっていてくれたほうが話はずっと簡単だったのに、と考えていた。だが、こうした卑怯な考えかたは、予想が間違っていたにせよ、また的中していたにせよ、いずれにしてもいくらかの満足をあたえてくれるのだから、その手の考えを捨てるのは至難のわざというべきではあるまいか?

などと思いながら、彼が、女のちょうど正面の、硬直した固さにもかかわらずけっして座り心地の悪くないおなじ白いベンチに腰掛けると、女は揺るぎないまなざしで彼を見つめ返してきた。しかし、轟音が響きわたり、女のいる側のホームに列車が滑りこみ、彼女の姿を隠してしまう。女がその気なら、ふたたびその電車に乗って自分のもとから消えるのはだれにも止められないとユゴーは考えたが、その可能性は低いだろう。というのも、彼女はサン゠ジェルマン゠デ゠プレ界隈に出るようなそぶりで、乗換え線のないこの駅で降りたからだが、だからといってどんなことが起こらないともかぎらない。電車が動きだす。たいていのラテン語系の言葉で待つことは望むことと同義語だと思いながら、彼が全力を集中して待ち望んだおかげで、女はおなじ姿勢でおなじ場所にとどまり、彼に目を向け、紅を塗った唇のあいだから美しい歯をのぞかせて、彼の不安な思いを見抜いていたのではないかと思わせるほど素直な微笑みを浮かべていた。二人のあいだの沈黙は長く続き、セメントが固まるように強固になっていった。手遅れにならないうちにこの沈黙をうち破るためにも、口を開く必要があった。

「マダム」とユゴーは呼びかける。「声をかける無礼を許してください。私のいる岸辺とあなたのいる岸辺は越えがたい二重の電流で隔てられているのに、どういうわけか、私たちは見つめあっているようですね」

「あなたがわたしを見つめているのでしょう、セニュール」と女は答える。「電車のなかで、わたしがあなたの目の前で化粧するという戯れを始めてから、ずっとあなたは見ていたでしょう。パントマイムのお芝居のようだったわ。けれど、この地下の天井の湾曲はまるで声をよく通すために設計されているみたいで、パリのおおかたの劇場より、役者と観客の思いはずっと確かに通じるわね。多少は経験があるので」

「女優でいらっしゃる？」

「いつでも半分失業状態のいかがわしい三文役者。それにも慣れてしまったわ。女優は一方で遊女に通じ、他方で詩人と紙一重、といったのはだれだったか、もしかしたらご存じ？」

「残念ながら。世間の好む詩人の神聖な名前でも口にすれば、その姿で私たちの闇も煌々と輝くかもしれないが、あいにく知ったかぶりの趣味はありません。それにいまのいままで、私はパリのメトロ大劇場であなたの演技を見物していただけです。あなたと芝居を演じるという野心しか持たない男ですから、たぶんあなたは私に手を差しのべてくれるのでしょうね。私がほしいのは慈悲ではありませんから。私の名前はユゴー・アルノルド」

「わたしは」と女はいう。「ミリアム・グウェン。わたしたちには宣伝文句も呼びこみも必要ないし、こんなふうにだれからも見られず、だれもわたしたちの交わす言葉

9 古典悲劇で貴人の男性に向かって用いる「ムッシュー」に当たる呼称。

に聞き耳を立てていなくてむしろ幸い、もしかしたら惜しむべきかもしれないけれど、どちらにしてもなんの変わりもないわ」

「私の心のなかにあって」とユゴー。「形にならなかったものを、あなたが先に言葉にしてくれました。あなたには驚かされましたよ、だって、豹や鮫が新鮮な肉に飢えるように、すべての女優は宣伝を好むもの、女優の体に必要な血液は、宣伝から搾りとったエキスだとばかり思っていたもので……」

「それも間違いではないわ、セニュール」と女が割りこむ。「すくなくとも栄光を恣(ほしいまま)にする一部の女優は狂ったように宣伝を求めています。けれど、わたしたちがたったいま合意した言葉を忘れないで。それに、遊女と呼ばれるにふさわしい女は、宣伝を憎むとも思いだしてちょうだい。そして、真の詩人が心の底から宣伝を恐れ、広告から逃れるものよ。ご存じのように、香り高い砂漠の花と同じで、娼婦が身を開くのは蔭に隠れてのことなのですからね」

その奇異な花についてミリアムに尋ねようとしたユゴーの言葉をさえぎって、女優の側のトンネルから電車が出現し、円天井の音響装置のもとで打ち明け話を交わす二人を引き裂いた。おそらくこの人生でもっとも壮麗かつ高貴なひととき、ひとりの男とひとりの女が迎えた最初の決定的な出会いを無限の大きさにまで高め、また拡げていく緩やかな相互の告白、そこに数分ごとに襲いかかる忌まわしい中断、その中断のとき彼が感じたのは、苦しみであり、まさに痛みだった。彼が、鉄とガラスのカーテンが通過するのを待ちながら、なんとか言葉を抑えこむと、電車はまもなく去っていく。女はそこを動かず、素脚を組みあわせたままで、黒い蛇皮のサンダルからのぞく足指の爪に施した真珠母色のペディキュアは、手の指の爪とまったく同じ彩りにきらきらと映えていたが、女が、最初から彼を魅了した暗くすわった瞳で、反対側の岸辺に座る男をこれ以上見つづけていたとしたら、彼らの高まりゆく調和を引き裂いてふたたび荒々しい刃の一閃が襲いかかり、二人とも無傷ではいられないように思われた。そこで会話を立てなおすため、ユゴーは女に質問したかった別の話題に切りかえた。

「私を待つためではなかったとしても、マダム、単に腰を掛けるために、あえてその座席を選んだのですか? 頭上に巨大な文字で、恐るべき言葉が浮かびあがっているからです。すべては消えねばならぬと!」

「すべては破壊されるのよ! 壊サレヨ(デレアートゥル)! 万物のことわりだわ」と女は答える。

「私ニ売ラレル(ペル・メー・リケト)」とユゴー。

「異議ハナシ（ニヒル・オブスタト）」とふたたび女。

一瞬沈黙が生まれ、トンネルの遠くから列車の響きが聞こえ、ついで女が口を開いた。

「そして、はっきりいえば、ユゴーさん、お望みどおり、あなたを待っていたのよ。『すべては消えゆく』わたしたちの出来事を本にする人がいたら、そんなタイトルがぴったりかも……」

「『不敵な女』こんな言葉も、あなたの人柄を語るのに似合うだろうな」

答えはなかったが、女は体をうしろに反らせ、さらにぐっと脚を伸ばしたので（じっさい非常に長かった）、ほかの椅子とおなじくその座席が完璧な固さでなかったなら、いうまでもなく彼女の体は不安定にのけぞっていただろう。またしても沈黙が拡がる。つぎの質問も短い言葉だったが、はじめて意図的に女の私生活に踏みこむものであり、ユゴーは彼女の口から出る答えがあらかじめ分かっているような気がした。

「君はユダヤ人？」

「まあね」と、ばかげた解釈をしようと思えばひどく意味深長にも思える昂然とした笑みを浮かべてミリアムはいった。「でも情状酌量のうえガス室に送りこまれるのはまっぴらよ。あなたの興味がそこにあって、わたしが火をくぐることで聖女になれるとでも考えているなら……」

「だが君の名前にはケルトの響きがある」

「母は美しいアイルランド女だったわ」とミリアム・グウェン。「わたしは母方の姓を継いだの。父親は、幸福なひとときの気晴らしが産みおとした果実でしかないものをけっして認知しようとしなかった。父には会ったこともなく、なにも知らないし、本当の名前も分からない。母の話では、父は何種類もの身分証明書を使って商売に利用していたけれど、その商売についてはほとんどなにも話さずに、嘘に嘘を積みかさねていたらしいの」

「実業家だった？」ユゴーは尋ねる。

「闇取引のたぐいでしょうね」とミリアム。「わたしが知っているのはろくな死にかたをしなかったということだけ。わたしの母は大酒飲みで、日が暮れて、酒場の赤い煉瓦の壁にくすんだ灰色の鎧戸が閉じられ、そこからピアノの音楽が洩れてくるころになると、薄暗い小路の明るいバーの看板にどうしても引きよせられてしまうのよ。そこでみんなと一緒に飲むのが好きなんだって、ひとりぼっちの酒飲みを非難するみたいに母はよくいっていたわ。ときどき、三日とはいわないけれど、足かけ二日も家に戻らないことがあって、そのあと、わたしに立派なご馳走をおみやげにもって、疲れた顔で、とても気持ちを高ぶらせて戻ってくるの。一五歳の終わりころ、母のいないあいだに、わたしはその家と、船の汽笛が長く響きわたる町を後にしたわ」

「海辺の港町で暮らしていたんだね」ユゴーは問いかけるというより、確かめる口調で相づちを打つ。

「母はなんとなく鷗に似たところがあって、海の空気が必要だったから、気の向くままに港町を渡り歩いていた。その町の名前なんかさっさと忘れてしまったし、覚えているのは、わたしたちの住む界隈はどこもかしこもおなじ赤煉瓦ばかりだったこと」ミリアムがそう答えたとき、今度はユゴーの側から、いつもとおなじ轟音を立てて列車が進入し、停止して、会話を中断した。

「たまにはお母さんに会ったり、便りを受けとったりすることもあるのかい？」障害物が去り、トンネルでの生き埋め状態が終わると、ユゴーは即座に問いかけた、というのも、うまく進んでいた会話を再開し、もっと情報を集めたかったからで、この短い中断を利用して質問を用意し、線路をこえて矢のように投げかえしたのだ。

「母は一度も手紙を書いてきたことがないし、わたしのほうもおなじ」とミリアムは答える。「わたしたちはだんだん互いに会わなくなって、そういえば最後に会ってからすくなくとも一年は経っているわ。わたしたちのどちらかが金持ちだったら、事情はちがっていたでしょうけれど」

「最悪の貧乏人は最高の金持ちを探すものだからね」といって、ユゴーは口にした言葉をすぐに引っこめたくなった。

だがもう遅い。

「好きなようにとってちょうだい」と女は突きはなす。「軽蔑は恐れないから。でも、すこしでも礼儀を尊ぶ心が残っているなら、あなたとわたしの岸辺をこんなにもつらく隔てる二すじの流れを渡って、わたしのホームに来てくれないかしら。橋を渡るだけでいいのよ。わたしを見張ることができないあいだに、わたしが逃げる気を起こしても、サン゠ジェルマン゠デ゠プレ駅の出口と入口はおなじ場所でつながっているから、あなたと擦れちがわずに外に出ることは無理。逃げることなんかできないわ。こちらの入口に入りなおすときは、切符をもう一枚使ったりせずに、改札のバーの上か下かを通ればいい。あなたが上を飛びこえるか、下をくぐるところも見たいし、わたしのあとを追ってきたさっきは、もっと上手にそうしたはずよね！」

そうか、橋か、ユゴー・アルノルドは上を渡る通路のことをすっかり忘れていたのだが、それほどにも彼は女と交わす言葉に心を引きつけられており、その言葉から身をひき剝がすことは、聴衆、観客、役者としていまこの女優を目にしている固い座席から離れるのと同様、じつにつらいことだった。だが何事にも潮時があり、もはや芝居の時間は終わったのだし、彼は立ちあがり、しゃがみこみ、ふたたび立ちあがって、いまやほとんど相方といってよい女の目を楽しませると同時に、筋肉のこわばりを解きほぐし、それから彼女のほうを振り返りもせず、脱兎のごとく出口に向かった。階段を数段昇ると、地上に通じるエスカレーターの下に出て、そこでは、ミリアムより若く、平凡で、明らかにずっと真っ当な二、三人の娘がとりとめのないお喋りを交わしていたが、そんなものは一顧だにせず、通路を数歩進み、ついでふたたび階段を数段降りると、クリニャンクール方面行きの検札機に突きあたる。そこからかなり遠くにいる女は、彼がバーの高さとその下の隙間の広さを目測するのを見ているだろうか？　いうまでもなく、上を越えるほうがてっとり早いのだが、彼がこの無愛想な機械を飛びこえるのを控えたのは、いずれにせよバーがいささか高く、金属に両手をついて跨(また)ぎこえるよりも、下をくぐるほうが目立たないからだった。だが彼の冒険に注意を払うものはだれもなく、彼から見れば「ミリアムのほう」というべきホームに数人の利用客が待っているだけだが、ミリアムは座った場所から動かず、彼がホームに入ってきたときも、その微笑みにまったく変わったところは見られず、すべてが始まるきっかけとなった化粧の続きを演じているかのようだった。「職業的微笑」という悲しむべき形容がふさわしいほどの表情だと思ったが、ユゴーはその不安な思いをぐっと心の底に押しこめた。またしても、会話を始めるのは彼の番なのだが、反対側のホームにいたときの確信はもう消え去っている。

「ミリアム」と、ほとんどぎごちない口ぶりでいう。「着いたよ」

「着いたのね、セニュール、安心して、二〇分ほどまえ列車に乗っていたときとまったくおなじわたしの隣にいるのだから。ただひとつ変わったことは、わたしたちの座席が動かぬ平面にしっかりと釘づけにされていることだけ。その傍らの電気の道では、公共輸送機関という名の長い箱を連ねる列車が、たえず走りまわり、やって来ては、立ちどまり、また出発していき、わたしたちはその車輛のひとつにたまたま乗りあわせて……」

「隣の補助席が空いていたので、褐色の素晴らしい前髪、青いみごとな目、美しい黒いドレス……、私はそこに腰を下ろしたのだ」

「そして、駅に止まるたびに、あなたは巨大なポスターを見つめ、いっぽう、隣の女は身づくろいに精を出していた、まるで化粧台に向かうかのように」

「化粧箱に付いた、小さいが優雅な鏡に向かって」

「ああ！　セニュール、あの化粧箱に目を留めてくれたのね」と女は応じる……。

「アイルランド生まれの母から受け継いだ数少ない品物のひとつで、母は英国国旗(ユニオンジャック)を憎んでいたにもかかわらず、あれはイギリスの高級品店で買ったものだった。母の気性は矛盾に満ちていたのよ」

「では、マダム、君の気性は？」と尋ねながら、ユゴーは女の片手を取って、唇にもっていき、ごく間近からその長い爪を眺めようとしたが、女がなんの抵抗も示さないことにいささか当惑を感じてもいた。

「食い違いだらけ、たぶん母よりもっと激しく、もっと徹底してね。貧窮のなかで贅沢を求めるのが好きなのよ」ミリアムは黒い絹の下からのぞく剝(む)きだしの脚を引っこめようとはせず、ふくらはぎ、丸まるとした膝、その上を被う高価な布地よりもすべらかで、締まった、筋肉質の太腿の下部を見せつけ、それらは黒いドレスを背景にして、夜間照明にくっきりと浮きでるブロンズ像のように見えた。

女の頭はかすかに左右に揺れ、ユゴーの頭は彼女のほうにわずかに傾(かし)いだまま動こうとはせず、彼の脚は、女の脚との快い接触を感じながらもかたく強ばっていた。女の衣服の開口部から洩れてくるらしいある香りが彼のほうに向かってたち昇り、そこには、無数の花々の芳香の下に隠れて、麝香(じゃこう)とジャスミンの匂いを嗅ぎわけることができた。電車の騒音のせいで、女がもっとよく言葉を聞きとり、たがいの意思の疎通を容易にするために顔を近づけてきたとき、ユゴーも電車が停止したのをきっかけに、体をぐっと近づけ、ほとんど彼女の耳元に囁きかけた。

「ミリアム、私たちが出会ったこの大都市と郊外の下に広がる地下道の網の目に、人間以外のものが住んでいるのを知っているかな？　地下道の建設工事に使われた空間や、出口のない通路は、忘れられてそうなったのか、意図的にそうしたのか知らないが、工事に使われなくなったあと、きちんと埋めなおされずに放置され、ありとあらゆる種類の動物が住みついているんだ。君も知ってのとおり、鼠は、定期的に駆除がおこなわれていながら、もちろん絶滅させることなど不可能で、それは避難場所がいたるところにあり、下水道から地下鉄へ、また地下鉄から下水道へと逃げまわることが簡単にできるからだが、これは鼠だけに限った話ではない……。動物が飼い主に絶望したのか、それとも、飼い主がペットを厄介ばらいしながらも、彼らに生き残るチャンスをあたえてやろうと思ったのか、迷い犬や捨て猫のたぐいが、長いこと暗闇のなかで暮らし、ふたたび外に出てきたときには、危険きわまりない攻撃性を帯びている。踊り子の仕事道具であり生活のお供でもある、見た目より敏捷な大蛇や錦蛇から、破壊的なユーモアを好む若者たちがパーティの夜に放してやる有毒無毒の蛇にいたるまで、むろん爬虫類にもこと欠かない。深夜の一時を回ったころ、地下道の入口が閉じられてから、夜明けにふたたび開かれるときまで、たえず新顔が加わるこの小宇宙の住人たちは、隠れ家から抜けだして、人間のほとんどが生きていけないような地下の世界を、わがもの顔で、荒々しくのし歩いているんだよ」

「わたしを怖がらせようとして、そんなお話をしているのなら、セニュール」と女は受けながす。「みごとに失敗だわね。わたしは、地下鉄のなかはわが家のように気楽に感じるし、鼠も蛇も怖くはなく、むしろ蛇のほうが、美しく危険なものもいるというごく単純な理由で、鼠より好きなのよ。蛇の縁戚につらなる獣じみた人間にも、美と危険という性質はつきものだから、前まえからとり決めた真夜中に、静まりかえった地下鉄に入りこんで、敵対する集団同士が乱闘を繰り返したり、奇妙なパーティや儀式をおこなったりしていることを、もっとよく知っておいたほうがいいかもしれないわ」

そして、電気の流れが途絶えたかのように、ミリアムは黙りこくり、動かなくなった。ユゴーも彼女に倣い、それからまもなく、話をしながら彼女の剝きだしの美しい脚に触れていることを意識していた自分の手で、大胆に脚を撫で、膝に滑らせ、その丸みに愛撫を加えてみたが、なんの反応も、躊躇も、非難もなかった。そこで、彼はさらに先に進んで、もっとやさしく、ゆっくりと、慎重に、言葉を継いだ、というのは、自分の精神が、頭から手へと降りてきているように感じたからだ。

「ミリアム、君にとっては、地下の世界も、もはや大した秘密を隠してはいないようだね……。この深みに住みついているのが見られるもうひとつの驚くべき動物の話をしようと思っていたのだが、それは空中に住む生物群で、まず、トンネルの内部に巣を作る羽虫たち、そして、おそらくそれを常食にするさまざまな鳥類が、羽虫に引きつけられて、格子のなくなった通風口や、地下道が地面から出てふたたび地下に潜りこむ巨大な出入口を通ってここにやって来るんだ。鼠が大好物で、暗闇でもよく目が見える夜行性の鳥、木菟（みみずく）や梟（ふくろう）も稀ではないし、すべてが静まりかえったのち、遠くからでもそれと分かる彼らの鳴き声が、通路とトンネルの迷宮に谺（こだま）するところを、私はつい思い浮かべてしまうんだよ」

「そんな鳴き声を聞いても怖くないわ」ミリアムの口調には嬉しそうな様子があふれ、それがユゴーを有頂天にさせた。

「まだまだあるよ」といいながら、ユゴーは彼女の手をひと撫でして、それが依然として自分のものであるのを確かめた。「つい最近も、小型のカラスの集落が見つかって、黒い羽に灰色の首をしたコクマルガラスが、バスティーユ駅の地下の巣から出てきたという話があるが、それはそもそも、パリでも一番古く、広大で、錯綜をきわめる地下の空間に迷いこんでそこを住み処にした雌のカラスが産みおとした卵から繁殖したものらしい」

「地下鉄から出てくるカラス、黒い鳥たち……」ミリアムは夢見るようにいった。

「そう、黒と灰色の」とユゴー。「面白いのは、彼らが菩提樹のなかに巣を作ることで、この木々はあまりにも繁茂しすぎたため、いまではヴォージュ広場に移植されて、枯れてしまったり枯れそうになっている楡の代わりをつとめているが、フランス中の楡科の木が枯れそうになっているんだ」

「移植が進めば、そのうちパレ・ロワイヤル広場まで若返って、どこかドイツ・ロマン派風の色に染まるでしょうね。で、コクマルガラスのほうは？」

「美しい人（ベル・ダム）よ、興味深いのは、こうしたカラスの雄は春になってさかりがつくと、たえず、執拗に、鳩を犯そうとすることで、その結果、産卵期には奇妙な雑種が生まれて、ルイ一三世の凡庸な銅像のまわりをうろちょろするのが目撃されるというわけだ」

「パレ・ロワイヤル広場の鳩たちが犯される？　どうして犯されるままになっているの？」

「心が寛（ひろ）いのかもしれないね、マダム」とユゴー。

「あなたの言葉が嘘でないなら、セニュール」とミリアムは返す。「夜の色をしたあの鳥たちは、ほんとうに大胆なことをするのね。鳩を犯すことが、愛の女神ウェヌスを喜ばせるのか、怒らせるのか、よく分からないけれど」

「伝説によれば、軍神マルスの乱暴な振舞いをウェヌスはけっして嫌いではなかったようだが……」

そういいながら、ユゴーの手は思いきってミリアムの太腿のさらに上まで進んだが、彼女はまだなにも知らないふりを続けたいかのように、脚を大きく開いたままで、ユゴーの顔が女の頭に接近すると、彼女はすこし身を反りかえらせた。すると、ユゴーは突然の驚きに襲われ、自分の目を疑うこの驚きのせいで、思わず体を離して、もう一度女をよく見なおそうとしたほどだが、その原因とは、細かい立方体にカットされ、濃い青に澄みきった小粒のトルコ石を連ねた細い首飾りで、それはローブ・デコルテの襟刳り(えりぐ)に揺れており、あまりに短いため、太めの紐を首に巻きつけているかに見え、可愛い鎖かリボンの一種にも思えそうなものだった。だが、この若い女が電車で隣の補助席に座って、長ながと白粉を塗り、ついで髪を整え、さらに鏡のなかの自分を入念に確かめ、その美しさを完璧なものにしているあいだ、ユゴー・アルノルドはすぐ横で化粧鏡のほうに身を傾けていたにもかかわらず、女の目の紺碧とみごとに調和することで控えめながら目立たずにはいないはずのこの首飾りに、ただの一瞬も気づかなかったことにわれながら啞然とした。普段ならば、彼の注意力は平均をはるかに超え、常軌を逸していると思われてもおかしくない域に達するはずなのに、これほどの放心状態では、頭が変調をきたしたといわれても仕方がないとユゴーは考えた。だが、この発見を精神の不調のせいにするのはいくらなんでも無理であり、この不作法な女をじろじろ見ていたのはつい先ほどの話で、あれほど夢中で観察していたのだから、こんな首飾りを見逃すはずはなかった。とすれば、あのとき車輌を降りるまで、ミリアムの首には間違いなくなにもなかったはずで、したがって考えうる唯一の説明は、ユゴーが電車に乗ってサン゠シュルピス駅に向かい、そこから彼女に会おうとして逆戻りしてくるあいだに、彼女はプラットホームの座席に座りながら、化粧箱から小さなトルコ石の首飾りを取りだして首に巻きつけたということだ。若干男の自惚(うぬぼ)れにひたりながらユゴーが考えてみたのは、女が彼を待つあいだ、その装飾品を身に着けたのは、はたして自分のためだろうかという問いだった。だが女に訊いてみるのは論外だ。ちょうどそのとき、電車がそれまでとまったくおなじ恐ろしい騒音を立てて駅に滑りこみ、そのたびに心臓がびくつくのだが、今回はとくに前よりもこんな雑音はもう耐えがたいという感覚がつのり、四、五人の乗客が降りて、散ると、今度はそれより少ない人数の客が電車に乗りこみ、家畜が全員動く小屋に収容されたからもう扉を閉めてもいいと警笛が知らせ、幸いにも到着したときより静かな出発は、束の間の解放といった雰囲気をもたらすのだった。わずかのあいだ、駅のホームでミリアムとユゴーは二人きりになれるだろう。女は、前髪が下ろす褐色のカーテンのすこし下、巧みに彩りを加えた眉の下で、大きく目を見開き、男はその目の青をのぞきこむ。わたしはあなたの美貌の鏡になったような気がする、とやさしく語りかけようかとも思ったものの、ユゴーが実際に口にした短い言葉は、またしても、自分たちの座っている頭上に書かれたポスターの文句だった。「すべては消えねばならぬ」

「アリ得ルコト（リキトゥム・エスト）」できの良い生徒の従順さで、彼女はそう答えた。

　だがユゴーは重ねて問う。

「つまり？」

「セニュールの意のままに！」と、美しい獣はおもむろに言葉を発し、それから青い目を見開き、ふたたび閉じ、あいだを置いてその動作を繰り返したのだが、質問ばかりするヒトの雄がプラットホームにやって来て自分の手を捕えて以来、彼女はラテン語を喋るおとなしい人形のような外見を示しつづけており、そうした瞬きを繰り返すことによって、自分の人形らしさを強調したかのようだった。

　しばし時が過ぎる。はっきりとものを尋ねられるのは好ましいことだし、自分がたったいま言及した高い権力者の意志は、支配する者の意志といっていいかもしれない、とミリアムは考える。瞼を下ろし、もち上げ、また下ろす動作はまだ続いており、その完全無欠な機械的自動運動は、すべての地下鉄の機構のなかで作動すると称される自動運動とおなじものであり、地下鉄のメカニズムは、たとえ予測不可能な結果をもたらす大災害が起こったとしても、人間がこの惑星に作った最大級の地下都市を守るために完璧に働くのだという。だが、すべてが消えゆくとき、消滅するのはフランスの首都だけではあるまい……。それに抵抗するのは不可能だ、とユゴーは考える、地球とそのまわりをしばしば靄のようにとり巻く大気圏が消え去るとき、空間の色はおそらくミリアムの目に似た青に染まるはずだが、彼女の目の色がこの青でなかったなら、彼女はユゴーにとって、とうの昔に耐えがたい存在になっていたにちがいない。いま、ユゴーの手は彼女の太腿のつけ根近くにあるが、それがショーツの生地に触れたり、あるいは、この抵抗しがたい魅力をもつ女が地下鉄で出かけるのにささやかな布切れは必要ないと判断していた場合、恥毛に触れたりすることを恐れてか、彼の手は一度止まった場所からそれ以上先に進もうとはしない。

「マダム、もう結構だ。瞼をしばたたくのはやめて、青い目をはっきりと見せてくれ。

その開いた口にキスしてあげるから、君からもおなじように、その尖った可愛い舌、明るいピンクなのに、さっき鏡に向かって唇に塗った口紅のせいで色を失ってみえる舌をこちらに預けて、私の望むだけ長く、この舌に押しつけてくれないか。お願いだ」

「セニュール、わたしの口はあなたのもの、思いどおりにしていいわ」とミリアムは答える。「でも、乗客がまた来たわ。親と一緒らしい少年のこの一群がつぎの電車に乗ってホームからいなくなるまで、すこしだけ待ってちょうだい。まるで寄宿学校の寮生の一団みたい。それに、この新しいデザインの座席は、製作者の目論見（もくろみ）どおり、あなたがしたいことには不向きでしょう。駅の普通のベンチに代わってこの座席が作られたのは、眠気を催した浮浪者が横になったり、恋人たちがその場で愛撫を交わしたりするのを邪魔するためなんだから」

「とても待てない」とユゴー。「寄宿生の一団なんか放っておこう。無関心こそ地下鉄の掟なのだし、乱暴者が女たち、あらゆる年齢の娘、男女両性の子供たちを犯そうとしたところで、だれも文句をいいはしない。それに、さっきの私たちの鉄路を隔てた会話だって、たえずあいだに立ちはだかって、一分どころか二分間もわれわれを引き裂く輸送船団のせいで、不可能とはいわないまでも、ひどく苛だたしいものにされたが、観衆たちのだれひとり、私たちの奇妙な言葉のやり取りを聞きとどけ、続く身ぶりを見るためにここに残ろうとはせず、必要という名の月並みな欲求に追いやられて、なにも存在しない空隙に呑みこまれてしまったではないか。彼らは消え去ったのだ」

「ええ完全に」とミリアム。

するとユゴーは立ちあがり、元気いっぱいのところを見せようと、手足を大きく伸ばしてみせたが、ミリアムができるかぎりぐっと後ろに体を反りかえらせて、ほとんど剝きだしの足を隣の座席に掛けたので、ユゴーはとりあえず足に唇を押しつけた。それから彼女のほうへ身を傾けると、二人の顔は触れあい、彼の思いどおり、口がひとつに結ばれたのだった。先刻やって来てふたたび去った電車が、腹立たしい連中をホームから一掃していた。ユゴーはもう一度立ちあがっていう。

「私のいったことは正しかったな」

だが女は体を動かしもしない。ユゴーはちょっと乱暴に彼女のほうに向きなおり、うなじに手をかけて、その顔を自分の顔にもっとぴったりと押しつけ、二人の顔はたがいに斜交(はすか)いに接しあっていたので、大きく開いた唇の結合を鼻が邪魔することもなく、唇のあいだでは、二人の舌が水から引きあげられた魚のようにぴちぴちと跳ね、ユゴーの舌は支配者にふさわしく荒々しく振舞い、ミリアムの舌は囚われの女から期待される愛撫にも似た柔らかさをそなえていた。彼らのホームの反対側の鉄路を列車が通過するが、彼らは動じない。口づけの時間がさらに過ぎ、今度は彼らの側からの騒音が和合を乱しに来たが、輸送船団が出発し、乗客たちがいなくなるまで、二人はそれに耐えた。そして、たがいの同意のもとにいま新たに結ばれた二人組は、体を離し、ユゴーは女の横の席に座りなおし、猛禽が獲物に爪を掛けるように、彼女の体に手を這わせる。女は逆らおうとはしなかったが、ユゴーのその手を持ちあげて体の均衡を取り、隣席に腰を下ろして、彼の手を絹のドレスの上に置きなおしたので、ユゴーはその布を通して、裸の太腿を感じとることができ、これを服従のしるしだと考えた。二人は沈黙を守り、たったいま自分たちの身に起こり、今後完遂されるはずの出来事のいうまでもなく序曲をなすにすぎない事柄について、語りあおうなどという気持ちはいささかももたなかったが、その出来事の激しさが、最初の口づけほど驚嘆すべきものになるかどうかは定かではなかった。

結局、すべては地下鉄の車内で起こったことの延長にすぎなかったし、そのとき生じたある思いがユゴーの頭に舞いもどり、彼はそれを消し去ることができず、振子時計が鳴らす鐘のような列車の通過によって、時間は現実に刻まれているように思え、また、じっさい容赦なく経過しているのだが、時が流れれば流れるほど、その思いが確かなものになるように感じるのだった。むかし、美しい黒人の娘がまるでユゴーに身を任せるように彼とダンスを踊ったことがあり、彼女が金持ちの男たちに体を売っているという事実を知らなかったならば、彼はその女を情熱的に愛していたにちがいないのだが、その娘が「ゆっくりと時の呼ぶ声が（スロウリー・タイム・コール）」を歌っていたことを思いだしたのだ。そして、電車から降りるまえに、ミリアムがそのエジプト女を思わせる顔に念入りに化粧をおこない、慣れた櫛さばきで褐色の前髪と短く真っ直ぐな髪の毛を梳（と）かしているあいだ、彼女のしぐさのなかで、蘇生した人間が墓から出てくるように、かつての思いが新たな化身を得て、忘却の淵から脱けだしたのだった。この女がまるで客引きでもするような、といってもけっして言いすぎではないようなやり方で魅力的な顔に化粧を施していたとき、そうしていまから美貌の値段を釣りあげ、来るべき時におそらくその商品を誇示しようと意図していると考えても、さして間違いではあるまいとユゴーは考えた。笑みを浮かべながら、ユゴーは、かつての黒人女が客の前に出るのに、ローズという源氏名を選び、頭文字のRを舌で転がしてこの名前を発音し、いまユゴーがそうしているように、男たちに微笑を浮かべさせて喜んでいたことを思いだした。ローズが踊っていたバーで、彼女がユゴーのほうに近寄ってきた夜からすでに長い年月が経っていたが、彼のなかでこのローズの姿はけっして死なず、すべすべした黒い絹の布地に隠されたミリアムの肌の白さのなかに、ユゴーはローズの裏返しの分身を思い描いていた。だが、ミリアムはローズと違って彼のほうに近寄ってはこなかった。つまり、万物のことわりに従ってミリアムが消え去ろうとした瞬間、だしぬけに彼女の手に口づけしたのは彼のほうだったからだが、ユゴーの感情の昂まりを察して、彼女が駅に座って彼を待っているという可能性もなくはなかったものの、彼がそこに戻ってくることはまず期待できないはずで、結局彼は戻ってきたが、彼のほうでも彼女と再会できる見込みはほとんどないだろうと思っていたのだ。いま、ユゴーがミリアムにキスしてからわずかのあいだに、行為と事実の連続が論理のピラミッドのように積みあげられ、その頂上にある四角錐の小ピラミッドには、ミリアムという生ける肉人形が置かれていた。二人の頭上に貼られたポスターの巨大な謳い文句によれば、すべては消えねばならぬということだが、これは見たところ、近々死滅が訪れるという意見の開陳ではなく、ある商店の品物がすべて一掃処分に付されるという宣伝広告ではないか？　また、すべて消えたものは、なんらかのかたちで戻ってくるのではないか？

「笑っているのね、セニュール、ひとりきりのときみたいに」ミリアムはその目の二重の青い炎でふたたびユゴーを捕えた。

彼らは二人きりとはいうものの、ほんとうは彼はひとりきりになって、言葉に出してはいえないことだが、ミリアムについての疑いをすべて明らかにし、その奇妙な行動を解きあかす説明を彼女の口から引きだすために、ドレスを剝ぎとり、両手を背中に回して結わき、ごつごつした柱に垂直に、あるいはベッドの底の金属製の網に水平に、針金を使って縛りつけ、まず平手打ちを何発か喰らわせたあと、最初は紐状の鞭で、ついで乗馬用の鞭で、しだいに鋭くなる苦痛をあたえ、最後は、ことさら敏感な局所の皮膚の下まで焼けた針を刺しとおして尋問したらどんなに面白いだろうと夢見ていた。大丈夫！　真っ赤に熱した焼き鏝を押しあてるにはおよばない、その前に彼女は白状するはずだ、などと彼は考えており、一見理由もなく笑いを浮かべているように見えたのは、心の奥底でこんな微笑ましい一連の絵姿を想像していたからであり、ポルノ雑誌が報告するのとは裏腹に、地下鉄は残念ながらこうした興味深い実験にははなはだ不都合な場所だと内心で呟いていた。

「それでは、ユゴーさん」とミリアムが続ける。「あなたが笑っているのは、満足のしるしと考えていいのかしら」

「心のなかで、むかしの苦い経験を思いだして、苦笑していたのだ。この外見になにかが表われたとすれば、それは自制心の不足のせいだ。私が心にもなく笑うことがよくあるのは、たとえば、ある疑問を思い浮かべたとき、答えはもう胸のなかに用意されているのに、それをできるだけ長いこと口には出さずにおこうと思い、にもかかわらず、その答えが真実でないはずはないようなときのことだ。早々と苦しみの声を上げるより、笑うほうがましだから」

「苦しみが笑いより快くないとはかぎらないわ。質問は警官の領分で、答えは囚人の領分だけれど、逆もまた真なり、かもしれない。でも、わたしにはどうでもいいことだわ。いまもこれからもけっして警官の仲間でも囚人の仲間でもないんだから。けれどあなたは、狩りの果てにわたしを捕まえて、自分の意志に従わせたことにきっと満足しているのでしょう」

「あえて満足していないと答えても、君は私が嘘を吐いたと分かるだろうし、私の心臓を突き刺す資格さえあるだろう」

ミリアムはこの言葉を聞きながら、傍らに置かれた小箱のほうに手を伸ばし、汲めども尽きせぬこの化粧箱から、真珠母の柄の美しい短剣を取りだし、細く、短めの、輝く刃を引きぬき、決然と手に握った。

「分かったよ！　たいして驚きもしないから、そのナイフをしまうがいい。なぜなら、君の開いた唇が私にとってこの上ない幸福を汲みあげる井戸で、ほとんどそこから脱けだせないと君が知っていることを、この私もまた知っているからだ。だが、君には気にかかる謎が多すぎる。そうしてナイフを握ったところは、豚の血抜きをするように人間を刺し殺すこともできそうに見える。権力者がすこしでも暗黙の同意をあたえ、その刃を人の心臓に向けることを望んだなら、君は唇に薔薇色の泡さえ浮かべて、人殺しの美男でもその腕に抱きしめることだろう」

「命令しだいで、やさしい母親にもなって、それにふさわしい薔薇色の可愛い赤ちゃんを抱いてみせるわよ」

彼女は立ちあがり、絹のドレスの下から片脚を太腿の半ばまで剝きだして、脚を大きく開き、乳房の膨らみの下に両手で短剣を構え、乱れた前髪の下の青い目の色はこれまでになく激していた。彼女が広大な未開拓の荒地に裸足で立てば、神々の、人間たちの、野獣たちの、植物全体の大母神となり、あらゆるものに生命をあたえ、すぐれて女性的と称される事実、それを雄どもはたんに気紛れと呼ぶだろうが、そんな単純な理由ひとつで、すべての存在から生命を奪いとることもできただろう。だが、ユゴー・アルノルドはいささか困惑しながらも、女が気分を害さないように、最初はやさしくぼかしたい方で、これから彼女に訊きたいと思う言葉にたち戻るのだった。

「ミリアム、君に関する私の気懸かり、それが頭に浮かんだのは、私たちが電気の流れの両岸に分かれて再会したときでもなければ、橋を渡ってこちら側にいる君のそばに来たときでもない。違うのだ。すべては電車のなか、君がたったひとりで化粧部屋にいるかのように、その顔をおそらく最大限の魅力と思われるものにまで引きあげているときに始まった。君がそうしているとき、あれほどまでにまわりにいる者たちを軽んじるのを見て、初めて君を愛したのだ。他人への軽蔑を隠さぬ美女が好きなのはこの身の悲しい性(さが)で、その好意にはすでに微量の愛が含まれている。だが続いて、この愛の始まりを暗い影で汚したのは、うららかな春の日の午後、若い娘たちが競うように美しく装って、サン゠ジェルマン゠デ゠プレあたりを中心に街路に繰り出し、快楽を追い求める男たちの気を引き、うまく値段が折りあえば、おとなしく服を脱ぎすて、男のいうがままに従順に体をあたえることも辞さないという事実を思いだしたからだ」

「そのことなら分かっていたわ」とミリアムは、鞘に収め、化粧箱に戻した短剣に目を落とす。

「武器を捨てて軍門に下ったというわけか」とユゴーはふたたび笑みを浮かべる……。

「輝かしい奇跡が起こって、私が女になり、君の瞳と美貌をこの身に備えることができたなら、人に命令を下すのはもちろん、命令を受けるのもさぞかし快いだろうと思うのだ。非常識というより、愚劣のきわみの絵空事かもしれないが」

「わたしもそんな絵空事を夢見ることがあるわ。男たちから美女と呼ばれるほどの女はみんな怠けもので、怠けものにとって、従順さは願ってもない美徳……。そろそろおたがいに自分の好みを告白する潮時かもしれないわね、セニュール。わたしは自分から命令するより、人に命令されるほうがずっと好みなのよ。けれど、賢明な秩序が統（す）べる共和国では、権力は、対立する二つの政党のあいだで交代されるのが習いだわ。だから、この電気の流れる三途の河（ステュクス）、時が輸送船団の通過のリズムで刻まれる電気の河の灯が消され、入口が閉ざされる前にここから脱けだすことができなくなったとしても、十数台の列車が通過するあいだ、あなたが支配者になることを歓迎するわ。わたし自身は、一台の列車が通りすぎてつぎの一台が来るまでのあいだだけ、君主になれればいい。もったいぶるのはもうやめましょう。あなたというただひとりの人物からなるわが人民の生活が、これ以上耐えがたいものになることを望んではいないのだから」

「電気の流れる三途の河（ステュクス）とはしゃれた呼び名だが、この河にはもう飽き飽き、いや飽き飽きしたどころではない」と男はいう。「私が、君という唯一の女の臣下を従える君主だとして、私の治世が終わりを告げるのは、君をこの河の外の空気に連れだすときだけだろうな」

「じゃあ、連れだして、セニュール」とミリアム。「さもなければ、わたしのほうがあなたをどこかへ連れだすでしょう。でもいまは、どんなに厳しい道徳からも非難されようのない、離れて固定された座席に座っているのだから、会話をもとに戻して、あなたの心を悩ませていた問題に戻りましょうよ」

「たしかに、言葉に引きずられて、君に訊きたいと思いながら、はっきりといいだせずにいる話題から遠く離れてしまった。それは、この劇場の舞台に呼びだされる前のこと、君が化粧をするのを見たあとで、君が体を売る女優もどきなのかどうかよく分からないまま、むろん非難めいた気持ちはいっさいないが、サン＝ジェルマン＝デ＝プレ教会の南でよく見かける娘たちの仲間かと思って……」

「ああ！」とミリアムは心から楽しそうな様子で、「あの娘たち……」。

「そう、あの娘たち、客に交渉可能だと分からせるために、戦闘の準備を整えたインディアンのような髪形をして……」

「というより、あえて髪を整えず、交渉可能ではないふりをしたうえで、男に身を任せるのは、男の支配力に屈したからだという幻想を相手にあたえてやる、そういう手練手管なのよ」

「そんなことを思っていたとき、列車がサン＝ジェルマン＝デ＝プレ駅に到着し、私がじっとまなざしを注いでいた若い女が立ちあがり……」

「扉のほうに向かうのを見て……」

「化粧箱をもった女に続いて、彼女を邪魔しないように、私も立ちあがり……」

「女があなたのほうも見ずに、外に出ようとした瞬間、ガラス扉についた女の手にあなたは急にキスをした、泥棒が鞄から財布を抜きとるように。けれど、扉はあなたの鼻先で閉じてしまい、後ろ髪引かれる思いとともにあなたは車内にとり残されたのね、いとも気高きセニユール」とミリアムは明らかにますます面白がる調子だ。

「たしかにそのとおりだった」とユゴーはさらにぎこちない口調になる。「列車に運びさられていくあいだ、女がプラットホームの椅子に座るところは見たが、女のあとを追うこともできず、私は心でふたたび思いをこらし、その思いは黒い絹をまとう肉体の形を取るにいたった」

「ごく薄いものしかまとわない肉体。それはあなたの手がよくご存じね……」

これにはユゴーは言葉を返さず、自分の思いにふたたび捕えられ、その思いを告白する必要を感じたのだが、それは彼のなかで、苦痛であるとともに、邪(よこしま)な快楽となっていた。女は、ベンチの造りが許すならば、彼を見つめ、彼の言葉に耳を傾けながら、体を揺りかごのように揺らしていたことだろう。目の前の電気の河はあいかわらず流れている。

「ところが」と彼は言葉を継ぐ。「真っ青な目の若い女と別れたまさにこの場所で、女をふたたび見出した瞬間、その感動で、私の疑いはほとんど雲散霧消するはずだったのに、この河の反対の岸と岸とに分かれて、女優という職業について、いささか居心地の悪い会話を始めてからまもなく、女はフランスの詩人のうちでもっとも偉大な聖者の言葉を引き、この予期せぬ引用のなかのある言葉が私に襲いかかり、漠然とした思いを浮かべていた心を、残酷にも赤裸にひん剝いてしまったのだ」

「その言葉は分かっているわ」とミリアムはいう。「女優は一面で遊女に通じる、というボードレールの言葉。それがあなたの心に突き刺さったひと言でしょう」

「それだけではない。サン＝ジェルマン＝デ＝プレで降りる前、たしかに君の首には、その目に劣らず輝かしいトルコ石の小玉の首飾りはなかったはず。その小道具も、化粧箱からひっぱり出して、たぶん座席にどっかりと座ったままで、首に巻きつけたにちがいない。街に繰り出すため、化粧の仕上げにそのネックレスを身につけたのだろう」

「美しいと思った？　この首飾りが好きなのは、首にぴったりと巻きつくうえ、鮮やかな青で、多くの若者やある種の娘たちが自分の肌に刻みこむ文句の刺青（いれずみ）の色に似ているからなのよ。『点線に沿って切り取るべし』そう、わたしが首に着けているのは、トルコ石でできたこの文句なの。わたしの誇りだわ、セニュール」

「たしかにそうだ」すこし口ごもりながら当の君主は答える。

すると女は、とどめを刺すようにこう続けた。

「外に出れば、まだ陽が高くても、わたしはモネルの言葉にしたがって、こういうことになるわ。『わたしは夜のなかから出て、夜のなかに帰っていく。なぜなら、わたしもまた少女娼婦だから』」

そして、

「人がいうように、わたしは恥ずべき娘、貞操を汚された女なのよ。セニュール、さっきの推測は正しかったにもかかわらず、あなたはパリの地下を狂ったように駆けめぐって、わたしをふたたび見つけだしてくれた。わたしの誇りだわ」

「愛は貞操に勝つ」と、男はまたしてもぎごちない口調になる。

女は誇張した笑いをあたりに響かせ、ホームに着いたばかりでさほど遠くない場所に座ろうとしていた二人の若者の注目を引く。そして、寝にくい座席の上で、思いきり体を横に伸ばし、美しい剝きだしの脚を見せつけた。

「いつもそうだとは限らないわ。だから、わたしは、お客の教育のために、ある親切な男性がわたしのために特別に製本させた貴重な本をもち歩いているの。それは、『バソンピエール元帥回想録』[11]の抜粋版、『小橋（プチ・ポン）の肌着商の女の一件』というもので、ゲーテが翻訳して、ドイツ語圏の国々で流行し、模倣者たちまで出した曰（いわ）くつきの一冊なのよ。この本の一節、若い肌着商の女の当意即妙の答えを読んであげるから、気高いセニュール、どうか心を落ち着けて聞いてちょうだい。大丈夫、人が見ているのは、あなたじゃないわ」

こういいながら、女は無尽蔵の化粧箱を開き、なかをすこし探り、褪せた桃色のモロッコ革で包まれた薄い冊子を取りだしたが、その革は装丁者があまりにしっかりと鞣（なめ）したために、人間の皮、なかでももっとも柔らかい若い娘の皮膚でできているよう

10　マルセル・シュオッブの小説『モネルの書』（一八九四）の主人公である少女娼婦。

11　一七世紀フランスの元帥、フランソワ・ド・バソンピエールの自伝。晩年はリシュリュー追放計画に加担したとして、無実の罪で一二年もバスティーユに投獄されたが、そこでこの『回想録』を書いた。ホーフマンスタールの短編小説「バソンピエール元帥の体験」はこの『回想録』中の挿話を基にしている。

に見えた。かなり大きな声で女が読みはじめたので、その朗読を聞いているのは、ユゴーひとりだけではなかった。

「『旦那さま、あたしが忌まわしい連れ込み宿にいるということは元より十分承知しておりますが、あなたさまにお会いできるのならと、喜んでここにやって参ったのですし、心の底から愛しているお方と契りを交わすのに、たとえ道の真ん中でも、契らないよりはましというものでございます。また、それが一度きりのことなら習いとは申せませんし、胸の炎に煽（あお）られてつい初めて連れ込み宿に足を踏みいれることもたしかにありましょうが、二度目にもまたこの悪場所に舞い戻ったとなると、もはやそれは淫売婦の振舞いにほかなりません。あたしは夫とあなたさまのほかに殿方を知りませんし、たとえ惨めな死を迎えようとも、金輪際ほかの方を知りたいとも思いません。けれども、愛するお方のため、ましてやバソンピエールさまのようなお方のためとあらば、ほかにどうすることができましょう？　ですから、こうして連れ込み宿に参りはしましたが、それは、その来臨によってこんな淫らな館でさえ名誉あらしめるような殿方と一緒であればこそ。いま一度あたしに会いたいとおっしゃるのなら、食料市場（レ・アル）のすぐそば、大熊（ウルス）通りからほど遠からぬブール＝ラベ通りの、サン＝マルタン通りから三軒目に住まいをもつ叔母のところで、一〇時から深夜の一二時までお待ちし、もっと遅くなるようでしたら、表の扉を開けておきましょう。入口に続く細い通路をすばやくお通りになって、というのもこの通路は叔母の寝室の扉にも通じているからですが、そこの階段を昇って、三階までお上がりください』」

「自分の名誉にはうるさい女だったわけだ！」とユゴー。「すくなくとも、二度目以降は、愛も貞節と折りあいをつけねばならないようだな。さらに三度目ともなって、習い性となれば、またもや叔母の住まいのお世話になるというわけか？　で、この話の終わりは？」

「二度目はなかったわ」とミリアムが答える。「その前に女は死んだから」

「なにが原因で？」

「当時パリの下町に荒れ狂い、お屋敷町は手つかずにおいたペストのせい」

「で、バソンピエール元帥は？」

「要職にある人物の例に洩れず、逃げだしたのよ。ペストにたいするドイツ式療法として、生の葡萄酒を三、四杯飲みほして眠りに就き、翌朝ロレーヌ地方に赴いたと語っているわ。セニュール、元帥はこの出来事を、あなたのいう名誉に属するものだと考え、自分の回想録に入れるにふさわしいと判断して、その思い出を書き残したのよ」

一瞬、二人は黙り、ついでユゴーは、ミリアムのこの沈黙と最後の言葉によって、自分にたいしてけっして好ましくない判断が下されたのだと感じて、対話をこう再開した。

「君のいう親切な男性は、なぜ元帥の『小橋(プチ・ポン)の肌着商の女の一件』のたった一冊しかない特装本を君にくれたのかね？」

「その人と出会ったのも橋の上で、夢見心地で歩いていた新橋(ポン・ヌフ)での出来事だったから。いまのように天気の良い日のことで今日の午後とおなじ髪形をしていたわ。明るい青の木綿のフラノの軽い上下を着て、薄紫のエナメルのボタンひとつで留めるジャケットは裸の上半身にじかに羽織り、吹きすぎる風がジャケットをわずかに翻していた。その人は大胆にも、ちょっとした言葉を掛けるでもなく、杖の握りでわたしの体を引っかけ(アクロシェ)たの。でも、その行為にわたしは腹を立てなかった。それから彼は話しかけてきて、たっぷりと、長いこと、わたしを愛してくれたわ」ミリアムの言葉は語りに気を遣う女優にふさわしく、隣の男のためだけではなく、彼女の話に耳を傾けるほかの人びとにも向けられていた。

「その男は?」と隣の男が訊く。

「やはり死んだわ。いいえ! ペストではなく、事故で……」

彼女は言葉を切り、左右を向いて微笑した。二人のあいだの沈黙はさらに長く続き、引っかける(アクロシェ)という言葉とものにする(ラクロシェ)という言葉のあいだに、わずかな子音の隔たり、もしくは違いしかないことに気づいて苦々しく思うユゴーと、そのことを意識して、ユゴーから忌々しげな表情を引きだして満更でもないミリアムは、ともに沈黙を守ったのだった。煩(わずら)わしい二人の観客はすでにミリアムのほうに近寄ってきていたが、到着した電車が駅から出ていくと、その二人は片づいていた。ユゴーは美しい顔をじっと見つめる。そして、

「君はほんとうに女優なのか」とついにはっきり疑問を口にする。「ほんとうに舞台で演じたことがあるのかね?」

「むかし、パリにいくらもあるほとんど無名の劇場で、たしかに」と思い出をかき集めるような一瞬ののちに、ミリアムは答えた。「わたしの唯一の大役は『ルル』、ドイツ人ヴェーデキント[12]の大作をピエール・ジャン・ジューヴ[13]がフランス語にした戯曲、

フランス語でいうなら『ルウルウ』の役。主役を演じる予定だったのよ。けれども土壇場になって、主役はあばずれ女に回されたわ。その女のおかげで、興行は失敗。わたしのほうが完璧にこの役を知りつくしていたのに。そのときゴル[14]がこういってわたしをからかったの。『下着が見えてるぞ、隠さなくちゃ』『着なきゃよかったのよ、邪魔なだけだもの』とわたしは答えてやったわ。そしたら、ピエール・ジャン・ジューヴが『そいつはいい!』ってわたしの肩を軽く叩いてほめてくれたのよ」

「ジューヴと知りあいだったのか?」とユゴーは尋ねる。

「それほどでも……。わたしをやさしく見ていてくれたわ。わたしのほうもおずおずと彼を見ていた。人をひどく気後れさせてしまうのよ、とても優雅な人だから。亡くなったわね?」

ユゴーが黙っているので、ミリアムは言葉を続ける。

「ルルを演じる……それができなかったのは、本当に悲しかった! この戯曲とわたしのすべてを注ぎこんだ演技のなかで残ったのは、パプストの二本の映画でルルを演じたルイーズ・ブルックスを模範にしたヘアスタイルだけ。あなたがいま見ている髪形よ、セニュール」

「わが愛しの娼婦よ、なんとも味わい深い髪形だ。君自身と、ルイーズ・ブルックス、そして、ルルを演じようなどとは夢にも思わなかった悲惨で壮麗な星、キャサリン・マンスフィールド、また、はるか古代の帝国でおそらく春を売っていたエジプトの娘たち、彼女たちにはこれよりほかに似あう髪形はなかっただろう。君は、この驚くべき天賦の美をもつ稀有の女族に属しているのだね」

「セニュール」と女は恭しく答える。「それが本当かどうかは、しばらく後に分かるでしょうね。それがわたしの願いだわ」

メトロの駅の地下空間で、現在に聞き届けられるため、二、三世紀を跨ぎこしたかのような口調と抑揚で若い女が発したこの最後のひと言に、つけ加えるべきどんな言

12 『地霊』と『パンドラの箱』からなる「ルル二部作」の戯曲で有名な作家。ルルは、次々に男たちを破滅させる魔性の女の典型。
13 フランスの詩人、小説家（一八八七〜一九七六）。代表作に詩集『血の汗』、長編小説『ポーリーナ一八八〇』。
14 イヴァン・ゴル（一八九一〜一九五〇）。独仏両語で執筆した詩人、作家。ジューヴと交友関係があった。

葉が残っていただろうか。それが思わず発せられたひと言であろうとも、彼女はそのことを感じて満足していたにちがいなく、それは彼女の行きずりの男も同様で、この男は持ち前のぎごちなさゆえに、むろん、そのぎごちなさだけのおかげというわけではないが、たったいま、突如として、彼女の真の友になったのであり、それは女の側もおなじことで、この女もまた彼の真の友となったのだ。「真」、哲学教師の口の端に上るたびに堕落し、そんな連中の愚鈍な衒学趣味に染まるのを恐れて、いまや使うのもほとんどなくなった言葉だが、これこそ正確に、また活気に満ちて、その意味を表わすことができる言葉だった。より透明で、より輝かしい、「魂」という言葉でもまったくおなじことを表わせるのだが、こちらのほうは、そこらじゅうにいる司祭どもの舌先が塗りたくる汚泥で曇らされている。だが、何台かの列車が止まり、数人の乗客を吐きだし、ほかの何人かを乗せて出発したこの電気の河の岸辺を、いまこそ去るべき時が来たようであり、結局のところかなり月並みな情事に耽るわが主役たちは、列車にはなんの注意も払わず、いまやそれぞれが自分のなかへと閉じこもり、にもかかわらず、女の脇に寄りそう男の手は、裸の太腿から剝きだしの腋と肩へ、またその逆方向へと、ほとんど自動運動と化した愛撫を続けていたが、そのドレスの内側ではほんのひとひらの下着にも出会うことはなかった。

驚いたことに、言葉も交わさず、暗黙の同意によって、ごく当たり前のように、二人は立ちあがり、出口へと向かう。電気の流れを切られたランプの光のように愛撫は止んだが、愛撫する男、つまりユゴー・アルノルドはなんら痛痒を感じておらず、というのも、彼の望みのままに事は十分に長く続いたからで、彼が女の肌と絹に手を置きつづけていたのは、愛撫される女にたいして礼を失することを恐れたからであり、いっぽうミリアムのほうも、満席の列車の客室に座って、隣の男とおなじく眠りに就けない女が真夜中に男に身を任せるように、最初に許した攻撃とそれに続く侵入はあれほど快かったものの、それとはなんの共通点もないその後のマッサージの類には、ただ儀礼上から耐えているだけだった。

プラットホームから遠ざかる短い通路では、二人ははなればなれに歩を進めた。さらば、電気の流れる三途の河よ！ 地下鉄には、詩的といってもいいような高い緊張感が漲(みなぎ)り、それは、深い森か、澄みきった氷河か、波に鍛えあげられた花崗岩のように、公道上のいささか軽率なお喋りにある種の飛躍をもたらすものだが、そんな緊張は、ミリアムとユゴーのまわりからみるみるうちに解けていった。灰色の壁のポスター、民衆に供されるお得で愉快な周遊旅行のための広告は、その引き潮を導く運河としてそこに貼られているかのように見えた。階段の下に来ると、ユゴーは、おそらくベッドの供となるはずの女の手首を摑み、女は、自分の職業的行動が、劇場の舞台に身をさらし、観客の前で可愛らしさを演じ、台本で習った台詞を語り、感動的な女性の登場人物になりきる代わりに、男たちに身を任せ、しばしのあいだなにがしかの金で体を買われることとなのを隠さなかったが、その金額はまだ定まっていなかった。手首を摑むことそのものは曖昧な行為で、一方では、それは、階段を昇る貴婦人に騎士が差しだす助けの手にも思われるし、他方では、まだ金を支払ってもいないのに、いささか粗暴なやりかたで、その貴婦人を筋張った指で摑まえ、固い指の輪でひっ攫って、よその騎士に目移りさせないようにする手口にも思え、じっさい、後ろから女を追ってきたと決まったわけでもない二人の男に投げたユゴーの肩ごしの視線は、そんな事態を懸念させたのだった。その男たちは、階段の頂上にたどり着く前に、ユゴーとミリアムに追いつき、追いこしながら、揃って二人を眺め、ユゴーは歩みを緩めながら、さらに強くミリアムの手首を握りしめた。後ろから付いてこられるより、前にやり過ごしたほうがいい連中がいるものだ、とユゴーは思っていたが、もしこの男たちが、ふたたびミリアムと、苦虫を嚙み潰したような顔で彼女を摑まえている人物を見ようとして後ろを振りかえったとしたら、その男たちの表情を見たユゴーは、握った手を緩めようなどとは考えなかったに相違ない。

ようやく、階上に到着。昇りは長くはなかったが、ユゴーは数秒立ちどまって、息をつくとともに、腹立たしい二人組が姿を消したかどうか確認する。ミリアムは笑いながら、自分を引きとめる腕をひっぱり、その動きはまるで狩りで捕えた若い獣のようで、お似あいの檻に入れる前にはしっかりと足枷をつけなければならないな、とユゴーは呟く。その呟きの三つ、四つの言葉しかミリアムには分からないが、べつに心配するでもなく、もっとはっきり説明してちょうだいという。若い獣っていったいなんのこと？

「私の雌鹿、君のことさ、訊かなくたって分かるだろう。そして、私には狩人だという幻影を見させておいてくれ。檻という言葉はもっと曖昧だが、狩人ができるだけすばやく雌鹿と閉じこもり、そこで雌鹿を解き放ち、思うままにくまなくその体を調べあげ、手玉に取るための閉じられた部屋のことだといっておこう」

幸いなことにもう姿の見えぬ好奇心たっぷりの二人組もまた狩人であり、競争相手であることをユゴーは恐れていたが、そのことはおくびにも出さず、女の手を放して、腕を取った。ユゴーたちのいる空間は地下鉄のたいていの通路よりは広く、サン＝ジェルマン大通りの歩道から歩道までのあいだの地下に広がっている。右手は、出入りする乗客の通過のたびにたえず閉じたり開いたりするガラス扉の向こう側に陽の光が見えている。そして、そこが彼らの行く場所だ。ミリアムは地下の住居の最後の扉を押す前にこういった。

「セニュール、ミリアムを勝手気儘(きまま)に手玉に取れるあの手の売春婦の仲間だとは思わないでね。ゲームがなされるとしても、骰子(さいころ)を投げて、札を切るのは、むしろ女のほうなのよ。思いだせるかぎり、それに不満を唱えた人はこれまでただのひとりもいなかったわ」

時刻はまだ五時半を回らず、ユゴー・アルノルドがパレ・ロワイヤル駅の階段を降りてから、巨大な想像の砂時計のなかで流れ落ちた時間はわずか一時間弱、いま彼がミリアムと腕を組んで昇っている階段は、澄みわたった青空のもとで、いっそう眩(まばゆ)く、いっそう暑くなったように思われる太陽の光に浸っていた。このひどい眩暈(めまい)のような感覚は、たんに地下の薄明と電撃的な陽光の対照のせいだという可能性も否定はできないだろう。いずれにしても、二人は前より快活に、また気軽になって最後の階段を昇り、行き来する通行人にいり交じって大通りの歩道に出た。「彼女に話しかけ、（俗にいう）値をつけるべき時が近づいている」とユゴーは思ったが、かつてどんな狩人も経験したことがないほど獲物の処分に困惑して、すべてをこの場に置きざりにしたまま、ここからそう遠くないノラ・ニックスの店に戻って、フォルトゥニーのドレスを見に行こうかと心が動いた。

確かな当てもなく、ユゴーは、左側の教会横の鉄柵の裏に見える木々と緑に惹かれて、そちらへ進もうとしたが、その体は自分の抱えた腕にぐいと引かれて、ミリアムが彼を右に向けなおし、二人が階段から出てきた方向へと押しやった。大通りと、教会前を通る歩行者のために最近しつらえられた小さな舗石の広場の角では、貧弱な古物の商品が地面に並べられている。そこは広場というよりは遊歩場といったほうがよさそうな趣きだ。古着のペチコートが風にはためき、その下には、中古の安物の宝石、異国風の鞄類、インドの金ぴか装身具、色褪せた古本などが広げられ、そのなかで、一九三三年刊、フィルマン゠ディド版のゴビノー伯爵著『人種不平等論』の二巻本が目立っている。ミリアムはその二巻目を手に取って、ぱらぱらと捲（めく）り、上質の刊本であることを確認してから、商品を乱暴にもとに戻す。女の連れが不安と愛情のこもった目で見守るなか、女は立ちあがり、太陽に向かって体を真っ直ぐに伸ばし、目を閉じ、ついで開くと、陽光の刺激で目は血走り、大きくボタンを外した黒い絹のドレスからは、首のくすんだ肌を締めつけるトルコ石の細い線と、揺れる地面に体をしっかりと固定するように大きく開いた両脚が現われていた。力強く、華やかだ、とユゴーは思い、この二つの言葉の、たぶん自分の想像力のなかでしか存在しえぬある種の矛盾に心をそそられたのだが、ミリアムはこういい放った(この女からもっとも想像しがたい言葉だ)。

「教会へ入りましょう」

べつに悪くはあるまい? 先ほどミリアムがほのめかしたように、いまやこのゲームを先導し、ユゴー・アルノルドを後ろに引きつれているのは彼女のほうなのであり、好奇心からでさえかつて一度もこの教会に足を踏みいれたことのないユゴーはいささか困惑してはいたが、控えめな扉を潜ると、外見から思うより内部の造りは壮麗だった。事情に通じた観察者にとって、そのローマ・カトリック的な美しさはさほど大した価値を持たないが、ミリアムのような種類の女たちは、その官能的な強固さと単純な完全さにおいて、このよく均整の取れた円柱、果物のような柱頭、半円形の穹窿とおなじ種族に属するように思われるし、この穹窿は、物質にたいする精神の勝利というよりも、肉体と結びついた精神の、すなわち受肉の物質的勝利とはいえないだろうか。人体は建築であるという比喩は、まさに何世紀にもわたって繰り返しいわれてきたことだが、それが率直かつ確信をもって断言できるのは、とくに、頭部の球形から、乳房と尻の双子の丸天井にいたるまで、みごとに釣合いの取れた女性の体についてである。したがって、ミリアムの導きでサン＝ジェルマン＝デ＝プレ教会のなかに入ることは、いわばミリアムの体内に入ること、あるいは、まもなく彼女の体をしげしげと観察し、その内部に入りこむことを約束されたようなものではあるまいか？

彼は、そんなふうに夢想しながら、左に向かう。するとまたしてもミリアムが彼を右のほうに引っぱり、彼はミリアムの意志に従う。身廊の三分の一あたりまで進んだところで、彼女は信徒席の二つの列のあいだに入り、五番目の座席に腰を下ろしたので、ユゴーも隣に座った。

「この界隈に来たときには」と彼女はいう。「ここに座ることにしているの。全体がよく見わたせるし、かといって見えすぎもしないわ。身廊の上のほうは見ないで、セニュール。ロマネスク様式にゴシック式のアーチを混ぜて修復してあるので、ほかの全体とまったく調和しない天井なのよ。ここには、あらゆる時代の石材が使われていて、柱身の最古の部分は六世紀くらいまで遡るでしょうね。いちばん素晴らしい柱頭はクリュニー美術館に移されたけれど、その展示場所を見つけるのは意外に難しいのよ」

彼女は、ガイドのような学者めかした口調で語りながら、心はうわの空でもあるかのように、座席と座席のあいだにほとんど隙間がないため脚を開くと、剝きだしの膝が露わになり、ユゴーの手はこのおとりに飛びつき、さらに上へと進んだが、なんの障害にも出会わなかった。

「ここにひとりでよく来るのかい?」と男が尋ねる。

その声は震えていて、彼女はごまかされない。彼の手が存分に動きまわれるように、体の向きを変えながら、

「ええ、ひとりで、でもたまに……」

「今日の昼下がりのように装って?」

「というより、今日の夕暮どきのようにね。そうでなくとも、ほとんどおなじ装いで。

黒い絹の衣裳はいくつもあって、なかには、中国服ふうに脇にスリットが入った、これより短いものもあるわ。肌にじかに絹を着るのが好きなので……」

「そして、ずっとひとりでいるのか?」

「そんなに長くはいないわ、ふつうは」女は声を立てずに笑い、歯の輝きを見せていった。

「人に話しかけられるから?」

「そんなにすぐには。それに、必ずというわけでもないし。場所柄だわね。最初の接触、釣りでいう最初の当たりは、とてもおずおずとして、ほとんど感じとれないくらいで、まるで無意識に手が出たといったふうよ。地下鉄での露骨な攻撃とはぜんぜん違うわね。わたしが体を引けば、その人物は、しばらく凍りついたようになったあと、どこかへ行ってしまうだろうと分かっているし、そうなれば、その人の潔白は証明されるわけね」

「だが、体を引かない」

「そう。まるでなにも気づかなかったように、完全に不動を保ち、たとえそのだれかがもう自分の意図を隠そうともせず、律動するように手を押しつけはじめて、指が膝のあたりに滑りこんできても、微動だにしない。そんなふうにわたしの演出する寸劇は続き、それを演ずるわたしの良き女優ぶりは誇ってもいいと思うわ。わたしにとって、すべては演劇なの。だから、すべてが消え去らなければならないとしても、それが超自然の出来事だとは思わない、あなたは驚いていたようだけど。まさにみごとな見世物、そうなのよ……」

「だが、その寸劇の結末は？」と男は問うが、自分がからかわれたと感じて、欲望は萎え、手の動きは鈍っている。

「その結末は、なにも気がつかないふりをして同意をあたえ、寸劇のヒロインは立ちあがり、教会を出て、ゆっくりと、相手が自分を見失わず、あとをつけ、そっと近寄るように……」

「それから」男は喰いさがる。

「それから」女は締めくくる。「始まるのはべつの寸劇で、わたしは、この寸劇が前の劇に劣らず立派なお芝居になるように努めるけれど、それはそれとして、前段の劇のこの立派な舞台装置もぜひ見ておいてほしかったのよ」

沈黙が降り、肌寒いような印象が生まれる。ユゴーの目は聖堂につきものの薄明に慣れ、この休息の時、メトロの中継の地点よりもずっと静かな休憩の場の趣きを味わいながらひそかに夢想していたのは、教会にひとりで入り、孤独な美女の傍らに座って、まずゆっくりとその女性を観察し、彼女からは見られることなく、ミリアムの告白どおりにことを運び、ついでたがいに隣りあった二人の膝を意図せざるように軽く触れあわせてみて、拒絶か承諾かの反応を待ちながら、心をすこし高鳴らせるのもよかろう、というものだった。自分もまた劇を演じられるのだとミリアムに示してやることが彼の望みだった。女の側からのちょっとした屈服が、ことのなりゆきを円滑にするはずであり、この世界のありとあらゆる時、ありとあらゆる場所でおこなわれている誘惑劇の大半に比べて、さほど不自然とはいえないこの誘惑劇の不可避の結末を加速するだろう、とユゴーは考えていた。

「なんのことを、それとも、だれのことを考えているの、セニュール？」地下鉄の男から、この無言と逡巡だけは予想していなかったミリアムは尋ねた。

男がきちんと答えていたなら、彼女はおそらく感動し、幸福だとも思っただろう。拍手喝采で迎えられたとさえ感じたかもしれない。なぜなら、ミリアムは、自分の肉体を求めて次から次へと登場してくるほかの下っぱ役者たちとおなじく、ユゴーにたいしても、若くして主役を張る女優が端役の男たちに向けるささやかな関心しかもつまいと考えていたからであり、彼女にとって、そうした連中は自分の演技のきっかけか支えにすぎなかったからだ。あるいは、まったくその逆で、毎回、だれにたいしても心が弾むのを感じるのは、遊女の着ける仮面でありまたその姉妹でもある、女優のほうなのかもしれない……。いずれにしても、女の心臓が脈を速め、激しい鼓動を打っていたとしても、それは前に出てきた小橋（プチ・ポン）の肌着商の女の誇らかな感動ではないし、オックスフォード街の舗道上で「阿片吸飲者」[15]と出会い、彼に愛を注ぎ、そのゆらめく命を救う手助けをした女、哀れなアンの母性的な愛情でもなく、もちろん、虜囚や死刑囚、この世の最下等の身分とおなじ低さにまで落ちた男に、身も心も捧げ、慰めと救いをあたえる卑しい淫売婦の宗教的神秘にまで高まった情熱でもなかった。

だが彼女は笑ってこう繰り返す。

「ねえ、なんのことを考えているの？」

なにか答えねばならないので、ユゴーは不承不承、女の言葉が目の前に繰り広げた楽しい想像図から身を退けたが、その言葉がなんの作り話も交えぬ真正の告白なのか、それとも、劇的な才能ゆえに、人工と空想を生きることがその天性と察せられる若い女の純然たる創作なのか、こうして分からぬままにいることもまた、女の言葉の大きな魅力であった。

「やさしき遊び女よ」と彼はなんとか言葉にした。「君の舞台装置を見せてはもらったが、残念ながら見たところなんの艶めいた一景もないし、また、いったいどうした迷いごとから、私たちの傍にある美しい円柱が嘆かわしい色調の桃色じみた衣裳を着せられているのか、不思議に思っていたところだ。冷たい大理石の娘たちとおなじく、冷ややかな石の円柱もまた裸体でなければならないだろう」

「いまわたしに呼びかけた呼び名にお礼をいうわ。いままでその名を口にした男はひとりもいないし、ご存じのとおり、わたしは良き女優も天職にしたいと思っているけれど、女優より遊び女と呼ばれるにふさわしい仕事のほうが多かったとしても、それはわたしだけの過ちとはいえないでしょう……。冷たい大理石の娘たちにも、それなりの楽しみがあるといわれることもあるわ。けれど、わたしがそんな女だったことは

15 前出『モネルの書』に登場する少女娼婦のひとり。阿片吸飲者であるのちの作家ド・クインシーが路上で気絶しかけていたとき、彼に甘いワインを飲ませて命を救ってやった。

一度もないのよ。それに、サン゠ジェルマン゠デ゠プレ教会の穹窿を支える石の娘たちが着せられている悲しい衣裳は、復元と装飾の時代だった前世紀に色を塗られたの。その色が変色したけばけばしい塗料のなれの果てで、ちょっと顔を上げてみれば、その時代の装飾癖を見ることができるはずよ。もちろん、ボードレールの時代に、身廊と内陣の装飾を担当したイポリット・フランドランの描いた作品も見ることはできるけれど……。わたしたちの席から遠くない場所にも、たぶんあなたのような人を失望させない主題の作品があるわ。たとえば、《最後の審判の下準備》とか……」

「すべてが消え去らねばならぬ聖なる瞬間の、その下準備の予告には、私たちをひとつに結びつける素晴らしい効果があったわけだ……」とユゴーは応じる。

「《アブラハムの犠牲》もね」と女がつけ加える。

「君も知ってのとおり、血を見るまでには至らないが、聖書全体のなかでも、ほかにまず類例を見ない、血腥い美談だな。君の学識には驚くが、それでも、この主題に基づく、ローマの詩人ベルリの高雅な詩を知っていたら大したものだよ。アブラハムは息子イサクに、山の上で神エロヒムのために大きな雄羊を犠牲にするというが、イサクが山の上に着いたとき、それらしいものがどこにも見えないので、いささか不安になって、イサクは父にこう尋ねる、『エル・ペコローネ、ドーヴェ？』『大きな雄羊はどこに？』と」

「すると、父アブラハムはこう答えるのね、『エル・ペコローネ、セイ・トゥ！』『大きな雄羊はお前だ！』。もちろんベルリは読んだし、その反教権主義は反逆の天使から霊感を受けたものでしょうが、セニュール、遊び女の学識はあなたが考える以上のものなのよ。『兄たちに売られたヨセフ』の挿話もあるわ。兄たちはヨセフを穴に放りこむ前に、袖つきの貫頭衣を脱がせたわね。人を売るときも、体をよく見せて、高く売りつけるために、つねに服を脱がすけど、自分を売る場合でも、体をよく見せて、服を脱ぐのよ。ときには、体を縛られるわ。確かな記憶ではないけれど、わたしも自分の体を売ろうと思うまえ、どうも兄たちに売られたような気がするの」

「兄弟がいるのかね？」ユゴーは問う。

「リュバンとバンジャマン、二人いたわ。わたしの父の前に母が愛した男から生まれた兄弟よ。彼らがどこにいるのか、いまでも生きているのか、まるで知らないけれど。わたしは自分の過去の物語が刻まれた金属板から、濃硫酸のスポンジでなにもかも拭（ぬぐ）いさったのよ、家族の物語を憎んでいるのでね。ソレハ壊サレヨ（デレアートゥル）！　リュバンとバンジャマンは年をとってごく月並みな男になるような若者たちだったわ。こんなふうに思いだしてくるところを見ると、セニュール、おそらく硫酸の濃度が十分ではなくて、なにか甦るものがあるのでしょうね。わが思春期の恵み多きあの時代、兄二人と小さな森のなかで遊んでいたとき、彼らはわたしを捕まえ、服を脱がし、嘲弄し、木に縛りつけ、撫でさすり、乱暴に、代わる代わるそれぞれ何度も犯したわ、わたしが泣き叫び、嘆願しているあいだずっと。それから、町に戻ると、彼らはわたしを金持ちの男たちに売り、わたしがその命令に従う代わりに、前払いで代金を受けとり、金を出した男たちのいいなりにさせたのよ。その時代の出来事はお芝居などではなかったし、だからこの時代の記憶をすべて消し去ってしまおうと思ったのだけれど、完全にはうまくいかなかったみたいね」

「そのいきさつを全部書いて、閨秀作家にでもなれば、たぶん成功を収め、金も稼げるはずだ。読者は、経験談を語る安淫売が大好きだからね」

「見てのとおり、わたしは半分女優、もう半分は娼婦なのよ、セニュール。客がくれる稼ぎで十分だし、小説家に、あるいはあなた好みの言葉を借りれば、みずからを語る閨秀作家になろうなんて思わないわ。絶対にいや……。わたしが歩きまわったり、寝床に就いたりする舞台は、人工の装置なのよ。袋いっぱいの黄金を積まれても、ほかの場所で生きるつもりはないわ」

「そして、それが君の誇りなのだな、わが淫売女よ」とユゴー・アルノルドはあっさりと引きさがる。「しかし、君はわずかな絹しかまとわず、聖なる場所は冷えびえとしている。だから、寒くならないうちに、ここを出て、太陽のもとに帰ろうじゃないか」

「お心遣いに感謝するわ。でも、見た目より体は丈夫なの」

彼女は弾けるように立ちあがる。ユゴーは、見世物を見に来て、女が自分のために演技しているか、ポーズを取っているところでもあるかのように、彼女をよく見ようとして、座ったままでいたが、その前で、ミリアムは身廊のなかだというのに長々と伸びをし、裸の腕を穹窿の偽の天国に向かってつき上げ、上体を反りかえらせたので、さきほどユゴーの言及した絹が、みごとな乳房を乳首の先までくっきりと象（かたど）った。

彼女は、消息通の旅行ガイドになってユゴー・アルノルドを案内できるほど熟知した教会のなかで、いっさい冒瀆の言葉も身ぶりも示しはしなかったが、古代的でも現代的でもある華美さにおいて、場違いというか、ともかく周囲から浮きあがってしまい、その華美さは、ある者を熱っぽく高揚させるかと思えば、ある者を憤慨させ、この罪深き女をここから追放するか、即座に逮捕せよとさえ叫ばせるようなものだった。だが、いまはだれも彼女を見ている者はおらず、見世物カフェの最前列の席にいるように、座って彼女を眺めて悦に入っているユゴーを除いて、彼女の存在そのものに気づいた者さえいないようだ。この出来事のそもそもの発端となった地下鉄のなかでの化粧と同様、ミリアム・グウェンの運命を目撃する者は、自分以外にひとりもいないのではないか、とユゴーは自問する。それが本当ならば、女優にとってはもちろんのこと、娼婦にとっても、なんと悲劇的な運命であることか！　そうこうするうち、なにか美しい晩課の音楽の序曲らしいオルガンの響きが内陣のほうから聞こえはじめ、ミリアムの体は空っぽの椅子の舞台の上で、官能的に波打った。現代のローマの教会に踊る巫女の風習が残っていたなら、この聖なる踊子はたぶん就職には苦労しなかったにちがいない。そう、しかし彼女は、釘抜きの二股の先端のように二本の指を使って、男の左の鼻孔を捕え、上に引っぱり、男を立ちあがらせようとした。立ちあがるほかない、というのも、この行為には容赦がなかったからだ。立ちあがると、彼女は全身でぐっと彼に寄りかかり、開いた口を彼の口に押しつけ、口づけしているあいだもその容赦のなさは変わらなかったが、それは彼を不愉快にするものではなかった。

「行きましょう」と彼女は決然といい、まだ呆然としている彼を後ろに振りむかせ、席の並びの出口のほうに押しやった。

それから、ユゴーは右に行こうとしたが、むろんそれは間違いで、女が彼を引きずっていったのは、左の内陣のほう、そして、ロマネスク様式のあいだを通り、ゴシック式のアーチを抜けて、「聖所」をぐるりとひと回りし、さっき入ってきた出口にたどり着いた。

「いま通ったところにあるアーチ形の絵、《サフィラの死》を見たかしら?」扉の把手に手を掛けながら、彼女は訊く。

ユゴーはその絵を見なかったし、べつに見たくもないのだが、彼にとっても損なこの心得違いはひとまず措くとして、たったいま、若干の知識と忘れがたい唇を惜しみなくあたえてくれたこの美しい女性を喜ばせること、もしくは少なくとも、その機嫌を損ねないことが彼の望みだったので、

「サフィラ、なんて素晴らしい名前だ! 君にもよく似合う」といった。

「わたしにはわたしの名前で十分よ、セニュール、この上ないほど女らしい名前だか

ら。けれど、あなたの考えも悪くないわね、わたしたちの教団に入る若い修練士の娘にぴったりの名前だわ。さあ、オルガンが信者たちを呼び集めないうちに外に出ましょう」

「なぜ信者を嫌うんだい、心やさしい幸福の娘よ。信者に恨みでもあるのかい？」ユゴーは尋ねる。

「とんでもない。ひとりのときは、繊細な神経をもった人にも出会うわ。でも、集団になって、とくに歌を歌いはじめると、軍人たちとおなじく、避けるに越したことはないので……」

といいながら、大きく扉を開けて、告げる。

「太陽は相変わらず、そこに、セニュール」

「どこにあってほしいんだね？」ユゴーはふたたび彼女の腕を取っていう。「教会にいたのは二〇分そこそこなのに」

「時間のことはけっして確言できないのよ、殿下（モンセニュール）」と美女がいう。「歴史書には、森に入った若い男女の話がたくさん出てくるけど、しばらく鳥のさえずりを聞いて、森から出てみると、春の花咲く広場にはいまや冬の雪が降りしきり、馬の毛並みは白くなり、彼らの服もぼろぼろに朽ち果てて……」

その言葉があまりにも月並みだったので、男は女のためにいささか気恥ずかしく感じたが、なんの感想も述べなかった。ただ、男の腕と手は甘美なものに押しつけられていたので、じつをいえば、その感触に心を集中したため、一時的に、視覚はもちろん、聴覚さえもなおざりにされていたのだ。二人が行き来する教会前の広場には、いまも太陽が熱く照りつけており、彼らは、紐で縛られたわけでもない歩行者が近寄りうるぎりぎりまで体を接しあっていた。彼らの心も同様だったにちがいない、というのも、二人がそぞろ歩く陽光の愛撫のもとで、ユゴー・アルノルドは、自分がミリアム・グウェンに触れているように、彼女も自分に触れ、また、いわば彼女の存在によって自分が心強く感じるように、彼女もまた自分の存在によって心強く感じているという確かな印象をもっていたからだった。三、四、五、それとも六回、二人のどちらも正確に数えてはいなかったが、彼らは小さな広場の端から端まで往復を繰り返し、そこでは、ほかの人びとも、体をぶつけたり、掠(かす)めあったりすることもなく、だが、たがいを目で探りながら往き来していた。電流が再開するように、ふたたびユゴーの注意力がもとに戻ったのは、彼らと並行して、だがすこし離れたところを歩いているかなり奇妙な人物に気づいたからで、この男は、ときどきミリアムのほうにやって来るが、彼女をじっと見据える以外、けっして近寄りすぎたりはしない。足の爪先から頭の天辺まで、男は、明るい褐色というか、くすんだ黄土色の縄底の布靴に、それに合った靴下と、ちょっと粉を吹いたような同系色のコーデュロイのズボンを穿き、おなじ生地のジャケットの上のほうまでボタンを留めているので、おなじような色のシャツの襟はほとんど隠れ、相変わらずおなじコーデュロイのハンチングを耳が隠れるほど目深にかぶり、かろうじてそこから覗く顔はなんとも表情に乏しく、全身をおおう衣服の糞便調だけが彼の存在を保っているように見えた。まさに「歩くコーデュロイ」といってよいだろう。このコーデュロイ男はミリアムに気があるのだろうか? もちろんそのはずだが、お生憎さま! 連れをしっかりと放さず、ユゴーは男のほうを振りむき、空いているほうの拳で威嚇した。

「貴様……」と、まわりから人が集まってこないように、ぐっと声をひそめていった。

「やめて」と身を振りほどいて、ミリアムがいう。「呪詛をあらわすあなたのウェルギリウス風の物言いには恐れいったけど、ここはわたしに任せて……」

そして、犬に「小屋にお入り」というように、コーデュロイの男に教会の正面入口の扉を指差し、ユゴーよりも大きな声で繰り返した。

「教会に入って、いますぐに……。入って……」

ひと言もなく、おそらく言葉の使いようを知らなかったのだろう、男は一度で引きさがり、扉に駆けより、教会に入ろうとする人びとに交じって、姿を消した。

「あれも信者だったのかな?」ユゴーは皮肉まじりに尋ねる。

「いいえ、そんなことはないわ」とミリアムはまじめな顔で答えた。

ユゴーは女の腕を取り、前よりしっかりと握りしめる。かくて、二人はふたたび出発した。

今度は教会前の広場を出て、サン゠ジェルマン大通りに戻り、左に曲がって、さっき出てきた地下鉄の出口の前を通りすぎ、先刻より人出の増したように見える歩道をゆっくりと歩いていく。教会の飛梁の前と内陣の裏手に茂る草木を囲う鉄柵のほぼ正面にベンチが見えており、たまたまだれも座っていない。すぐにその席の一部が埋まった、というのは、ミリアムが連れを断固としてベンチに差しむけ、二人ともそこに座ったからだ。明らかにこのベンチはミリアムがよくやって来る場所であり、彼女がひとりのとき、ここでおそらく女優という職業だけでなく、みだりに広言しかねるほうの職業の一部をなす煽情的なポーズのひとつを取る習慣なのだとユゴーは考え、ちょっとした心の痛みを覚えながらも、その痛みから身を遠ざけるすべを知らなかった。尻の下に固い木肌を感じるこのベンチは、かつてもいまも彼女が男を捕える罠ではないか？　だが、彼女はなにもいわずに笑ってみせ、その美しい微笑のせいで、不安な質問をすることは憚（はばか）られた。人びとはといえば、ベンチの前を行き来し、また戻ってくる者も多く、そうした孤独な群衆は、たがいに眺めあい、接近し、そして別れ、ときには一緒に去っていく。歩（ポーン）だけが生き残り、殺しあい、一緒にどん底に落ちていく、巨大なチェスの勝負にも似た奇妙なゲームだ。

「面白い人たち」と、彼らを目で追いながら、ミリアムは、恐怖も、敬意も、つまらぬ遠慮もいっさいあらわさずにいった。

ミリアムは、そうした連中のひとりをたぶんあまりに露骨に見つめすぎたのだが、その青い目の若者、ミリアムの目よりは輝きを欠き、どちらかといえば濁った青さの目をもち、ほとんど剃りあげたように金髪を短く刈り、獅子鼻の下で、なんの音も立てずに喋るかのようにたえず唇を動かしている若者が、ベンチの前を三度目に通りすぎようとしたとき、ふとベンチの主たちのほうへ歩みより、ミリアムの側ではなく、ユゴーが彼の行為を予測しているとでもいうように、ためらわずユゴーの傍らに腰を下ろした。

「煙草をもってるかい?」といって、若者は隣の男の顔をしっかりと見るため、頭をそちらに向ける。

じっさいに火をつけることはほとんど稀ながら、ユゴーは上着のポケットに煙草を一箱もっていたので、若者に差しだした。

「火がないんだ」若者は言い訳する。

「わたしはもってるわ」とミリアムがいい、自分もゲームに加わろうと身を傾け、万能化粧箱からライターを取りだした。

そして、金髪の男が火をつける間に、こうつけ加える。

「頰っぺたの下に、素敵な蛇を飼ってるのね」

そのときになってはじめて、ユゴーは自分の不注意に慌てたのだが、新参の若者がたしかに、ミリアムの指さした左耳の下に、蛇の頭部をあらわす青い刺青をしていることに気づき、蛇の舌は若者の唇の端に向かって延び、胴体のほうは、上半身を大きく寛(くつろ)げたあまり綺麗ではないピンクのフラノのシャツのなかへと消えていた。

「こいつは長いぜ」と金髪の男は誇らしげにいう。

「尾っぽはずっと下のほうにあるんだ」

ライターを返すと、ユゴーに向かってこういい添えようとする。

「おれは牢獄を出て……」

「興味ないな」急いでユゴーはいった。「私たちはみんな、どこか閉じこめられた場所から出てくるんだ」

「蛇の尾っぽの先っちょまで見るっていうのは、ご婦人のほうの興味を引くかもしれないぜ」

「全然」とミリアム。「本物も刺青もたっぷり見てきたから、あんたの尻尾がどんなふうになってるか想像がつくの。よく似合ってるわよ、でも、それが毒蛇じゃないのをときどき残念に思っているんでしょう……」

「たしかに」と金髪。「で、これで終わりかい？」

「終わりだ」ユゴーが答える。

金髪は立ちあがり、口の真ん中の鑢(やすり)をかけた歯を数本剝きだして笑い、ほかの人びとの渦に消えた。この男の話はもう気にもとめず、ミリアムがうながして、二人も立ちあがり、ベンチをぐるりと回って、歩道を背に、車道に向いた反対側のベンチに腰を下ろした。それまでは道行く人から目につきすぎる場所だったが、いまは歩行者に見られないかわりに、すべて一方向に流れる車の眺めがうんざりするほど不愉快で、長くは我慢できるはずもない。すでにミリアムは大きく口を開けて長ながと欠伸をし、それから、形のよい顎が、よく油で手入れをした銃の遊底のような軽い音を立てて閉まり、そんな音を耳にすれば、感性の鋭い人間なら、男だろうと女だろうと、だれでも彼女を強く抱きしめたくなったことだろう。だが、ミリアムは、自分のほうに体を寄せたユゴーを押しのけてこういう。

「だめ。地下鉄でするのは気分がよくても、ベンチでは惨めなことがあるわ。すこし大通りを歩きましょう」

大通りに戻って、さまざまな通行人のなかにいり交じると、そこでは、先刻の孤独な人びとが擦れちがいあっており、最初に現われたひとりは、さっき彼らのもとに来た金髪の若者だった。

「散歩かい？」金髪が尋ねる。

「そう。散歩するの」ミリアムが答える。

「で、どこに行くべきか……。悪くない場所を知ってるんだが、会員制のクラブで踊るとか、それとも、リラックスしたいんだったら、ゆったりした肘掛椅子のある暗い部屋が続いていて、優しい音楽に、冷たい飲物をサービスして相手をしてくれる親切な男や女がいて、どんな種類の快楽にも少しずつ開かれた扉がある……。行ってみるかい?」

「行きたかないわね」ミリアムはひどく挑発的に嘲笑っていった。「どんな種類の快楽だって、欲しいとなればだれの助けを借りる必要もない。全部わたしたち自身でやるわ」

「じゃ、あんたは?」金髪はユゴーに訊く。

「私は」と、ユゴーは苛立ちと怒りのない混ぜになった気分で、「まずその蛇を引き裂いてから、お前の面をぶちのめしてやろう。これまで殴らなかったのは、この女性がお前の減らず口を聞いて面白がっているように見えたので遠慮していただけだ」と答えた。

「落ち着いて、セニュール」とミリアム。「とくにその蛇は傷つけないで。殴りつけるのなら、その反対側にしてね」

「ご婦人のほうは礼儀を知ってるし、おれたちがおなじ仲間だってことを怖がったりはしていない」と金髪は強がる。「だが、あんた、あんたにはまたかならずお目にかかるだろうよ。ひとりになったら、会いに来いよ。天気のいい午後の遅い時間、どこに来ればおれに会えるか分かってるよな。じゃあな（アデュー）、イタリア人は『近いうちに』って代わりにそういうんだ」

「じゃあね（アデュ）」とミリアムは答え、男が遠ざかっていくあいだに、この月並みな決まり文句で約束された再会があまりに遠いものだったから、というより、あまりにあやふやなものだったから、その文句を使わないわけにはいかなかったのだ、といい足した。

「美しき人よ、私が感謝したいのは」とユゴーは応じる。「もうひとつ別のこと、別の文句のことだ……。どんな種類の快楽だって、『全部わたしたち自身でやるわ』といったときの、その決然たる口調だよ。あの犬畜生に向かってそういい、さらに、だれの助けを借りる必要もないと断言したからには……」

　そして、ミリアムが止める暇もないうちに、ユゴーは砕石舗道に膝をつき、彼女の剝きだしの膝に狂ったようにむしゃぶりつき、スカートの絹の下に頭を突っこみ、裸の太腿にキスをして、自分が公衆の面前で、彼女と同様、いや彼女以上に破廉恥な振舞いにおよんだことに有頂天になっていた。彼がふたたび、飛びあがるようにすばやく立ちあがったとき、彼女の唇はもう彼を避けようとはせず、二人は口と口を合わせ、木の幹にもたれかかって抱きあったが、木がそこに生えていたのは、おそらくこの口づけに強固な支えをあたえるための恩寵といってよかっただろう。

ユゴーは女のドレスを開き、立って木の幹にもたれかかったまま、その場で彼女をものにしそうな勢いだったが、通行人のなかには、多少人目を引くこの抱擁に特別の注意を払うものもなく、ただ、ひとりの日本人が二人のほうに大きなカメラを向けて、どんどん近寄って写真を撮り、満足の意を表明する高く短い音を口から発していたのと、ひどく色の淡い碧眼とひどく色の淡い金髪をしたスウェーデン人というよりデンマーク人ふうの娘が、座っていた酒場「ロムリー・マルティニケーズ」のテーブルから立ちあがって、二人に向かって拍手し、たぶんスカンジナビアのなまりで「恋愛万歳!」と叫んだのが、例外だった。この賞讃の辞は、通りからそのテーブルにやって来た若者の出現によってすぐに報いられ、若者は彼女の隣に腰を下ろし、手に口づけをしたが、彼女の手は引っこめられず、いっぽう、日本人のレンズは、たえずミリアムとユゴーの足と顔のあいだで、かしゃかしゃと音を立てつづけるので、ついに二人はおたがいの猛り狂った唇を離して噴きだしてしまい、つぎには、自分たち自身が滑稽に思えて大笑いし、サン＝ジェルマン＝デ＝プレに醜聞を巻きおこそうという彼らの試みが、今回は失敗したことを認めざるをえなかった。

「わたしは自分の役をうまく演じる力があったし、実際にうまく演じていたはずよ。あなたも長いことわたしと一緒に練習してきたみたいに、相手役になりきってくれたわよね」とミリアムはいう。「おたがい役者同士なんだから、もうこうして仲間みたいな口を利いてもいいわよね。ほかのことは、まだ、だめだけれど」

「だが、美しき遊び女よ、そのほかのことのためにこそ、地下鉄のなかから私は君に親密な口を利いてきたのだ。まもなく、それがさらに当然のことになると分かっているだろう」

「幸せにも、わたしたちが存在していると思いこんでいるこの広大なからくりのなかでは、分かっていることは、つねに、分かっていると思うことにすぎないのよ。本当にあなたが、すべてのことについて分かっていると思うにすぎないと分かっているのなら、そのときあなたは、わたしたち役者、とくに女優がもつ認識に近づいたことになるわ。つまり、眠りや死にも似たかぎりない非現実のなかで、自分たちが非現実の断片でしかないというある種の認識（コネサンス）のかたちよ」ミリアムが説得するような口調でこういうと、唇の上の剝げた紅がその権威をいささか損ないながらも、彼女の美しさをなんら損なうことがないため、その口調はさらに感動をそそるのだった。

「抽象的な話はかなり退屈だし、じつをいうとほとんど興味がない」ユゴーは一蹴する。「私の関心は、この舞台の幻影のなかで、いとも簡単に自分の分身である娼婦に化身する女優、そして、その女優の役を喜々としてつとめるミリアムをよく知ること（コネサンス）にあって、愛する女に親しく呼びかける理由として、先刻から私がほのめかしていたのは、この世のからくりでもなんでもいいが、体の交わり（コネサンス）のことなのだ」

「ロムリー」のテーブルでは、見知らぬ若者が自分の手を握りやすいようにと、スカンジナビア娘は斜めに傾けた姿勢を取りはじめており、そうしながら、彼女が足首のみごとに引きしまった細い脚を前にぐいと伸ばすと、膝下までの黒い靴下と、せいぜい太腿のなかばまでを被うだけのスカートのあいだが剝きだしになった。ブラウスの胸のボタンはほとんど外れており、肌は小麦色に日焼けして、目とふわりとした髪の明るい色を奇妙に輝かしく見せている。彼女のおかげでかろうじて存在しているにすぎない凡庸な若者は、たぶんここからは聞こえない戯言（ざれごと）と、ここからも見える笑いに誘われて、明らかに自分に差しだされたもののほうへ身を傾け、キスをした。すると、この情景を目の隅にとめた日本人は、ミリアムとユゴーを放りだして、そちらへ行き、間近から写真に収めようとする。彼の出す笛のような短い音はますます甲高くなり、ますます人間のものとは思えなくなっていった。

「子供のときに」とユゴー、「母から貰ったインドの豚みたいな鳴声を出しているな。私がどこに行くときも、豚はああいう笛のような音を出しながら、あとを付いてきたんだ」

「あれは日本の豚なのよ」とミリアム。「わたしたちのたったひとりの観客だったけれど、コレクションをふやすために、ほかのところに行ってしまった。でも、その気になれば、すぐにも呼びもどしてみせるわ」

「君がその力をもつ稀有の女性だということは認めるが、どうかやめてくれ。それに、いま君がある舞台を想像していることもよく分かるが、その舞台で、さっき君がいった良き相手役として、私が手伝いをするのはちょっと無理な話だ。露出症の気はまったくといっていいほどないからだ。私の望みどおりに君をよく知るためには、むしろ二人きりになることが必要だよ」

「わたしをよく知ることのできるやりかたを想像しているわけね。でも注意して、ユゴーさん、あなたが熱心な相手役として戯れを演じきるつもりがないなら、これを限りに、親しい口調をやめてしまうこともできるのよ。そして、わたしと戯れる気がないなら、わたしはすぐに別の相手を探して、あなたの目の前で舞台を演じてみせるわ。あなたの想像もできないような極限まで……」

「そんなことになったら、娼婦よ、私は死んでみせる」本気で死の舞踏に加わりそうな様子を見せながら、ユゴーはきまじめな口調でいった。

「よくぞいってくれたわ。あなたを相手役に引きとめて、親しい呼びかけも再開するわ。でも、忘れないでね、わたしの劇場で死が演じられるとき、死の裁きを下すのは、相手役ではなく、このわたしなのよ。それでは、舞台を変えるとしましょうか。うらぶれた小路は嫌い？」

「人の気が少なければ……。それこそ君と行きたい場所だ」と男はいった。

だが、彼らの予定された出発は奇妙な情景の前で蒸発してしまう、というのも、大通りの車道に、短いスカートと、ボタンひとつだけで前を押さえ、体の動きにつれてひらひらする袖なしの上着をかろうじて引っかけた、ぼさぼさの金髪の若い娘が現われたからで、この娘は全力をこめて、全速力で小さな台車を引っぱりながら走り、その台車にはパンを入れるための大きな空の箱が載っていて、道の凹凸に揺られている。止まった車と走る車のあいだから、警笛の合奏が彼女を追いかけているが、彼女は一顧だにしない。

「なんと美しい」とユゴーは呟く。「一六世紀イタリアで最高の女走者、ナポリの美術館にあったアタランテのようだ」

「グイド・レーニ[16]の《アタランテ》、だったわね」

「そうだ、それだ。だが、絵のアタランテのように、彼女も全裸で走るべきだ。なんたる脚、なんたる跳躍！ 矢のように放たれた、なんたる肢体！」

「あなたが賞讃を惜しまない、いまひとりの遊び女なのね、セニュール」とミリアムがいう。「でも忘れないで、アタランテが、競走で自分に勝った男に身を捧げると約

---

16 イタリアの画家（一五七五〜一六四二）。古典主義的な優美な構図で知られる。ここで言及されている《アタランテとヒッポメネス》は二作現存し、ナポリのカポディモンテ美術館とマドリッドのプラド美術館に収蔵されている。

束したのは、自分より速く走れる者などだれもいないと知っていたからだし、にもかかわらず、彼女が負けたのは、伝説によると、若いヒッポメネスがアタランテの足もとに純金の果実を三つ投げ、この美しき遊び女が果実を拾おうとして時間を失い、さらに想像するに、それを胸に抱えようとして足手まといになったからだわ。だって、彼女はひらひらする薄衣以外なにも身にまとっていなかったのだから。自分の負けを認めると、彼女は気を取りなおして、近くのキュベレーの大地母神の神殿で、美しき勝利者に身を任せたけれど、貞淑な女神は、アタランテとヒッポメネスを自分の車を牽く雌雄の獅子に変えて、この瀆聖の行為を罰したというわ」

「思えば、神々とおなじ不死をまっとうすることになったわけだ。素敵な一発をやらかしたあと、人も羨む運命を迎えたわけじゃないか？　君にとっても私にとっても、これ以上望ましい結末はないだろう。愛の行為のあと、野獣になって、一緒に繋がれ、ちょいと永遠を楽しみ、画家や彫刻家のお気に入りの主題になる……」

「すべては消えなければならないの、たとえ芸術品が神々より強い生命をもつとしても。そのことを忘れないで」と、木から身をひき離しながら、ミリアムはおごそかに告げる。「けれど、いまや忘却の淵に沈んだわがグイド・レーニも、あなたの思いだせなかった《アタランテ》のおかげで、それから、《ヘレネーの誘拐》と、まだローマのロスピリオージ宮殿にあるはずの、目も眩むような馬車を描いた《曙》のおかげで、ふたたび陽の目を見ることになるでしょうね。かつてのあらゆる名匠のなかで、レーニこそ、たぶん速度の画家の名にいちばんふさわしい人物だと思わない?」

ユゴーは今回は大笑いして答える。

「いやはや、驚いたよ。君が自分でいうほど筋金いりの売春婦なのかどうか、いまだに確信がもてないが、もし君が本当に売春婦なら、この世で出会えるいちばん衒学趣味の売春婦にちがいないだろうね。ところで、〈衒学者(ペダン)〉と〈売春婦(ピュタン)〉という言葉には、〈衒学者(ペダン)〉と〈男色家(ペダル)〉にも似た共通の音の響きがある。同様に、〈文化参事官(コンセイエ・キュルチュレル)(嗜みの指南役)〉とか、〈文化展(エグジビシオン・ド・ラ・キュルチュール)(素養の誇示)〉といった表現の背後にも、性的な世界を暗示する言葉の響きのようなものが感じられる。私たちは、すべてがセックスのまわりを廻(めぐ)る世界に生きているのだ」

耳に快いミリアムの笑い声が聞こえ、つづいて彼女がいう。

「あなたこそ、自分のセックスのことしか考えていないのでは?」

「日が暮れないうちに、せめてその形だけでも君に拝ませてあげたいものだよ」ユゴーはボールを打ちかえすように答えた。

「夏至にも近い洗礼者ヨハネの祭日まで、もうひと月もないのよ」ミリアムはぐっと声を低くしていう。「だから日は十分に長いので、ご自慢のものを見せていただく時間はたっぷりとあるでしょうね。けれど、あなたにうらぶれた小路の約束を忘れさせたアタランテは、もう姿を消してしまったわ。もはや小路に身を沈める気はないの？」

「場末の路地にだって迷いこむつもりだ」と男は答える。「君の行くところ、雄山羊はどこへなりとついていく、雌の仔羊よ」

「あなたの婢（はしため）を若い雌羊に見立てるのが好みなら、ユゴーさん、あなたがかぶるのにふさわしいのは、むしろ雄羊の仮面でしょう」と美女はいう。「好色な雄山羊には、醜い雌の山羊がお似合いだもの」

「雄山羊に一度でも思いを遂げさせたなら、人間の女でも似合うようになるはずだ。君は先刻承知のことだと思うが」

「娼婦と女優はどちらも、あらゆる点から見て、まがいものの技巧を凝らすことで純真無垢だという先入見を自由に操るものじゃないかしら？」と、自分を引きたてるお得意の悦に入った美しいまなざしで、当の本人がいってのける。「では、行きましょう……」

「ロムリー」のテラスでは、スカンジナビア娘と無名の青年が愛撫から会話に移っており、これは、まもなくもっと人気の少ない場所で、二人の結合が完遂されることの兆しだろうが、それ以外にとくに注目すべきことはなく、数歩でユゴーとミリアムはそのテラスを後にする。ミリアムは、もう大通りの通行人には興味を示さず、すばやく右へ曲がり、狭いビュシ通りに入る。車道の真ん中で、連れが急いで彼女に追いつき、胴を掴まえて、首筋にひとつ口づけをすると、ミリアムはもっとゆっくりそれを受けとめるため、首と、髪に隠れぬ耳を彼のほうに差しだし、彼は耳に囁きかける。

「私とホテルに行こう……。いま……すぐに……」

この言葉と彼の唇とにおなじように心と体を快く動かされ、彼女は短く笑ってから、

「ねえ、あなたのためには、ほかの計画があるの」と、決然としたユゴーの提案をどれほど歓迎しているか、それを言外に匂わせるやさしい調子で告げた。「地上の楽園の一角に連れていってあげる、その鍵をもっているの」

「君の家か？」

「いいえ、わたしの家ではないわ。年上の女友だちで、なにからなにまでわたしより優れた女性がいて、彼女の名前はサラ・サンド、素晴らしい契房(フトワール)の持ち主で、男性を迎えるのに、わたしや、彼女に仕えるほかの娘たちにその寝室を貸してくれるの。まあ見ていてごらんなさい！」

すべてを彼は予想していた、即座の同意を、時間の引き延ばしを、色女の戯れを、そして、拒絶さえも。だが、たったいま耳にした奇妙な提案と、いま演じられている舞台への耳慣れぬ名前の未知の女の登場だけは、まったく予期せぬ出来事だった。だから、言葉をいい終える前に後悔することになろうとも、こう訊かずにはいられなかった。

「サラ・サンド、いったいだれなんだ？　またユダヤ女か？」

「それがあなたの強迫観念なのね、可哀そうな人、もしかしたら自分がその民族の出のせいで、すべての女と男について、ユダヤ人かどうか調べずにはいられないんじゃないの？　わたしの記憶が間違っていなければ、サラはわたしよりすこしはユダヤの血を引いているけれど、それは彼女の美点のいちばん凡庸なところね。実際に本人に会って、ダヴィデ王の臣下たちのように、血の重さを量って判断したらいかが」

さほど多くはないが、小道を賑わすには十分な数の通行人に交じって、二人はさらに何歩か進み、男は、かつて「殉教者風」と呼ばれた髪形の下の、丁寧に剃りあげられて、芳香を放つうなじの記憶に陶然としつづけており、唇で女の耳の下に触れたり、広げた手を肩のつけ根に這わせたりしたときとおなじ喜びを女があらわして、愛撫に身を任せたと感じた瞬間におこなっていたつい先刻の心地好い活動に戻ろうとしたのだが、それは数分しか続かず、たったいまミリアムが表明した意志にしたがって、新たな方向へと進んでいくためには、さきほど二人が甘美なことの始まりに夢中になった過渡的な態勢にたち戻らねばならない。

ミリアムは爪先で立ちあがったのだろうか？（サンダルの底はそうできるほど柔かかったのだ）蹴爪を立てて威嚇する闘鶏のようにではなく、田園で、雌の群れから離れて突進してくるとき、農夫をも怖がらせる新家禽種の巨大な雄の七面鳥の一羽のように。どうもそうらしいが、ユゴーは、この愛しい女のなかに間歇的にあらわれてくる、彼よりもはるかに強烈なものに自分が支配されているのを感じ、この女を押し倒して、自分の抱擁で体をひん曲げてやりたいと思ったのだが、女が自分を弄んでいるのか、それとも、策謀を廻らす二人の人物が登場するゲームの裏表を演じているのか、あるいは、恋する女の顔をした彼女自身という甘美な玩具をついに彼に差しだす気になったのか、まったく理解できなかった。そうこうするうち、黙って彼女は彼を狭い歩道に押しやり、自分もそのあとに続いた、というのは、背後で自動車が発進し、路地を出ようとしていたからだ。沈黙は続いたが、彼女と彼の手は握りあわされたので、男の意識のなかで女の支配が和らぎ、車が遠ざかっていったとき、男は確信を取りもどし、自分が夢中になっている女は、ほかの女よりもいささか色気と教養にあふれた女優にすぎないのだという考えに落ち着いた。そして、それ以上躊躇せず、彼女が黙りこんでからずっと喉もとまで出かかっていた質問を口にした。

「君の指導者の、そのサラ・サンドについてはまもなく説明してくれるのだろうが、彼女はどこに住んでいる？　遠いのか？」

「サラ・サンドの契房は彼女の住まいではないの」尊大さに優美さを添えてミリアムは答える。「〈契房(フトワール)〉というフランス語はとくにアポリネールが好んで使った言葉で、意味は分かるでしょう。でも、彼女の本当の住所については、わたしも、ほかの仲間の女の子たちも、それがどこなのか知らないし、知ろうと思ったこともないわ。たいていはひとりで、たまには何人かまとめて、わたしたちはサラの契房に迎えられるけれど、その数日前に彼女から招待状が来て、わたしの知るかぎり、その招待に応じなかった人はひとりもいないわ。もしほかに約束をしていた場合でも、どうしても約束を果たせない理由ができた、と謝って断るでしょうね。ときには、これこれの日時に、わたしたちのだれだれが契房を使えるという通知を受けることもあって、そういう場合は、わたしたちの利益と彼女の名誉にいちばんふさわしく契房を役立てるように努めるのよ。ちなみにいうと、サラ・サンドは、あなたが皮肉めかしていった、わたしたちの指導者なんかじゃなくて、とても説明しにくいんだけれど、わたしたちにとって彼女の役割は、想像できる最高の友人で、あらゆる政党に政治的な協力者がいて、いま権力を握っている人たちだけでなく、たぶん明日その権力者にとって代わるような人たちも手のなかに収めているので、すごく力をもった保護者でもあるし、偉大な女祭司か、異論の余地のない精神的かつ物質的な権威をそなえたグループの主宰者といったところかしらね。わたしは彼女を、世俗と神聖両面の無限の愛情で愛しているし、それはいってみれば、女神でもあるような神を崇拝することにも、そして、時間と空間のなかで唯一無二の恋人を慈しむことにも通じているのよ。わたしは、獣が女主人に服従するように彼女に従うし、けっしてほかの主人をもつことはないでしょう。

そのことだけは確信をもっているわ」

ミリアムの信仰告白に啞然とさせられて（させられぬはずがあろうか）、ユゴーはなんと答えていいものか見当もつかず、そのため、危険を冒すことになるのは承知のうえで、考えを明確にしないまま放っておくほうがいいかもしれない話題に、あえて踏みこんでいった。

「では、君は、その最高の友人から、今日謎の契房を自由に利用できるという招待状を受けとったのだろうが、もし、地下鉄で私たちのまなざしが交わらず、君が車輛を降りるときに私が君の手にキスしていなかったら、君はサン＝ジェルマン＝デ＝プレ駅で下車して、その界隈の路上で、あらたに白粉を塗りなおした美貌を見せびらかし、男どもを引っかけ、自分に都合のいい者をひとり選んで、快楽の浪費を目的とする場所まで連れていったというのかね」

「まさにそのとおりよ、セニュール、相手の男はひとりに限らないというささやかな一点を除いてね。このサン＝ジェルマン＝デ＝プレは、本物や偽物の刑務所帰りに、素敵な刺青男といったライバルがうろつき回っているけれど、いまあなたの連れている女が人目を引かぬはずがないことは認めるでしょう。でも、この界隈は、警察もやくざの連中もあまり他人の態度や行動に注意を払わない土地柄なの。わたしたちの結束の固さについても、あなたが幻想を抱いていないようなのは、嬉しいかぎりだわ。ただ、ここをよく理解してほしいのだけれど、あなたにとって初めての経験となるのは、あなたにたいしても、ほかの人たちにたいしても、わたしの行動を決定するものは目に見えないサラ・サンドの意志、彼女の要求だけだということよ。サラ・サンドの栄誉を高めるのは、ディオニュソス流の法悦の宴なの」

この新たな啓示は全面的に喜ばしいものではないかもしれないが、ほかはさておき、良いほうの約束を信じて、先に進むのも悪くはあるまい、とユゴーは考えた。だが、ミリアムの言葉のいちいちに振りまかれた微笑は、しばしば貪食者の残酷をあらわすようにも思えて、この不安の要素を無視することはできないが、なに構うものか、ユゴーの欲望はいまや抑えがたく、彼のただひとつの願いは、ひとりでそぞろ歩くミリアムにいい寄った男たちが導かれたはずの場所に、自分もまた導かれたいということだ。そう。それもできるかぎり早急に。

「さあ、君の目と首に輝くトルコ石が私を君に引きつけたように、私を契房に連れていってくれ、そして、私が君とともに行くことは、君と偉大なサラ・サンドの意志だといってもいい。女の意志が遂げられ、男の虚栄が打ち負かされるように。どんなことにも同意するから……」

「女主人の命令に従う良き侍女としては、立派な言葉を聞かせてもらったものだわ。いずれ、しかるべき時が来たら、きっと男の虚栄が雲散霧消する逆転劇が訪れるでしょうが、男の虚栄はかならずしも嫌いではないのよ。からかってみたいという趣味は否定しないけれどね。では、わたしがあなたのウェルギリウス、案内役になるから、わたしについていらっしゃい」

「さっき、サラの住み処に関して、それが遠いかどうか、私は尋ねた。君は、主人の住む場所を知る権利はないと答えた。だが、契房に行くにあたって、おなじ質問を繰り返そう。タクシーに乗ったほうがいいかもしれないから」

「いいえ。歩くのよ、そして、どこにいるのか分からないくらい方向感覚を失ったとき、そこにたどり着くことになるの。あなたにとって、契房のありかは謎であり、あなた自身の意志によって謎でありつづけ、あなたがわたしと別れて、ひとりで契房を出るときも、自分の導かれた場所の地理をすべて忘れることが、あなたの意志でなければならないわ。もちろん、あなたを病人か不具者に仕立て、目隠しをさせて、帰り

べては消えゆく

マンディアルグ最後の傑作集

パリの地下鉄、隣の席で化粧を始めた女。
その姿態に目を奪われたユゴーは、
慎みとは無縁な彼女の手に
思わず接吻してしまうが……。
芳醇な性の悦楽が
思わぬ展開を見せる表題作、
美少女との甘い邂逅から一気に
死の淵へと投げ出される「クラッシュフー」など、
独自の世界観きわだつ3篇を収録。

斗●訳　980円

【文学】

フランス文学

ヴィアン●野崎 歓●訳
うたかたの日々
儚くもやるせない青春の姿を描いた〝現代の神話〟! 914円

ヴィリエ・ド・リラダン●高野 優●訳
未来のイヴ
美貌と知性のアンドロイド〈ハダリー〉誕生! 1800円

ヴェルヌ●高野 優●訳
八十日間世界一周(上・下)
全財産と誇りを賭けて不可能に挑む、不滅の冒険小説! 上下各720円

ヴェルヌ●高野 優●訳
地底旅行
科学と哲学と宗教を統合した究極のSF小説! 1320円

ガスト…●斉藤悦則●訳
オ…
…全訳! 980円

フローベール●谷口亜沙子●訳
三つの物語
作家の芸術の粋を尽くした三篇が響き合う短篇集 900円

アンリ・ミュルジェール●辻村永樹●訳
ラ・ボエーム
自由放埒な芸術家たちの物語。本邦初の全訳 1600円

メリメ●工藤庸子●訳
カルメン/タマンゴ
純情な青年を狂わせた情熱の女カルメンの魔性! 840円

モーパッサン●永田千奈●訳
女の一生
現実をリアルに描いたモーパッサン文学の真髄、待望の新訳! 838円

モーパッサン●太田浩一●訳
宝石/遺産 モーパッサン傑作選
妻が遺した模造宝石は…作家の魅力を再発見する短篇集 960円

ユゴー●小倉孝誠●訳
死刑囚最後の日
独房から断頭台に至るまでの囚人の胸中を赤裸々に描く! 920円

ラディゲ●中条省平●訳
肉体の悪魔
鋭い感性で描かれた、純粋ゆえに残酷な少年の愛 560円

光文社古典新訳文庫　好評既刊

◎表示価格は本体価格です。　http

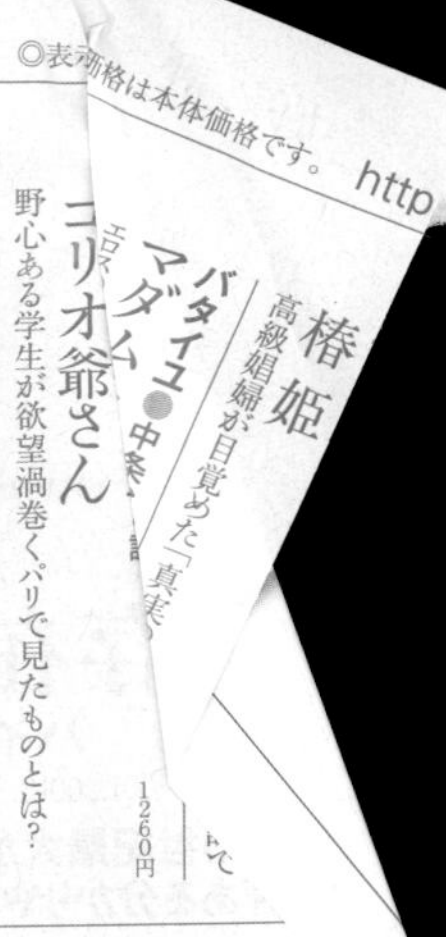

ゴリオ爺さん
野心ある学生が欲望渦巻くパリで見たものとは？

プルースト●高遠弘美●訳
消え去ったアルベルチーヌ
『失われた時を求めて』第6篇。"最終稿"を本邦初訳
705円

プルースト●高遠弘美●訳　全14巻
失われた時を求めて 1〜6
二〇世紀文学の最高峰が絢爛たる新訳で甦る！
(1)960円 (2)1105円 (3)1295円 (4)1500円 (5)1260円 (6)1260円

プレヴォ●野崎歓●訳
マノン・レスコー
身を滅ぼすまで純粋な愛に生きた二人を描く
840円

フローベール●太田浩一●訳
感情教育（上・下）
恋と打算、友との青春群像を描く"自伝的"傑作
上1340円　下1320円

フスキー●亀山郁夫●訳
痴 全4巻
ドストエフスキーが書いた「ほんとうに美しい人」の物語！
(1)860円 (2)860円 (3)880円 (4)1040円

トルストイ●望月哲男●訳
イワン・イリイチの死／クロイツェル・ソナタ
いま読みたい人間の「死」の秘密。後期代表作を新訳で
700円

トルストイ●望月哲男●訳
アンナ・カレーニナ 全4巻
真実の愛を求めて、アンナはさまよう——
(1)1100円 (2)980円 (3)1080円 (4)900円

トルストイ●望月哲男●訳
戦争と平和1（全6巻）
国難に立ち向かうロシアの人々を描く傑作
1080円

ナボコフ●貝澤哉●訳
カメラ・オブスクーラ
あの『ロリータ』の原型、ナボコフ初期の傑作！
895円

ナボコフ●貝澤哉●訳
絶望
"完全犯罪"を描いたナボコフ初期の最大傑作！
1040円

プーシキン●望月哲男●訳
スペードのクイーン／ベールキン物語
現実と幻想が錯綜するプーシキンの代表作！
1020円

…小説の最高傑作！

…出てくる、城寨が見える

マンシェット

●中条省平◉訳　552円

精神を病み入院していたジュリーは、企業家アルトグに雇われ、彼の甥であるペテールの世話係となるものの、身代金目当ての４人組のギャングにペテールともども誘拐され……。殺人と破壊の限りを尽くす、逃亡と追跡劇が始まる！

さまよえる捜査官ヴァラスが辿り着いた「殺人事件」の真相とは……

消しゴム

ロブ＝グリエ

●中条省平◉訳　1,276円

殺人事件発生の報せを受けて運河の街にやってきた捜査官ヴァラス。しかし肝心の遺体も犯人も見当たらず、人々の曖昧な証言に右往左往する始末。だが関係者たちの思惑は図らずも「宿命的結末」を招いてしまうのだった。

…時間７

中山元◉訳　1、300円

今月の新刊
2020.4

kobunsha classics

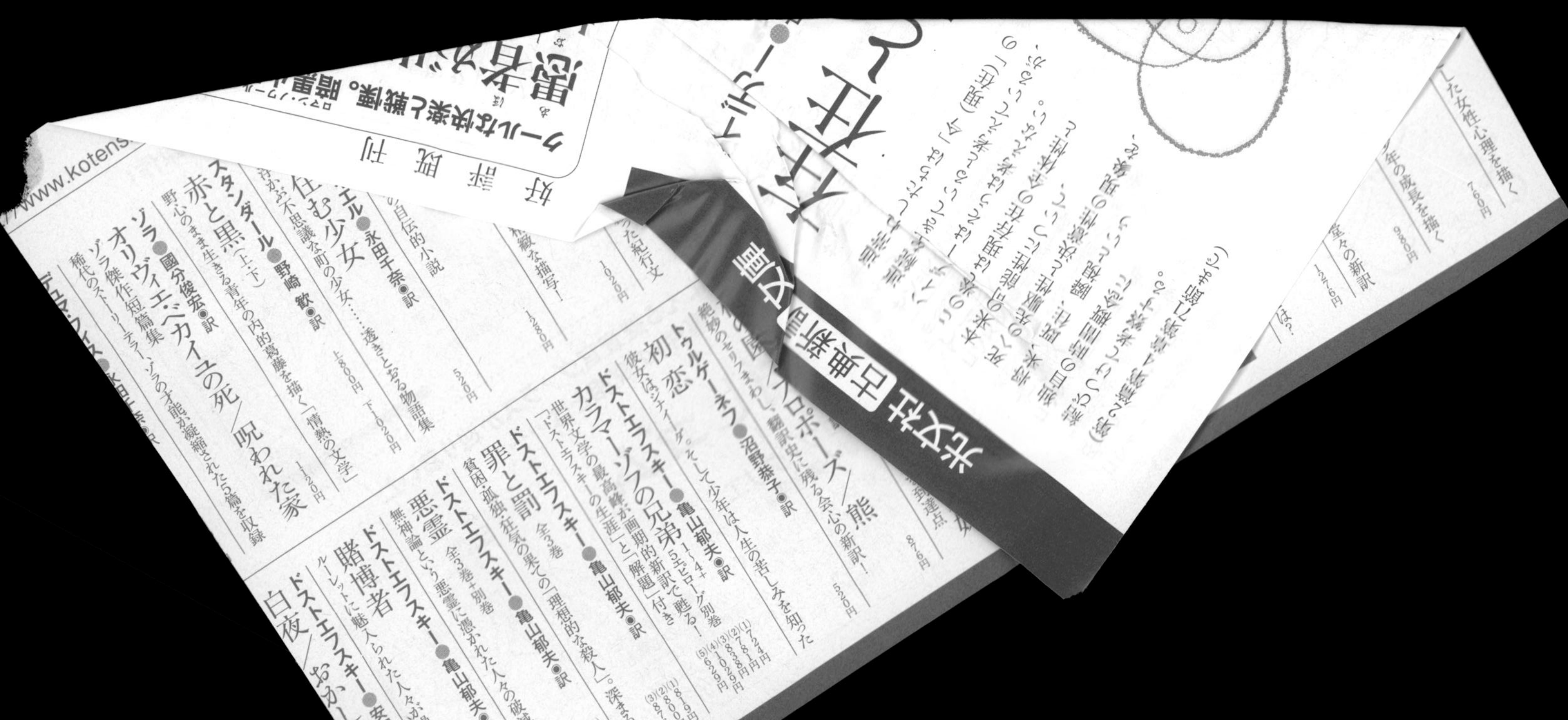
www.kotens
好評既刊
スタンダール●野崎歓●訳
赤と黒（上・下）
野心のまま生きる青年の内的葛藤を描く「情熱の文学」
上800円 下1020円
ゾラ●國分俊宏●訳
オリヴィエ・ベカイユの死／呪われた家
ゾラ傑作短篇集
稀代のストーリーテラー、ゾラの才能が凝縮された5篇を収録
1120円
エル●永田千奈●訳
住む少女
不思議な町の少女……透きとおる物語集
520円
自伝的小説
トゥルゲーネフ●沼野恭子●訳
初恋
彼女はジナイーダ。そして少年は人生の苦しみを知った
520円
プロポーズ／熊
翻訳史に残る会心の新訳！
876円
ドストエフスキー●亀山郁夫●訳
カラマーゾフの兄弟
1～4＋5エピローグ別巻
世界文学の最高峰が画期的新訳で甦る！
「ドストエフスキーの生涯」と「解題」付き
ドストエフスキー●亀山郁夫●訳
罪と罰
全3巻
貧困・孤独・狂気の果ての「理想的な殺人」。
ドストエフスキー●亀山郁夫●訳
悪霊
全3巻＋別巻
無神論という悪霊に憑かれた人々の破
ドストエフスキー●亀山郁夫●訳
賭博者
ルーレットに魅入られた人々
ドストエフスキー
白夜／
光文社古典新訳文庫
存在と
クールな快楽と戦慄。
した女性心理を描く
760円
年の成長を描く
980円
堂々の新訳
1276円

もおなじように連れてかえることもできるし、そのほうが簡単かもしれないけれど、この計画の実行には面倒なことも予測されるし、サラ・サンドの手本にならって、わたしも真実を偽ることが嫌いなの。それに、一時間とすこしのあいだに、わたしはあなたの存在に不可欠のものとなったでしょうから、わたしのいうことに従って、行くときと同様帰るときも、好奇心をもちすぎないようにしてちょうだい。それに、サラ・サンドのまさに超人的な力をすこしでも知ることになれば、彼女の秘密を守らないとどんな危険を冒すことになるかもおそらく察しがつくでしょうから、そんな用心も当然のわきまえになるはずよ。自分でいった言葉どおり、あなたがどんなことにも同意するというのなら、これからいう最初の重要な命令にも逆らう心配はないわね。これ以降、通りの名を記す表示板からは目を逸らすこと。けっして見てはだめ」

「わが欲望の貴婦人よ、私の目はいささか弱いし、それに反して、注意の散漫と意志の堅さは保証付きだから、君の命令に従うのはまったくたやすいことだ。命令されれば、歩きはじめよう」

ミリアムの笑いはいっそう露骨になり、唇の両端に震えのようなものを走らせ、男の手がふたたびおずおずとその見事な体に触れても拒もうとはしなかったが、顔の表情には、不安を掻きたてるような神経の過敏さがうかがわれた。

「行きましょう」と彼女は促す。「わたしたちが、ともに心に思い描いたことに取りかかるべき時が来たわ」

出発する。彼女がおもむろに先を行き、彼があとに続く、二人ならんで歩くには歩道が狭すぎるからだ。ビュシ通りが右に折れるセーヌ通りとの四つ辻で、ミリアムは左に曲がって、セーヌ河のほうへ下る。ついで、ジャコブ通りを過ぎ、ジャック＝カロ通りを行けば、真っ直ぐにノラ・ニックスの店に行けるはずだが、フォルトゥニーの美しいドレスはユゴー・アルノルドの現在のなかで、一度もほんのわずかな実在となることもなく、彼の過去のあまたの残骸とおなじく地に落ちてしまい、ジャック＝カロ通りを横目に過ぎると、ミリアムは突然左に曲がり、もっと狭く、もっと暗い小路に入った。

「まだまだ道に迷ってはいないから、この小路がヴィスコンティ通りだと分かったでしょうが、ここは昔、迫害にあった住民たちの名前を取って、ユグノー通りと呼ばれていたの。この家は、錬金術師で、たぶん七宝細工の職人もしていたベルナール・パリシーが住んでいたところで、パリシーは誇り高い新教徒だったけれど、サラ・サンドもおなじくらい誇り高いモーゼの律法の信徒なのよ。それから、かつてアドリエンヌ・ルクヴルールの住居があって、彼女が愛人のザックス元帥を迎えた一六番地の前に来たら、わたしに好きなだけ口づけする許しをあたえるわ。彼女は官能的なかすれ声で評判をとった女優で、身を売るどころか、栄光あふれる元帥を養うために、自分のダイヤモンドを売ったほど……」

問題の場所に来ると、ミリアムは、今回はやさしげな微笑を浮かべて、彼のほうを振りむいた。ユゴーは彼女を昔の家の壁に押しつけ、強く抱きしめて、長い、長いあいだ、両の手と唇で快楽を貪り、彼女にもおなじ快楽をお返しした。自分にあたえられた許しを活用しながらも、無礼な振舞いにおよばなかったのは、しばらくのちに素晴らしい契房で経験できると約束されたものの味わいを損ねたくなかったからだ。別のいいかたをすれば、男は激しい欲望を抱き、たぶん女のほうもおなじ欲望を共有し、犯される準備が整っているにもかかわらず、男がすぐには犯そうとしない若い娘のようにユゴーはミリアムをとり扱ったのだ。彼はもうちょっというところで女から離れた。女も身を引きはなし、服を整えながらいった。

「ここから数軒先にある中庭に面した住居で、一六九九年、ラシーヌが死んだわ」

つまらない戯言がユゴーの唇に上りかける。「もうちょっとで一八世紀に足を突っこんでいたら、彼は自分が足萎えになった気分だったろう」幸いなことに口には出さなかった。ミリアムの反応を恐れてか？　おそらく。だが彼女はこう続ける。

「いまから、あなたは道に迷わなくてはならないわ。案内役の女があなたに不快なことがなにも起こらないように気を配るから、彼女を信用して、目を閉じたつもりで進んでいくのよ。自分自身の奥底を見つめて、これから連れていかれる都会の地理のことはすべて忘れなさい。超越した世界の姿を求める神秘家のように、外の世界の意識を捨てるの」

　誘惑者として、ユゴーは戦う前にすでに勝負に勝ち、仰向けに倒れた女が彼の好きなときに小さな中庭で体を開く気になっていると思いこみ、また、じっさいすぐにそうなることを望んでいたのだが、むろんそんなことはなく、これから彼が従わねばならぬことは、自発的な混迷と盲目の（たぶん）長い歩みであって、その果てに、ミリアムが自分の言葉を守ったとき、おそらく約束された天国のささやかな一隅の扉が開かれ、彼女がその美しい果実として差しだされ、ユゴーの飢えを満たしてくれるはずだ。ミリアムはユゴーの腕を掴み、ついで手を取り、彼は、彼女の後ろから、半分だけ目を閉じ、盲目の状態を真似ながら歩き、女主人が連れ歩く自動人形のようにぎごちない自分の足どりだけを眺めていた。男どもは自分に身を任せた女のことを、美しい言葉をまったくでたらめに使って情婦と呼ぶが、この言葉はいまやミリアムのおかげで、その本来の意味を回復し、彼女はただの口約束を前払いしただけで、ユゴーを背後に従えて、路地や小路ばかりが集まる限られた地域を、勝手気ままに道を折れたり曲がったりしながら、彼を引きずりまわしているように思われた。車の通行もあるもっと広い道を横切るときは、エンジンの轟音でそれと分かるのだが、彼女はユゴーの腕を取り、もう片方の手で、目の見えない者の横断を助けてくれとでもいわんばかりに運転手たちに合図するのだった。それが済むと、彼女は腕を離し、彼をちょっと押してもとの進路に戻す。彼が自分に見ることを許したのは（貴婦人の命令に従って、自分の動きを制限しているのは彼自身の意志だったからだが）、歩道の舗装、敷石、アスファルトの表面だけであり、そこを打つ靴音が彼の頭のなかで、左足と右足が永遠に交わしつづける対話のように響き、この二人の徒刑囚が従事する一定のリズムをもった漕役刑は、ひとりの女性にほかならぬ魅惑的な囚人頭に率いられており、彼女にまさしく盲目的に従うことが、ユゴーの義務であり欲望であって、そうすることによってはじめて、彼の頭を占める唯一の目的である報酬があたえられることになるのだ。彼のなかで、時間の観念は空間の観念とともに消滅し、いつから自分の足が動いているのか、また、どこへ行き、どの方向に導かれたのか、もう分からなくなっていた。ミリアムはさきほど明確で仮借ない命令を下して以来、彼に声も聞かせない。ただ、彼が自分の背後にしかるべくつき従い、半分閉じた目が地面に釘づけになっていることだけを確認しつつ、彼女は進んでいった。この彷徨が始まってから、ユゴーが感じることのできた匂いは、ときに芳香でありときに悪臭であったが、それは自分の連れてこられた場所について、ほんのわずかな手がかりもあたえてはくれなかった。犬や猫とちがって鼻が利かないことで、完全に道の見当を失ったことに彼は満足して、「おれは犬猫より気が利いてるな」とひとりごちた。まったく新しい世界に出るか、ふたたび以前の世界に逆戻りか、どちらだろうとかまわない。本当のところ、ミリアムから離れたくないという気がかりしかなかったといってよい。

ついに、ミリアムは歩調を緩め、足を止め、ついでにユゴーも止めて壁に押しつけたが、その壁は、ユグノー通りやその付近一帯の大部分の建築物とおなじ古い石でできているのが分かったので、ユゴーがそのあたりから出ずに、目を地面に据え、いわれるままに盲目に甘んじてその区域のなかをあちこちさまよったにすぎないことはまず間違いなかった。石材から頭をすこし離し、視力が回復しはじめると、正八角形の星形をした奇妙な鉄格子が非常に暗い色の扉の上半分を占めているのが目に入り、ミリアムの指がその星の八つの角を先端から先端へとひとつずつたどり、まるでこの不思議な楽器で、耳に聞こえない音楽を演奏しているように見えた……。しかし、彼女は、彼がおそらく見てはならないものを見ていることに気づいた、というのも、彼の頭に当てた片手で、ぐいと彼の額を壁に向けたからだが、つづいて、巧みな指先で大きな星形に触れると、今度は、よく油を差した機械の部品が連動して立てるような一連のかたかたという音が聞こえた。それが止んで、短い静寂の間隔が生まれたのち、なにかが転がるような連続音が起こり、その低い音が衝撃音とともに消えると、ミリアムはたったいま手ひどく扱った男のうなじを手でやさしく撫で、素っ気なくこういった。

「来て。着いたの。扉は開いているわ」

じっさい、格子やほかの部分とおなじく、全体が鋼鉄製らしい黒い扉が四分の一ほど円を描いて、女とユゴー・アルノルドを迎えいれ、ユゴーが数歩なかに入ると、そこは、建築されて二、三世紀後に建て増しされたと思しき美しい私邸の、正面玄関と、翼棟と、管理人詰所の壁に囲まれた場所で、豪華なタイルのように艶やかに輝く小さな舗石を敷きつめた正方形の中庭なのだった。彼らの背後で扉が閉じ、その自動運動の緩慢さと正確さは、まったく容赦のないもののように思われた。

ユゴーは玄関の大扉に進もうとして、ミリアムの手でとどめられ、こう告げられた。

「だめ。注意してわたしに付いてきて。ここは危険な場所なのよ」

彼女が導いたのは、左の翼棟の一角にある低い扉のほうで、巨大な針葉樹から切りだしたらしい一枚板の扉の中央の黒い正方形を、彼女はピアノを弾くように（とユゴーは思った）指で叩きはじめたが、その素早さは、それを見守る観客のすでに弱りだした記憶にまったく痕跡をとどめないほどで、そのうえ、この正方形の装置は、昨今の建物の入口を守るためほとんどいたるところで使われているコード式とは違って、いかなる数字も、文字も、記号も書かれていないにもかかわらず、女の指は見えないキーの秘密を知っているかのように、裸の木材の上を走って、装置のそこここを押していくのだった。最後に人差指で強く突いてゲームを終わらせ、女が一歩下がると、彼女とユゴーの前で扉がゆっくりと開き、壁に垂直の角度で動かなくなった。

「驚いたよ、手弱女(たおやめ)よ」とユゴーはミリアムの首から肩に手を掛けていった。「どんな扉も逆らえない指戯に通じているんだな。次の扉を開くところも見せてもらいたいものだ」

「扉はあと二つだけ、仕掛けはもっと単純よ。わたしの指づかいもけっして下手ではないらしいし……。けれど、さきほどの最初の二つの扉を開けられるようになるには、長い手ほどきを受けることが必要で、わたしは忍耐と歓喜をもってそれを受けいれたのよ。さて、セニュール、いったんこの敷居を越えれば、あなたは、わたしたちが地下鉄で始めたゲームの勝利者になり、いっぽうわたしは、あなたにわたしを引きわたすサラ・サンドの命に従って、敗北者になるの。だから、しばらくのあいだ、主人であるあなたに、親しげな口を利くのは控えさせていただくわ」

こういいながら、ミリアムは脇に退(の)いて、ユゴーを先刻の中庭とまったく等しい正方形の小部屋に導きいれたが、その床と、四方の壁と、天井は、扉とおなじ暗赤色の木材に鉋(かんな)を掛け、蠟(ろう)で艶出ししたもので、森林のような強い樹脂の香りを放ったため、呼吸がしやすいような印象を醸しだしていた。おなじ木材で作られ、生皮(きがわ)を張った椅子が一脚だけ床の中央に置かれている。いま聞いたミリアムの言葉にいささか気分を良くしたユゴーが、彼女の誘いでそこに腰かけると、女は彼の前に跪(ひざまず)き、その履物の両方に素早い口づけをした。

「例のサラ・サンドは？」とユゴーが尋ねる。

「サラ・サンドは、ここまでのあなたへの接待に満足していることでしょうね、ご主人様」とミリアムは答える。「ここはもうサラの邸で、わたしたちが彼女の劇場に立っているのにふさわしく応答を交わし、わたしが第三の扉を開ければ、あなたはわたしとともに、螺旋階段を昇って、階上の契房に行くことになるの。もはやわたしの役割は無条件であなたに屈従することだから、抵抗はもちろん不可能だし、これ以降あなたの捕囚となって、あなたの喜びのままに、わたしをどう扱おうと、わたしになにをしようとさせようと、わたしはこの身を捧げるつもりです。これこそ、サラ・サンドの女友だちが舞台で演じ、身をもってその実践を受けいれるべき服従の規則なのよ」

こう語りながら、あいかわらず跪いたまま、ミリアムはドレスの胸元の三つ目のボタンを外し、ユゴーの膝のあいだに頭が入るまで体を曲げ、いっぽう、ユゴーは女の耳のところを膝で締めつけ、すでに試練を経たみごとな揺るぎなさをもって、自分の女囚の裸の乳房を手で弄んだ。彼が膝の締めつけを緩め、女が頭を上げると、涙がしずくを結び、ついで左の目から頰へと滑りおち、彼女はそんな涙を笑ってみせたが、彼のほうも、涙の原因が自分であることを誇りにさえ思って微笑んだ。

「遊び女よ、空涙を流すすべを学んだのは舞台のためだろう。女優に娼婦に詩人、嘆きの流派の御三家じゃないか?」

「その話はもう十分すぎるほどしたわね。わたしの教育のためにと、サラ・サンドは、この世でもっとも古い詩篇のひとつ、『イリアス』の一部分を読んでくれたけれど、そのいつの時代にも変わらない男性誇示を彼女はかなり馬鹿にしていたわ。そうした心やさしい教えのために、彼女が生徒に引く例は、たいてい、トロイアの都市リュルネッソスでアポロンの祭司をしていたクリュセスの娘であるクリュセイスと、彼女の従妹で、クリュセスの弟の娘であるブリセイスの話だった。リュルネッソスが落城し蹂躙(じゅうりん)される間に、クリュセイスは、アキレウスとギリシアの兵隊たちに捕えられて、軍司令官のアガメムノンに虜として差しだされたの。いっぽう、アキレウスに差しだされたブリセイスは、注釈者によれば、アキレウスが彼女のやさしい夫と敬うべき父を殺害したにもかかわらず、なんら逆らいもせずに、アキレウスの寝る天幕に連れこまれるままになったのね。アガメムノンは息子を産ませるほどクリュセイスを寵愛したらしいけれど、しばらくして、父親のクリュセスに娘を返さねばならなくなったとき、代わりに、今度はアキレウスからブリセイスを取りあげて自分のものにし、これが有名な『アキレウスの怒り』を引きおこして、『イリアス』の発端となるわけ……。このトロイアの王女たちは、敗北した女の魅惑的状態、とサラ・サンドが名づけたものをすぐに受けいれ、薄い貫頭衣一枚の下は半裸で、たぶん手を縛られて、主人に差しだされるやいなや服従し、主人が自分の楽しみと囚われの女の誇りのために残したいくつかの宝石以外すべてを脱ぎすてたの。この話をサラ・サンドから、神々の戦いでの軍功やウェヌスの怪我の話とともに何度聞かされたことか。このときサラの生徒は、雌の仔羊の毛皮の絨毯に横たえられ、髪の乱れた頭の上で手を縛られていたの。女主人はその前に座り、鞭の先端で生徒を愛撫していたわ。彼女のものの見方によれば、鞭こそあらゆる形態の教育に不可欠の道具だというの。でも、いまは二つの扉の両方を開ける二重の鍵を取りだすべき時だわ。わが主人にもこの鍵を見てほしいのよ。美しい道具だから」

屈従する姿勢から立ちあがることなく、ミリアムは愛用の化粧箱を手に取ったが、ユゴーは、こうして『イリアス』で顕揚される勝利の戦士の役に昇格した自分を見ていささか困惑しながら、弁解するようにいった。

「私は君のやさしい夫を殺すことはできなかった、なぜなら、可愛い君には夫などいなかったからだ。だが、そうでなければ、信じてくれ、サラ・サンドが君に仄めかしたように、たとえ君の両方の乳房を弄ぶためだけでも、喜んで夫の素っ頸を刎ねて、二度と帰れぬ絶望の柔らかい布団の上で、君を奈落の底の底に突きおとしてやっただろう。サラ・サンドが君の肌を喜ばせた鞭については、使用を大いに歓迎するし、もしかしたら、その小箱にひとつくらい入っているのかもしれないが、それを用いるのに反対はしない。ところで、サラ・サンドのことはともかく、君自身は、いったい本当に私の虜だという堅い確信をもっているのかね？」

「その甘美な確信こそ、わたしたちが一緒に歩んだ長い道行の目ざすところだったのよ」と女は語る。「わたしはその思いを魂に錐で捩じこみ、まもなく、あなたがそれをわたしの体に錐で捩じこんでくれるでしょう、なぜなら、あなたのうしろから、わたしはいままさにあなたの天幕へと続く螺旋階段を昇ろうとしているところだし、ホメロスの時代の天幕は今の三島由紀夫の時代にふさわしいものに変わっているかもしれないけれど、そこにあなたはわたしを横たえ、わたしの屈従を享楽することになるからよ」

「全面的屈従、いかなるためらいもない？」男は問う。

「セニュールもよくご存じのとおり」と女は答える。「約束をしたばかりでしょう」

「ああ、繰り返し繰り返しその言葉を聞きたかったのだ。何度聞いても満足することはないだろう！　偉大な修道僧が祈りを貪るように、愛する者たちはその約束を貪るのだ。では、君の螺旋階段と、それが導く魂と肉の究竟（くきょう）を見にいこう」

「これもご存じとは思うけれど、出発の扉を開けるには鍵がひとつ必要で、究竟の扉を開くのにももうひとつ要るの。サラ・サンドの指示に従って設計され、装飾された、これが二重の鍵よ」

　そして、小箱の底から彼女が取りだしたのは、まさに二重の鍵で、両端のそれぞれが輝く鋼鉄の鍵先になっており、その爪の部分は非常に複雑な作りで、金泥（きんでい）をほどこした青銅製の中央の握りには、腕を伸ばして手を合わせた女の体が描かれていて、首と、腿のつけ根ちかくで切断されたその体は、鱗のある大蛇に四重に巻かれて、強く締めつけられ、蛇の小さな尖った頭が、女の太腿の切り離されたあたりにわずかに触れている。まぎれもなく美しい逸品であり、ミリアムの望みどおり、これを見たユゴーは賞讃の気持ちとともに、好奇心を掻きたてられた。すると、女は軽く跳ねるように立ちあがり、頭上に二重の鍵を振りかざしたが、彼女をしばしば訪れるらしい急な心変わりのせいで、もしかして軽はずみにおこなった約束を彼女が後悔しているとしたら、この鍵はかなり攻撃的な武器にもなるな、とユゴーは考えていた。いま彼がミリアムといる部屋は控えの間のはずで、そこを完全にとり囲む六面ともまったくおなじ板張りに目を遊ばせても、二人が入ってきた扉のほかに、いかなる扉の形跡も見出すことはできなかったが、昂まる欲望のせいで、男は、かほどに美しい女の口から発せられる言葉はすべて絶対的に信頼できるという確信に導かれ、そのため、案内役の女がそれまでよりすこし大股に五歩進んで、部屋の暗い隅に行くのを見ても、驚きはしなかった。まさにそこが、女学者の口が出発の扉と命名した場所にほかならず、ユゴーが近寄って、鏡板のなかの、入口の扉の正方形の装置よりも下方に幅の狭いパネルを囲む細い切れこみがあるのを発見すると、それが扉の形に見えてきたのだった。そこにあるかすかな裂け目がほとんど目に見えない鍵穴で、美しい手がたおやかな確かさで、二重の鍵の先端のひとつを鍵穴に差しこみ、わずかに押しただけで、最初はひどく暗い背景にしか見えなかった低い扉がかちゃりと開かれた。すると、ミリアムは興奮した様子を露わにしたが、幸いなことに、そのしぐさはむしろ女の肉体の魅力をいや増し、彼女がユゴーの手を取って、低い扉の敷居へとやさしく押してやったとき、そこに、かなり上方からわずかな光を受けているだけの、約束された螺旋階段の始まりが見えた。ユゴーがなかに入ると、それに続いたミリアムは背後の扉を引き、鍵は掛けなかったが、彼はあえて理由を尋ねなかった。円形の壁はほかとまったくおなじ板張りで、階段全体も濃い茶色のかなりどっしりした木材でできており、螺旋状に一本の円柱のまわりを廻っているのだが、柱が鉄製だと知ったのは手に触れる冷たい感触のせいで、階段の外側に手摺のついていないことといい、上昇の角度の急なことといい、メトロのもっともいかがわしい駅の地下階段にも見られないような、酷薄な外観を呈していた。昇るのを躊躇したユゴーが振りかえると、履物を脱いだミリアムが、サンダルを化粧箱にしまおうとしているところが見えた。

「先に昇って、セニュール。あなたの囚われの婢が、裸足で、あなたのあとからついて行くのは、自分が安全に歩むためではなく、上に昇るのに、この体からすべての被いを捨てる第一歩を主人の後ろから進めることが、自分の役割の謙虚さに適(かな)うからなのよ。回り階段の三角の踏み板は、柱のまわりはひどく狭くても、外側はとても広いので、足もとに注意を払いさえすれば、危険ではないわ。この形を望んだサラ・サンドが笑っていうには、女は簡単に螺旋のこつを呑みこんでけっして落ちることはないのに、男は生来不器用なせいで、狭い踏み板に足を取られれば柱を手放すし、躓かないように広いほうに行けば、はじめからないと分かっている欄干を手で探して、たいていは真っ逆さまに落ちてぺしゃんこに潰れてしまうのが落ちだとか。だから、柱にしっかり摑まって、あまり柱に近寄りすぎないように、ゆっくりと昇ってね」

「心配するな」とユゴーは答える。「君の熱い香りを背後に感じれば、けっして躓くことなどないだろうし、円柱に手を掛ける必要さえもない。私が手を置きたいのは別のところ、君も知っているあの場所だけだ……。それにしても、この階段はなぜ途中に踊り場もなく、あれほど高くまで上っているのかな？」

「この螺旋階段は、邸の母屋よりあとに建てられた外側の塔のなかを上り、これもまたあとから建て増しされた五階に通じているの」とミリアムはいう。「塔の下は、ほとんど暗闇。けれど、努めてわずかな危険を冒すだけで、あなたは、大いなる〈太陽〉に向かって、あるいは、少なくとも、並外れた〈狂気〉に向かって、また、真の

〈太陽の娘〉とその侍女たちの快楽の館に向かって上昇しているのだし、お気にいりの侍女があなたの後ろについて、あなたを導いているのよ」

「それならば」とユゴー、「この上昇のなかで、私の足も君のように裸足になるのがふさわしいし、彼方の高みでは、兄が妹と交わるように、君と交わるすべを知らなければならない。すこし待ってくれ」

ふたたび機敏さを取りもどし、体の平衡を確認すると、ユゴーはモカシン靴を片方、ついでもう片方も脱ぎ、さらに栗色の木綿の靴下を剝ぎとって、上着のポケットに突っこんだ。

「これでいい。用意ができた。さあ昇ろう」

「待って。わたしがあなたにとって、いまの言葉どおりの存在だというのなら、階段の下に靴を捨ててちょうだい」

即座に彼は従い、ふたたび上へ、光のほうへと進む。この昇りは長いが、ひとたび踏み板に慣れれば、思っていたより容易で、明らかに、裸足の肌が試練に満足を添えてくれる。

「後ろを見ないで、しばらく待って」と彼女の声が聞こえる。「あなたはミリアムを自分のものにする前に、彼女とおなじ素足になろうとして、自分の履物を、海に放りだすように下に投げすてたわ。だから、あなたとは逆に、ミリアムはあなたの好きな色の小さな蛇を体に巻きつけることにするわ、まもなくあなたが彼女をものにするとき、体からこの飾りをひき剝がすことができるように」

小箱を閉じる音がユゴーの下方から響き、彼はミリアムの手が自分の右肩に置かれるのを感じ、彼女の手を口に引きよせて、礼儀正しい貪欲さのしるしとして口づけをあたえ、それから、彼女が蛇と称するものを巻きつけたにちがいないと判断して、ふたたび昇りはじめた。たえず螺旋階段のなかを回りつづけ、すでに闇の地帯からは脱けだしていたものの、階を通過したことを示すような板張りの裂け目はまったく見ることができなかった。暗がりで手に口づけしたとき、ユゴーは、地下鉄のなかですべてが始まったときもこんなふうだったと考えたが、小さな蛇とその色についてはなんの見当もつかず、足もとを見て進みながら、早く階上に着いて後ろを振りむきたいと思い、彼女もそうした対応を望んでいると感じていた。裸足で階段を昇ると、ほとんど音が立たないことにも驚いた。「おれは盗人のように昇っている」とユゴーは満更でもなく胸で呟き、たったいま自分が女を誘拐したところで、その肉の獲物がおとなしく自分に従い、螺旋階段を昇り、闇から出て上方の光へ向かっているところだと想像してみた。一歩昇るごとに、二人の頭上の光が強まっていく。すでに三回りか四回りはしただろうか、と自問しながら、二重の鍵の女体に絡む蛇は四巻きで女を締めつけていたな、とにわかにはっきりと思いだした。もちろん、それとこれとはなんの関係もない。しかし、ミリアムの行動のなかでは、すべてが繋がりあい、鱗のように重なりあっているのではないか？　と思ううちに、階段の最後の部分に到達した。この階段は、これまでと同じ木材で作られたか、あるいは表面が同じ木材で板張りにされた小さな踊り場、つまり、虚空に面する短い手摺のついた床面から発している。その階段が、彼がさきほど越えた、ミリアムのいう出発の扉と完全におなじ低い扉のある壁へとつながっていた。天井の作りは、日中の光と熱を通すガラス屋根になっている。ユゴーは手摺に背をもたせかけて、あとから来る女を待ち、女は彼の前に来て扉に寄りかかった。そのとき彼は女が腰に巻きつけたベルトを見たのだが、それはじっさい蛇皮の細い帯というか紐で、皮を染める青の輝きは首の鉱物と目の光のターコイズ・ブルーと正確に一致していた。なんという魅惑！　彼は女に近づき、彼女が腕を頭上に上げたので、黒いドレスの最後の二つのボタンを外したが、衣裳はこの四番目と五番目のボタンのあいだを通る青い蛇皮だけでまだ開かずに留められているのだった。彼女は真っ白な美しい歯を見せて笑い、薔薇色の舌先をわずかに突きだしてからすぐに引っこめた。これほどあからさまに体を捧げるという考えなら、手を扉に釘づけにでもしてやろうか、とユゴーははかない思いを抱く。だが彼はこの捧げものをどうすることもないだろう、なぜなら、女が背を押しつけている扉こそ、サン゠ジェルマン゠デ゠プレの地下鉄以来、二人が経めぐった長い道行の最後の扉、ミリアムの言葉を借りれば究竟の扉であることをよく承知しているからだ。したがって、最後の手順を受けもつものは、契房の守護者である女にほかならない。ここでの男の役割はわざわざ教えられるまでもなく、黙って見守ることであり、それから、女が自分の幸福の受動性に還るとき、男はみずからの幸福の能動性に移ることになる。いずれにせよ、このとき主役はまだ女のものであり、女は男に主人の地位をあたえはしたが、男の役割は端役の登場人物にすぎない、それよりさらに低い立場の観客ではないにしても。ユゴーのまなざしはもう女から離れず、女が小箱を手に取り、すこし身を屈めて小箱を開けるのを見、すると同時に、黒いドレスの絹の布が幕のように開いて、腿の上までニンフの脚を露わにしたが、ニンフは、あまりにたびたび見世物にされるこの魅惑がふたたび露出されたことなど気にかけず、二重の鍵を出して、ゆっくりと錠前の穴に近づけ、この穴を見失うことを恐れでもするかのように、そこに左の人差指を置いた。そして、おなじく左の足で化粧箱をそばに引きよせ、この魔法の箱として何度も何度も役に立ってきた小箱を虚空に落ちないように確保し、右手で鍵穴に鍵の先端を差しこむと、階下の扉と同様、ひと押しするだけで、小さな扉が自動的に開ききった。優先権を配慮して、男が先に入るように女は横に身を引いた、ところが今度は、男は両手で彼女の腰を心地好い絹ごしにがっしりと摑み、乱暴になかに押しこんで、背後の扉を足で閉めたのだった。女が、ペレウスの息子アキレウスが盾を取るように、自分の身を守る小箱をなんとか手に取ると、男は彼女を放してやった。

「さあ第二幕の始まりだ。君は主役を降りる、あるいは、すくなくとも、女優の演技はもうおしまいだ。今度君が演じるのは、遊び女、娼婦、ルル……。そう、君の熟練した技を私に見せるのだ、なにからなにまで……」

「それこそが、セニュール、地下の世界で出会って以来わたしがずっと約束してきたことでしょう？　わたしのいちばん激しい欲求は、その人柄の別の面を見せて、あなたを失望させないこと、そう、ちらりと覗き見たでしょうが、快楽の提供者こそ女の真正の仮面、第二の顔にほかならないのよ」

二人がいま入ったのは、屋根の真下に位置する広大な長方形の部屋で、そこに入る扉は四角い塔の低い壁のひとつに据えつけられていて、さらに、その分厚さから古い時代に作られたことが分かる内壁を抜けて部屋のなかに入るのだった。部屋の左側は全体にわたって、壁ではなく、きわめて大きなガラス張りになっていて、床から二、三メートルの高さまでは垂直な板ガラスで、それより上方は、明らかに屋根の傾斜と同じ角度で傾いていて、そこから、温室のなかのように、太陽のもてるかぎりの光と熱の波が神々しく注ぎこんでいるのだが、必要とあらば、いまは上まで巻きあげられている麦藁製らしい軽い日除けで光量を調節することができた。人の肌のような薔薇色の釉薬をかけた煉瓦製の、兎でも楽々と飛びこせそうな小さな塀が、部屋の奥の寄せ木張りの床と、屋内テラスの赤いタイル張りとを隔てており、テラスには本物の庭があって、雨というよりは、あまりに軽いので靄といったほうがよい撒水がときどきおこなわれており、なかで迷ってしまいそうな錯覚をあたえる細い小径がいくすじも前方に延び、草木を植えたプランターと腐葉土の鉢のあいだを廻って交差しあっていた。

こうした趣向を目にして、かなりの男たちは、自分のなかの好色な牧神が園芸愛好家にとって代わられるのを感じるだろうし、契房という心をそそる名前も消えてしまうはずだが、あいにくユゴーはしつこい質(たち)で、彼の意志は、緊張の低下を恐れる用心でその資質を強化していたし、この天国の一角が彼の心を引きつけるのはただひたすら、自分をここに導いた黒い天使のためであり、彼女はいま彼の前に立って、ひどく大きく、ひどく低いソファーベッドを背にしていたが、この長椅子兼寝台は一面、緑の地に赤い薔薇とピンクの薔薇を散らした絹の天鵞絨(ビロード)張りで、さらに、何枚ものインドの山羊皮で被われていた。この長椅子は部屋のなかの唯一の家具で、板張りの壁に押しつけられ、丸や四角や卵形の薄いクッションに囲まれ、これらのクッションはそこに座れるくらい大きく、また、おなじ天鵞絨でできた長椅子の上に置いて横たわることもでき、また、長椅子の下には、上とおなじく山羊皮がふんだんに敷かれているので、長椅子からかなり離れないと、寄せ木張りが見えてこないほどだった。床には、赤や黒の小さな漆塗りの盆が置かれ、そこには、いろいろな箱や、灰皿や、銀の盃や、ガラスの壜が載っている。

「ご存じないかもしれないけれど、セニュールはいま、ありとあらゆる欲望を満足させられる場所にいて、いまのわたしの役割は、あなたの満足の対象、満足の道具になることなの。あなたは勝者でわたしが敗者であるとあなたに感じてもらうことこそ、わたしの務めであり、願いなのよ。どんな要望にも、まちがいなく服従するわ。落し穴や括り罠にかかった雌鹿か山猫のように、わたしは猟犬の群れに囲まれているの。自分でも承知しているのよ、あなたがわたしに欲望の猟犬を放ち、ほんのひとこと声をかけるだけで、わたしは身を横たえてその餌食になることを」

「君が獣なら、むしろ大山猫というところだろう」と男は答える。「鼻声で鳴いてみせるのも、そのことを十分承知しているからだ。手始めに体を見せてくれ。裸に剝いてやろう。猟犬を放つのはそのあとだ」

「ブリセイスが新たな主人の天幕に連れこまれたときとおなじね。セニュール、彼女はなにが自分を待ちうけているか知っているし、あなたの手にかかる覚悟もできているわ」と女がいう間に、ユゴーは二人を分かつ距離をつめていた。

二人の主役のほかに、契房にもうひとり観察者がいたなら、敗けた女がうっすらと笑みを浮かべているのに、逆に、勝った男のほうは生真面目で心配そうな顔つきをしていることに気づいただろうが、それはむろん、男がこれから自分のすることと、それが上首尾にいくかどうかに気を取られていたからであり、いっぽう、女の役割はなすがままにされること、つまりこの世でもっとも気楽なことだったからだ。ボタンはすべて外され、衣服を留めるものはもはや蛇皮のベルトしかなく、黒いドレスの前身頃は、上のほうが大きく開いて、右の乳房はほとんど完全にさらけだされ、とはいうものの、下のほうも、下腹が太腿よりしっかりと布に隠されているというわけではなかった。臍のすぐ下にある青い小さな蛇の結び目は、ユゴーの指がそれを解こうとしたときミリアムの口から洩れた「ええ」という言葉とおなじくらい単純で、美しいベルトはなんの困難もなく外された。ドレスの片側が肩から滑り、ついで、もう片側も滑りおち、黒い絹がミリアムの足もとに落ちると、彼女はそれを横に押しやった。ついに雌の獣は裸にされ、その裸身は手で触れる前に、じっくりと目で見つめるに値した。なぜなら、もしも美という言葉にわずかなりとも真の意味があるなら、ここにあらわれた美の実例こそまったく比類のないものであり、現代の流行からはもっとも遠く、肩の、腕の、乳の、腹の、尻の、腿の、脚の、その頑健な完璧さにおいて、古代の豊饒の女神ケレスにいっそう近く、この神は、女が、原初の大地の世界と、人間、動物、植物、土壌が一体となって生育する世界との親近性から受け継いだ力の象徴

だった。たがいに結ばれ、大いなる肉の豪奢とともにその場で一体と化したいという
ユゴーの欲望は激しかったものの、たまたま自分自身に目をやると、幸いにもすでに
靴を脱ぎすてた足は別として、その全身は忌むべき現代の紳士用衣類に包まれている
ことに気づき、ユゴーは絶望的な気分になった。もちろん、女は何度にもわたって全
面的服従を約束していたのだから、「主人の服を脱がせろ」とわずかに強くいえば十
分のはずで、女は「セニュールの意のままに」と答え、全裸のまま、緩やかで淫らな
屈従ぶりを見せ、それはそれでかなり快いものだろうが、恥辱の感情が続くかぎりは、
当然のことながらそんな真似はできるはずもない。それゆえ、ますます面白がるよう
な囚われの美女のまなざしのもとで、彼は不器用な粗暴さで、濃い鼠色の上着とズボ
ン、黒い斑点の入った青のネクタイ、ワイシャツ、下着のシャツ、水色のブリーフと
いった衣服をすべて剝ぎとった。こうして彼も裸になったので、彼が披露したものを
目にして、女神が本気で笑いを堪(こら)えているように見えなかったならば、すべては勝手
知ったる儀式の遂行にふさわしい秩序にすんなりと収まるはずだったが、彼の披露し
たものは、かならずしも愛の能力を証明するにふさわしいものではなかった。ユゴー
を助けたのは、彼が床に落ちたドレスの横のクッションに投げすてた小さく可愛い青

蛇だった。彼はそれを二つに折り、空中で鞭のように鳴らした。

「こっちに来い」彼はミリアムに命じ、革紐で両の乳房と下腹を撫でる。

彼の望みどおり、女が近寄り、体にそって腕を垂らし、手を膝に置き、鞭に身を差しだすと、彼は、前よりもいささか激しさをまして戯れを再開するにあたり、女に唇の先で鞭に口づけさせたのだが、その卓抜な効果が男性器官にあらわれていることを、女は微笑みながら確認していた。

「手を出すんだ」と男は要求する。

いささか驚いた様子だが、彼女はその言葉に従い、ユゴーが自分の両手を結わくままにさせ、それから、彼が女の片方の手首を細い革紐で三重に巻きはじめ、ぐるりと後ろを振りむかせ、もう片方の手をおなじように腰の上で縛り、両手首を合わせてきつく巻きつけ、紐の両端を引きしぼったのを見て、彼のしていることを理解し、従順に手を差しのばして、女囚の手枷となったベルトがしかるべく結ばれるように彼を助けた。

「ブリセイスが、運命の籤引きでアキレウスの女に選ばれ、彼のもとに奴隷として連れていかれたとき、こうして手を縛られていたにちがいないのだ」とユゴーが語ると、女は首を軽く前に倒すだけで答えとしたが、服従する体のあらゆる場所に男の指が走るのを感じていた。

彼は女を長椅子のほうに押しやり、その真ん中に投げだし、今度こそ、力ずくで女をものにし、できるかぎり、その行為を荒々しく長びかせようとしたが、なんたることか、女の上にのし掛かり、自分の体重と器官の挿入を感じさせようとする直前になって、女の下腹の隅に、濃い色の素描のような大きな印を見ておそらく気が引けたのだろう、体を退けた。だが、その印は彼の錯覚などではなく、そこに確かにあるのに今までまったく気づかなかったのは、彼女の深い魅力に呪縛されていたからだろうか? それは、俗にいう髑髏（どくろ）のスフィンクス、すなわち、動物学では「アケロンティア・アトロポス（アフリカメンガタスズメ）」と呼ばれる蛾の精巧な刺青にほかならず、たぶん実物よりはすこし大きく、頭部を性器の割れ目に差しむけ、吻管（ふんかん）を暗い褐色の豊かな茂みの始まりの毛に絡ませて、大きな円筒形の胴体に引きつけて翅（はね）をたたみ、膨んだ胸部の上には、怖くなるほどの正確さで、白い斑点が人間の頭蓋骨の形を描きだしており、それは、もうすこし下のほうで女が男とともに貪る快楽のために開かれた別の口の前に、道しるべのように置かれていた。

「こんなことをしたのはだれだ?」

「わたしの蝶……」とミリアム。「ええ、サラ・サンドの人夫で、マレー人か、カンボジア人か、ヴェトナム人、どんな仕事でも巧みにこなす唖の男なの。ピンと呼ばれているわ。彼が唖になったのは、故国で内戦があったときに、捕虜になり、戦争に勝った側に、舌と喉頭と声帯を切りとられたからなの。もちろん、完全な切除だった。彼はマルセイユで落ちぶれて、ほとんど瀕死のところをサラ・サンドに発見され、助けられたの。いまは元気になり、奴隷のなかでもっとも献身的な男になっているけれど、性の快楽に飢えていて、乱暴だし、要求も執拗で、サラ・サンドは彼を従順に手なずけておくために、ときどき自分の女友だちのだれかを契房に呼びだして、彼にあたえ、彼はいちばん狭い小部屋に女を連れていって、日暮れから夜明けまで、一晩中好きなだけ女を弄ぶのよ」

「君も連れていかれたのか?」とユゴーは訊く。

「一度だけ。でも、もう一度あの男の思いを遂げさせてやらなければならないのは分かっているの。あの男がわたしを望んでいるし、サラ・サンドもいうことを聞いてやるでしょうから。ああ! 普通の男のもっている器官が全部切りとられ、空っぽにされた、あの口でされる口づけの恐ろしいこと。そこに、あとからあとから涎がいっぱい湧いてくるの……。あの男がわたしにさせたがることをすべて知ったうえで、それをしなければならないという耐えがたい不快さ……。でも、こんなことを話すべきではなかったわ、セニュール……」

「むしろ逆だ。君をこれほど強く欲していながら、この蛾を見たことで、すぐに欲望を満たすことはできなくなったが、君が甘んじて受けた屈辱は、君の過去に私の好みのスパイスを添えるものだし、その屈辱の印を知ったことに、私の欲望は満足している。だが、そのピンという男が唖だというなら、お前をどうしたいと、いったいどうやって命令するのだ？」

「彼は」とミリアム、「子供用のお絵かきボードを使うのよ。盤の上に先の尖った棒で絵や字を書き、書いたものを消すとき盤の上に貼られたビニールシートをはがすという、文房具屋で売っているあの小さな盤面。彼とのゲームの規則は、裸になり、跪いて、その盤面を受けとり、そこに書かれたすべての細かい要求を熱心に実行しなければ刑罰を受けるというものなの。サラ・サンドはピンが娘たちに酷い振舞いをすると知っているけれど、たったいまあなたが自分自身について説明してくれたのとよく似た気持ちで、大事な娘たちをピンに引きわたすの。ときには、翌朝、娘たちはひどい状態になって帰ってくるわ」

「で、君は？」

「わたしは」とミリアムは誇らしげに答える。「そこそこの女優だから、最悪の場合にも笑みを絶やさず、完璧な服従の役柄をこなし、そんなわけで、彼もわたしに無理強いをする必要がないのよ」

ユゴーは、話をしているあいだも、刺青とその周辺に愛撫の手を休めなかったが、肉欲の行為を遂げるのに必要な冷静さを保てるかどうか分からなくなっていた、というのも、もう一匹の蝶、茶と紫色の生きている蝶が現われ、芳香に引きつけられたかのように、ミリアムの体の上をひらひらと舞いはじめたからだ。ユゴーは手で追いはらったが、蝶は女の腹のほうに戻ってくる。それは怖気をふるう者もいるだろうと思うほどの大きさで、明らかに異国の昆虫だった。サラ・サンドの契房にどうしてこんな虫がいるのか、また、すでに愛人を受けいれたも同然の若い美女の裸体になにをしようというのか？

ユゴーがなにも尋ねないうちに、笑ってミリアムがいう。

「これはブラジル産のカリゴ蝶で、サラ・サンドがブラジルから送らせる蛹が立派な成虫に育っているのよ。ときには一〇匹かそれ以上になって、一緒に花々の上を飛び、サラ・サンドが溶かした糖蜜を花に垂らしておくと、それを吸いにやって来るの」

遠くの、温室らしきもののほうに目をやると、二匹目の蝶が見えて、考えられるかぎりもっとも讃嘆すべき色とりどりに花咲いたアイリスの上を飛びまわっていたが、その花の群れは、ほぼ完全な白から、水辺の菖蒲の黄色まで、また、つねに美しい普通の紫のあやめ、きわめて稀なほとんど真っ黒のアイリス、さらに、褐色、薄いピンク、淡い青、日本の鼠色（というのだと思うが、なぜこんないいかたをする？）、それにあらゆる色調の茶色が混ざったアイリスまであり、その花の色は植物学者がおこなう巧妙な交配の末に生みだされたものだが、その学者とはおそらく、またしても、かのピン氏であるにちがいなかった。二番目の蝶は、わずかなあいだ姿をあらわしたが、どの花にも止まらず、物陰から出て、長椅子にわずかに近づいたとき、その巨大な翅はえもいわれぬ澄みきった青に見えた。

「あの蝶の名は知っている」とユゴーはいう。「モルフォ蝶、熱帯アメリカの生まれにちがいない」

「ええ、ほかのみんなとおなじく、ブラジル産よ。ずいぶん恥ずかしがり屋と見えて、女の開いた性器には引かれないようね」

「きっと、君の目と首飾りが、自分の翅より深く輝かしい青なので、嫉妬したのだろう」

するとミリアムは大声で笑い、それから、体を後ろにのけ反らせて、太腿を開き、ユゴーに尋ねた。

「教えてちょうだい。わたしを全裸にして、あなたも服を脱いだあと、なぜわたしの手を背中にまわして、青い蛇のベルトで縛ったの？『イリアス』に登場するトロイアの囚われの女たちがギリシア兵の前でそうだったように、わたしもあなたの前で縛られていてほしいと思ったの？」

男は、女より低く、乾いた声で笑い、そしていった。

「そうかもしれない、だが、麗しき女よ、君はトロイアの女とはまったく異なった気質で、その心と体はすべてをあげて女囚の役に逆らっていたから、それを演じさせるのはなんとも至難のわざだった。そして、私は、まもなく犯される女が縛め(いまし)られ、裸体を晒すところを見るのが嬉しかったのかもしれない。それがちょうど作業の初めに取りかかるところで、この作業が成功するためには、時間をたっぷりとかけて力を振るい、憐みなどかなぐり捨てる必要があったが、その注意が逸らされてしまったのだ。というのは、マダム・サンドの椰子の木蔭のアイリスの花や、花の上を舞う蝶や、細い小径が、ガラス屋根の下に栽培された熱帯の木立ちにやっておいで、と私に誘いかけて、それはまるで、ノルマンディの野原の真ん中にある鳥獣の隠れ場がふんわりとして具合がよく、農家の娘や若者たちに絶好の穴場として利用してくれと呼びかけているようなもので、君を縛って、自分のものにする用意が整ったところで、向こうの木立ちに行ってみたくなってしまったのだ」

「セニュール、観客と相手役を喜ばせるために、生贄（いけにえ）になるのを待つ犠牲者の役柄を演じることとは、ギリシア悲劇の古典的な演し物（だしもの）でもあり、それを十分みごとになし遂げるのは、わたしにとってはいともたやすいわざだけれど、いまのわたしの第一の義務として、あの異国情趣たっぷりの小さな森、その一角に生える木々と蔓草（つるくさ）のあいだを全裸で散策することはかなり無謀な振舞いだというべきでしょうね。サラ・サンドは遠い国ぐにの植物相だけでなく、動物相にも興味があって、熱帯や赤道地帯の昆虫への彼女の関心は、あなたが木立ちと呼んだ場所に住む、巨大な蝶や蛾、巨大な甲虫類、巨大な青虫毛虫（しばしば羽化した蝶より美しい芋虫たち）が証明しているけれど、それにとどまらず、かならずしもすべて無害とはいえない爬虫類にまで、彼女の興味はおよんでいるのよ。サラ・サンドがときにネロ、ときにニクソンという名前で呼ぶ、ひどく大きな錦蛇もいて、この爬虫類はそのどちらの名前にも、また、ほかのどんな名前の呼びかけにも応えないけれど、女たちの裸体、とくに主人の裸の肌が大好きな蛇だし、怪しいヘロデルマ、つまり巨大な毒蜥蜴は、一見、薔薇色と黒の真珠をちりばめたインド人の細工物のように見えながら、嚙まれれば毒がまわるし、いつもその辺で寝ていて、生卵で飼育されており、さらに、あるコブラは、といってもそう何匹もいるわけではないけれど、女主人の数少ない男の友人がモロッコの蛇使いから手に入れて彼女に捧げたもので、ビタミン欠乏症に罹っているので、彼女がなにくれとなく世話を焼いているの。爬虫類係のピンの最新情報によれば、コブラは最近鼠を食したとのことで、これは、蛇使いが抜いておいた毒牙がまた生えてきた証拠なのだそうよ。その種のコブラがたった一匹しかいないのかどうか、じつはよく知らないの、というのも、サラ・サンドはこれまでにもずいぶんその種の蛇のことを自慢していたから。そのほか、各種大型の蜥蜴やイグアナは無害で美しいけれど、一匹巨大な大蜥蜴がいて、これは毒こそないものの、すごく力があって、攻撃的で、噛みつく癖の持ち主なの。わたしに知らされなかった新入りもきっといることでしょうね」

語りおえると、演説で乾いたにちがいない唇を女は舌でちろりと舐めて濡らし、自分が戦わずして是非もなく降伏した勝利者の男を見て、にやりと笑った。男が首をまわし、温室をしげしげと見てみると、なかでは新たな蝶たちが飛翔し、それらは蛇の目蝶か立羽蝶のように見え、もちろんこの国の森で普通に見られる同類の蝶よりも体は大きく、色も鮮やかなのだが、むかし山でその手の蝶をよく見かけたとき、それらの昆虫が家畜の糞にしめす胸の悪くなるような食欲にはしばしば驚かされたものだった。ユゴーの考えのなかで、この不愉快な記憶が、ミリアムの性器の前に印されたアトロポス蛾の刺青の姿と結びついたとき、この考え、というか考えの結びつきに抵抗はしたものの、その連想を否定はできなかった。いっぽう彼は、女の下腹部に刺青された蛾を一本の指でまさぐっていたが、気もそぞろで、恥毛の茂みに指を這わせてはいたが、陰唇より先には侵入させなかった、というのも、戸外の空気からは遮断されながら、この長椅子からは申しわけ程度の煉瓦の塀でしか隔てられていない庭園のなかに、なかなか姿を見せようとはしない爬虫類が潜んでいることを知って以来、そこからやって来るものすべてに警戒を怠らなかったからだ。巨大な錦蛇についていうなら、ユゴーはニクソンという名で呼ぶほうが趣き深いだろうと思ったが、蛇はおそらく耳が聞こえない以上、その呼び名が錦蛇に理解されることは望めず、ともあれ、ミリアムの話では、錦蛇はこの邸の女主人や住人たちと親しい仲なのだが、仮に蛇と意を通じる手段が存在するとして、彼が喜んで知りたいと思ったことは、蛇がこの家とその住人たちの女主人といったいどんな肉体関係を営んでいるのかということで、こうしてじつに奇妙なサラ・サンドという女の未知の人柄がユゴーのなかでますます鮮やかに形をとっていくいっぽう、一度失われ、ふたたび見出され、いまや全裸で彼の手中にあるこのミリアムの姿はしだいに朧(おぼろ)に遠ざかっていくのだった。そういえば、蛇踊りの女ダンサーと相手役のボアの性的遊戯について、いろいろな話が語られているではないか？　だが、語られたことが多すぎては、かえってどんな手がかりにもならないし、たぶん、いやきっと、ミリアムはその事実について沈黙を守るはずだ。また、致死性の毒を宿す歯と健康を回復したコブラと、そこにいるかもしれない彼の仲間たちは、たとえ、召使の存在や、大小の鼠を餌に供する人間の友だちに慣れているらしいとはいえ、錦蛇以上に敬意と重視に値する対象である。ほかのすべての蛇とおなじく怠惰なこの蛇も人間の退屈を追いはらってくれるにちがいない。とはいうものの、自分の鼻先に餌食を放ってくれる手には危害を加えないのだろう。その手はおそらくピンの手、それとも、偉大な女主人の手だろうか？

「なにを考えているの、セニュール？」ミリアムが尋ねる。

君のことだ、と答えて、彼女をものにするのが、時宜にも礼儀にも適っているはずだ。だがそうはいかない。若干の思わせぶりから、神秘そのものの扉のほうに向かってにじり寄りつつ、いまや旧知の間柄のように思われる女にユゴーが答えた言葉はこうだった。

「この室内庭園にサラ・サンドはどんな植物を選んだのかと考えていたのだ」

「その総目録を作れというのは、未熟な女優から引きだせる力量を超えているわね」

「いまや女優は消えて娼婦の出番、いや、女優が娼婦の役を演じる時なのだ。だから、美しき売女よ、いますこし力を尽くして、君の知っていることを教えてくれ」

「では」とミリアムは始める。「これで観客の満足がいくというのなら、娼婦が思いだせるわずかなことを話してみるわ。まずは、この熱帯の木立ちを統べる椰子の木の類が六、七本、さほど丈は高くないけれど、矮鶏唐棕櫚（チャボトウジュロ）とフェニックスが数本ずつ、サバルが一本、見事なラフィア椰子が二本、幹が二股になったエジプト産の棕櫚竹が一本、そして、巨大なシダが数本に、数知れぬゴムの木はたえず生長し、不定根を垂らしつづけて、それが分厚い茂みのようになって、爬虫類に安息の場を提供しているみたい。けれど、訪問者用の小径を通れなくするものはすべて刈りとられているので、ここに来るわが主人サラ・サンド、そのお楽しみの女友だち、招待客、草木の手入れと動物の養育に奔走するピン先生を自由に通してくれるわ。人工的に思われるほど強い香りを放つあの緋色の花々は紅百合（リリウム・ルブルム）。薔薇の木々は、ほぼ一年中花が咲いているように種類を組み合わせてあるし、それに、パリ植物園と比べてもそんなに遜色のないほど豊かな種類のアイリスの植込みは、まもなく花を落として、魅力も多彩さも劣る鉢植えの花々にとって代わられることになるけれど、奥のほうの別の場所には異なった鉢植えの一群があって、仙人掌（サボテン）を主体として、蘭やほかの稀少な種からなる多肉植物のじつに驚くべきコレクションになっているわ。この鉢植えには、あらゆる植物のなかでサラ・サンドがいちばんお気に入りのひとつも含まれていて、それは有名な『夜の女王（レイナ・デ・ラ・ノーチェ）』、つまり、メキシコとアメリカのニューメキシコ州でしか取れない柱仙人掌（ケレウス）の一種で、去年の晩夏のころ、わたしも招待されて、その開花をじっくりと眺めさせてもらったものよ」

「君は、あらゆる女のなかで女王がいちばんお気に入りの女だからだろう」と、ユゴーは隣の女をさらにしっかりと抱きしめながらいう。「そんなに美しいものを見たのかね？」

「セニュール」体のあらゆる場所が男の自由になるように気を配りながら女が答える。

「ほとんどすべてのケレウスはとても美しい花をつけ、その多くに棘があるの。けれど、『夜の女王』には棘がなく、移植された外国では、開花は毎年は起こらず、十分な暑熱と湿気があった夏にだけ、八月の終わりごろ花を咲かせるわ。サラ・サンドにとって、それは祭の一種で、いちばん色好みの若い女友だちの数人をかならず伴って、一緒にお祝いをするのよ。わたしもその開花は一度しか見たことがないわ。開花の最初の徴（しる）しは、この植物の長い肉厚の葉の一枚、あるいはその数枚の緑色の上に吹出物のような発芽が見られることね。そこから茎が出て、長く伸び、蕾をつけ、その蕾は、桃色がかった白の、肉色をしたたくさんの胚軸に囲まれて、数日たつと、胚軸の奥に本当の花の芽が見えはじめ、開花の前夜に向かって、日毎（ごと）夜毎大きく膨れていくの。

わたしが招かれた夜は、花は二つで、夜の一〇時すこし前に咲き、引き攣れたように開く花を見て、なぜかわたしは出産の光景を思ったわ。『夜の女王』、夜の美女のなかの最高の美女の誕生、その純白の花弁には、ほとんどすべての昼の花よりはるかに官能的な香りが備わっているわ。朝まだき、夜が明けてほどなく、花はふたたび閉じはじめ、まるで快楽の放出のあとのように、しだいに小さく縮こまっていき……。そうして、つぎの夜も、それに続く夜も、花は閉じたままで、徐々に干涸びてしまうのよ。なんて不思議な花……」

「女優もどきの娼婦としては、みごとな語り口だったな」とユゴー。「話の終わったところで、アメリカ人流にいうなら、この美しく大きい雄鶏（コック）を見ろ、君を思って生やしたこれは鼈茸（スッポンタケ）のようなもの、別名好色男根（ファリュス・アンピュディック）と呼ばれ、森のなかでよく見つかるが、同類のなかで唯一わずかな空き地を選んで生え、森に迷った娘への最初の警告の印となるものの、たいてい娘はすぐに森の男に捕まり、大木の下に連れこまれ、そこから無傷で出てくることはできない……」

「別名犬の陰茎とも、臭い牧神とも呼ばれるこの不潔な植物の、胸がむかつく悪臭の激しさときたら、『夜の女王』の心とろかす芳香の高さといい勝負ね。でも、そんな茸と、あなたが見せてくださった立派な大きさ、優美な姿のものとはなんの関係もないわ」と若い女はお世辞をいう。

「私の前にある山羊の毛皮に跪いて、その可愛い口を開くんだ。お前の肩ごしに木立ちを望みながら、幸いなことにいまは眠っているか、われわれにほとんど関心のないらしい爬虫類のどれかがたまたまやって来て驚かされたりしないよう、見張っていることにするから」

「ご要望にはなんでも従うので」と女は命令されたとおりにしながら、「手の紐を解いてくれない？」

答えのかわりに、女は弱い平手打ちを往復で受け、大きく脚を広げた男が女の体を自分のほうに屈みこませ、その体のありとあらゆる部分を手で弄りまわし、腰を膝で強く挟んで締めつけながら、女の体がダンサーのように波打つのを感じていた。ターコイズ・ブルーの革紐で縛られた手は、見事な臀部の上で、ほんのわずかに動く自由しかあたえられず、まるで尻の割れ目に置かれた小さい哀れな花束のように見え、尻が後ろに引かれるたびに、かさのある乳房の膨らみがさらに際立ち、乳房は男の下腹と大きな雄鶏(コック)を絶えまなく擦りつけ、雄鶏(コック)はその愛撫に奮いたつのだった。今度こそは、男が真の勝利者、女はまさに敗北者であり、若い女の非の打ちどころのない体は、男が強要するすべての動きのなすがままになり、防御手段を（望んでそうしたのかどうか）いっさい放棄していたが、そのうち、非常にゆっくりと、自分の体が主人の体にそって滑りおろされ、唇が陰茎の亀頭にいっそう近づき、雄が望むだけ、長く、激しく、試練に掛けられるはずの成りゆきを感じていた。そして、接触がおこなわれ、ユゴーは女が主人の意志になんら逆らうことができないのを知りながら、女が命令どおり即座に大きく口を開かなかったので、彼女の鼻を抓（つま）んで息を詰まらせ、力ずくで口腔の門を開かせて、楽しんだ。それから雄鶏（コック）が闖入（ちんにゅう）し、最初の探査で奥深くまで入りこみ、女はそれまで何度となくさしたる痛みもなしに受け入れてきたことをまたあらたに経験し、侵入者の腰のぎくしゃくした動きにしたがって、巨大な肉の道具が彼女の喉頭を何度も何度も打ちつけ、それはあたかも、硬直した悪魔が高貴な頭にとり憑（つ）き、無理やりに、精神と魂の王国である脳髄を守る頭蓋のアーチのすぐ下の正面玄関から入場しているかのようだった。長い時間が過ぎ、そのうち、侵略者に踏みにじられる都城のように、まもなくミリアムは侵略者に慣れ、ついにその卓越した力量を認め、束縛と屈辱とを忘れ、こうした試練の際にすでに味わったことのある快楽をふたたび知り、暴れ者が出入りするたび、この種の技に熟練した舌で包みこむような愛撫をあたえることに喜びを感じ、心にも、また、いま言及した魂にもおよぶような感動を覚え、その心の鼓動が高まるにつれて、侵入のリズムは緩やかになっていった。勝利者がふたたびやさしさを取りもどしたのを感じて、敗北者は彼以上にやさしく振舞い、その目から涙が零れたのだが、その源泉はもちろん苦痛などではなかった。

「性悪女め」と、手首から腕時計を外さなかったユゴーがいう。「われわれのダンスはもう一五分以上も続いているし、私がこの遊戯の導き手だとはいいながら、込みあげはじめた熔岩をもうこれ以上抑えることはできそうにない。これを最後の一滴まで飲みほすことがお前の役目、いや、それこそお前の二股かけた職業の務めであり、お前が私という補佐を得て、祭祀を司るつもりがあるというのなら、お前の務めに女神ケレスの大祭司の役をつけ加え、長い日照りのあとに雨を降り注がせる儀式を執りおこなうことにしよう」

この提案に否応はないが、儀式のみごとな完遂に気を配らねばならぬミリアムとしては、目を何度も閉じたり開いたりするほかに感謝の気持ちのあらわしようがなく、ユゴーが見てくれていることを望みながら、その動作を繰り返したのだった。さらに数分が経過する。ユゴーの両手は彼女の耳の上に置かれ、その頭の動きを父親のような厳格さで導き、そこから逃れることが不可能なだけに、その厳格さに屈服することはいっそう快いことだった。この破城槌がもっと長かったら、と彼女は夢想する、これほど肉体を開放しているのだから、胃袋のなかにまで突撃させてあげられたのに。だが、最後の攻撃のなかで、彼女のよく知っている動きで雄鶏(コック)が身震いし、まもない痙攣の前兆を告げるのが感じられ、彼女は、自分がこの力強い器官を受けいれているやさしさを当の器官にも知ってほしいと思ったが、そのやさしさは、さきに認めた厳格さの父性に真の子供として応えるものであり、彼女は舌を急がせることによって、この戯れにおいて、自分が対等な相手であり、また奴隷でもあるように、さらに共犯者でもあるのだということを男にしっかりと感じとらせようとした。つづいて、噴出が起こり、彼女は男性の熔岩の放射を六度受けとめ、六度とも飲みこみ、自分を従順な子供だと感じ、なぜか六角形のモザイクの星の六つの頂点を連想したが、この種の吸淫など日常茶飯事のいかがわしい遊び女稼業のなかでも、こんな連想をしたのは初めてだった。敗北者である女はいささか狼狽しながら、この説明しがたい謎について、勝利者の男にはひと言もいわないほうがいいだろうと思い、自分だけの秘密として守っておくことにした。「肉の愛は秘密で編みあげられる」と女はいわれたことがあって(だれに、いつ?)、そう語ったきわめて賢明な人間はこうつけ加えた。「編み目がひとつでも明かされれば、全体が解けてしまう」

儀式はみごとに完了した、と女は思う。干あがった国に雨は降り注ぐだろうか? ともあれ、彼女が巨大な雄鶏からまだ吸いだせるものをすべて吸いだしていると、それは柔らかくなり、しだいに縮んでいったが、主人がみずからの意志で引きださないかぎり、彼女は器官を忠犬のように口のなかにずっと含みつづけ、せわしなく舌を使って清め、少量の白い熔岩が混ざってありがたみを増した唾液を飲みくだしつづけるのだった。

「そうだ、君はまったく躾のいい淫売だ。私の道具を出来たてのコインみたいにぴかぴかにして返してくれる……」

そして、女が最初の一滴とおなじく最後の一滴まで吸いだした淫汁を零さないようにしっかり閉めた唇から、男は道具を引きだし、さきほど女に頼まれて拒絶したことをしてやった。青い蛇の結び目を解き、紐を外し、女の手を自由にしたのだが、彼女がさっきそうしてくれと頼んだのは、彼が欲するなら、噴出の前に陰嚢を愛撫して、射精を早めてやりたいと思ったからだった。

「わたしはあなたの望みどおりの女よ」と、声を整えるために唾液で軽く喉を湿し、なんの汚れもとどめないような澄みきった声で彼女はいう。「でも、従順な娼婦であるのと同様に、いいえ、それ以上に、わたしが熟練した女優であることをふたたび認めてくれるわね、それに、あなたの前に跪いて、わたしはかつて一度もないくらい立派に役をこなせたと思うわ。その点については感謝しているの」

「幕は上がったばかりじゃないか。重要な部分、肝腎かなめの舞台といってもいいが、それが始まるのはこれからだ。つまり、君はサラ・サンドの大きな長椅子に体を広げて横たわり、生贄に捧げられるように、逆らいも口答えもせず犯されるのだ。蝶々も酷い目に遭わせてやる。いつの日か、いつの夜か、蝶々が逃げだしてしまったらどうする?」

遊び女は笑って答える。

「けっして逃げたりはしないわ。この肌に彫りこまれているのだから。わたしに起こることをなにからなにまで、間近で見ていたがるのよ」

「たしかに、そのためだったら、そこにじっとしていてもおかしくない。だが、女優でも娼婦でもいいから、その口に君の主人の雄鶏（コック）を含んで、もうひと仕事のために元気にしてやってくれ。なんでもござれのやさしく可愛い君の舌なら、すぐに回復させてくれるだろう」

「あなたの奴隷があなたのいうことを聞いてあげる。でも、しゃんと元気を出すためには、わたしを寝かせたいとお望みの場所に、まず仰向けに寝るのはあなたのほうよ。奴隷は仕事を心得ているわ。作業が続くあいだ、されるがままになってその口を閉じていてちょうだい」

　彼女が男から離れて立つと、そのあいだに彼も立ちあがって、彼女が指さした場所に大の字に横たわった。彼女はやっと自由になった手で、やさしく、子供らしいともいえるしぐさで、さきほど彼女の唇のあいだであれほど元気いっぱいに見えた雄鶏（コック）を愛撫し、男性の器官はほどなく元気回復の兆しをあらわしはじめた。それをさらに確実にするため、彼女はユゴーの片腿を跨ぎ、重さをかけないように体を浮かせながらも、狙いあやまたず乳房の重みと充実感を相手に伝え、その乳房で寝ている男の乳首のほか、亀頭と竿と袋を心地好くくすぐって、この美しい道具の見せる外見を値踏みした。まさに、彼みずからの予告どおり、ほどなく力は回復し、いまや女が夢中になって、右に左に彼の上でのたうち回っているのは、女自身の快楽のためにほかならなかった。主人の快楽のために、女は数分の吸淫をおこなったのだが、本当はそんな必要はなかったので、たとえ彼らが一体化した女優と観客として、たがいに楽しむために作りあげた幻想の舞台で演じているとしても、いまやまったく的外れになった単なる羞恥心からではなく、一種の厳密さへの配慮によって、偉大な演出家ならばかならずやその不要な吸淫の場面をカットしたことだろう。

主人であるユゴーにとって、自然に養われた、いかなる選り好みもしないし、非の打ちどころもない、小さな肉の裂け目、この愛する女の下腹の隅で髑髏のスフィンクスの顔をした蛾の吻管がさし示す深い穴に、自分の雄鶏（コック）を収める時が来た。

「そこに寝るんだ」とユゴーは命じる。「従順に自分を差しだし、体のあらゆる場所を開き、そのあまりにも誇り高く美しい額より上に腕をもちあげ、手を長椅子の枕に釘で打ちつけられたように不動に保ち、主人のために脚と腿をしっかりと開き、体と心の深みに主人を受けいれるのだ」

「わたしの肉体に関しては」と、ミリアムはわずかに不安をそそるような笑みを浮かべ、命じられた姿勢を取りながらいう。「わたしは自分から脱けでたように、自分の意志を捨てて、あなたの意志のまま、でも、あなたの要求する戯れを演じているときわたしの外へ出てしまうもの、つまり、ほかの人たちが魂と呼ぶはずのわたしの思考については、なんの幻想も抱かないでちょうだい。わたしの思考は、あなたが唸り、喘ぎながら奮闘しているあいだ、高みからあなたを見下ろすこともできれば、花咲くアイリスや、わたしの目の青と競って宙で羽ばたく大きな蝶のなかに紛れこんでしまうこともできるのよ。だとしたら、無条件で譲られたわたしの肉体をあなたが自分の持ち時間だけ自由にしているあいだ、わたしの思考がこの部屋を出て、まさにその粗野な男らしさのせいであなたがけっして入ることのできないもっと快い場所へと行かないはずがないでしょう？　だから、あなたの望むかぎり、あなたのできるかぎり、なんでも好きなようになさい。たとえわたしがこの部屋から脱けだしても、わたしの肉の享楽と、あなたの体の享楽を許されたものは、おそらくわたしの肉のなかに残りつづけるわ。でも、あなたがわたしの肉から引きだす虚栄は、芝居がはねたあとはもうほとんど続かないし、人間を弄ぶ戯れのつねとして、あなたはまた悲しみに落ちこむことになるでしょうね」

もはやそんな言葉には頓着せず、男は女にうち跨がり、騎乗の準備万端整い、指の助けも借りずに雄鶏で探りを入れる。男は女を心のなかで「淫売」と呼び、自分の大ぶりの一物が、濡れているはずの入口を外すたびに、「淫売、淫売、淫売……」と繰り返したが、この雄鶏のどんぐり頭に目があったなら、蛾の吻管に正しい道を教えてもらえたことだろう。

「何度も強くノックしてるんだから、この扉を開けてくれ」と男はこもった声でいう。

「あなたの要求どおり、わたしの扉は全部開いているわ。立派なお道具だけど、たぶん未熟な童貞みたいに変なところを叩いているか、わたしの蛾を見てあなたの雄鶏が怯えたのね。悪いけどミリアムの笑いの種よ、ほんとにねえ……」

嘲る女が喜んで大笑いするその口にユゴーが固く太い舌を押しこむと、女は素直にそれを受けいれて、ともかく笑うのはやめ、男の舌のまわりに自分の舌を滑らせ、蛇のようにくねらせた。すると、女の性器の入口の強ばった締めつけが解けて、扉が緩み、男の雄鶏は腰のひと振りで、今度はまったく誘導されなくとも、刀の鍔まで、より正確には陰嚢の手前まで、共犯者の割れ目のなかに嵌まりこんだ。最初、男は余裕をもってゆっくりとことをおこない、女はそれに受動的に従うばかりで、ユピテルに捕えられた木の、土の、水のニンフ以上に、勝利者の律動に応えようとはしなかったが、怪物の姿をしたユピテルの下で魅力的な投げやりさを見せるこの生贄は、主人を失望させず、半ば女神のもっとも貴重な財産である永遠の若さと美貌を損なうことさえなければ、どんなことでもする気になっていた……。ユゴーはすこし気を静めるために、というか、ふたたび沸騰する熔岩で下腹部の火山が満杯なのを感じ、それを鎮めるために、ちょっと動作を止め、片手で長椅子の上のクッションを取り、その場所から動かずわずかに身を起こして、受刑者の目に薔薇色の薔薇で飾られた絹のクッションを示した。

「腹に打ちこまれた肉串が君の体を支えているように、その尻をぐっともち上げてみてくれ。そうすれば、この優雅な枕を君の腰の下に横から滑りこませることができて、われわれの鍛練も楽になるし、もしこれを見ている観客がいれば、その観客の目にわれわれを美しく装ってくれるだろう」

「たしかに」と女は答え、男が思った以上の体の柔軟さで彼の命令に従う。「実際に観られているにせよ、たんに頭で想像しているにせよ、つねに観客のことを考えなくてはいけないわね。それこそ、わたしが誇りとする職業のいちばん肝腎な規則なのよ」

「どっちの?」と、新たに強く一発打ちこみながら男が訊く。

「わたしを傷つけようとして、淫売であることを思いださせようというのなら、淫売も女優の力量をあらわす役柄のひとつにすぎないことを分からせてあげるわ。それより、自分の雄鶏(コック)のことを考えなさいな。いまにもへなへな崩れそうよ」

「いや、その逆だ」とユゴーは主張する。

そして口を閉じ、自分の下にあって、動く尻の両脇から楽しげにはみ出す薄紫のクッションに興を添えられ、自己奉献と完全服従のポーズで自分のものになっている女の姿を狂わんばかりに想像して、心と、頭と、腰の興奮を煽りたて、女の頭がほとんど長椅子の外にはみ出してしまうほど、彼女の体を上に迫(せ)りあげ、動きの激しさと速さを増すと、女はいまやその一撃一撃に、ある種の投げやりさと同時に、これまで長いあいだ男が知らなかったほどの率直さをもって応じた。もしもサラ・サンドの部屋に圧力制御器があって、ユゴーの腕にベルトで留めておいたならば(だれが?)、危険なまでの血圧の上昇に警告が出されたはずだが、そんなことに彼は気づかなかった。だが、高まる圧力は男性の熔岩にとってもおなじことで、しばしば性器の外形を取って現われるユゴーご自慢の火山様のもののなかでその活動は続き、爆発寸前になり、それから噴出が起こり、八回から一〇回の震動のなかで力は減衰しながらも、放出された物質が充血した前立腺の管をとおって水路を切りひらき、射精のたびにミリアム・グウェンの温かく濡れた内部に拡がるのを感じることこそ彼の喜びだった。そうはいうものの、この感覚は、さきほど美しい女奴隷のやさしい口のなかで迎えた官能的な奔出とは異なったもので、というのは、そのままの状態でとどまるつもりは毛頭なく、絶頂の瞬間にさえ、その喜びに浮かれず、二重噴射も可能だと感じていたので、いま自分の液体をぶちまけた小さな粘つく割れ目のなかで、さらにたえず往復運動を続けたのだった。彼はまったく衰えを見せない雄鶏(コック)の袋の上に手を添え、腰の動きのたびにそれを握りしめ、握った拳で刺青の蛾を擦って楽しんだ。そうするうちに、精力と硬度が回復し、女の穴も収縮するように感じられ、それはあたかも、犠牲の女がふたたび彼女の体を満たすように男を助け、あらたに自分の体の上で最初の生贄に匹敵するものをもう一度捧げたいとはっきりと欲したかのようだった。「だが、どんな未知の女神に捧げるのか？」と彼は自問し、雄鶏(コック)の好調を確かめてから、手を離して、生贄の女の顔にけっして悪意からではない平手打ちを二発お見舞いし、片方の乳房の肉の半球を弄びはじめた。うまくいくはずであり、じっさいうまくいき、ふたたび波に乗り、調子をいっそう高めるべき時が来たが、女はそれになんの反応もせず、いまや男のなすがままで、唯一の例外は、彼女の体温が軽い熱といってもいいほどの上昇を遂げていたことだが、執刀医にはなんの不安もなかった。それどころか！　燃えるように熱い屍体で思いが遂げられるとは、なんと素晴らしいことだろう……。「サラ・サンドの健康を祝して！」と彼ははっきり聞こえるような大声で嘲るようにいって、騎乗のスピードを速めた瞬間、女の体にしがみついたのだが、それは屍体が突然びくりと飛びあがったからだった。まさにそのとき、ミリアムの頭の横の床から電話のベルの音が聞こえ、彼女は乱暴に男の腕を振りほどいた。

「死にたくなかったら、黙って、どんな音も立てないで」女の声はいままでとはがらりと違って、女優の演技をやめたかと思えるほどだった。

長椅子の後ろの奥を探っていた彼女の手は、そこから円錐形の電話機を引っぱりあげ、いかなる言葉もいかなる音も相手に聞こえないように、受話器にクッションを当ててしっかりと蓋をし、それからようやく自分の耳に押しあてた。同様に背後から取りあげた聞きとり専門のレシーバーも、おなじ目的でクッションの下に埋めた。その動作は非常な正確さでおこなわれたので、この若い女にとって、これは初めての事態ではなく、それどころか前もって予行演習され、実際に繰り返し実行されたことがあるにちがいないと思われた。

「もしもし」とミリアムは応じたが、やさしく緩やかな口調だったので、ユゴーが何度となくキスしたその美しい口からこの符牒の音節が発されるところをげんに見ていなかったら、彼は自分の知らない別人が喋っていると思ったことだろう。

彼女の許しを得たように感じ、また、ふたたび沈黙が守られたのを見て、ユゴーは雄鶏(コック)が柔らかくならないように、貝殻のなかに滑りこませ、ふたたび引きぬき、攻撃力を保持しようとした。この器官のもっとも高貴な使用目的は愛であり、その愛が器官の硬さによってしか実現されず、柔らかさがむしろこの器官から活動能力を奪ってしまうことは、愛のひとつの不思議ではあるまいか？　そして、心がすべてといった言葉やその同工異曲の紋切型と矛盾するように思える、この〈硬さ〉と〈柔らかさ〉の対立は、多少なりとも思索に値するものではないか？　電話が続くあいだ、ユゴー・アルノルドがこの淫らな往復運動をおこないながら、元気を保って待てば、受話器を置いたミリアムは、大きな震動に耐え、その待ちに待った震動を前兆とする噴射を受けとめるために、肉体の門のひとつか、みごとな乳房の山のあいだの峡谷を開く用意ができることだろう。

ところが、クッションに埋まった付属のレシーバーに伸びたユゴーの手を、女はまったく予期しない激烈さで払いのけ、血が出るほど爪でひっ掻いて、もう一方の受話器を彼の胸にぐいと押しつけ、「酷い目に会いたくなければ耳も口も閉じなさい」と押し殺した声で命じ、それからまた、たっぷり数分間も電話に聞き耳を立てはじめ、そのあとで送話口にたった一音節の「はい(ウィ)……」という言葉を送りこんだ。この単音節は発されるたびに、けっして短くはない引きのばされた沈黙の間隙によって次の音節と隔てられ、通話のあいだじゅう彼女の唯一の答えになりそうな気配だったので、ユゴーは記憶力を無駄にしたくない気遣いで、最初からその回数を数えはじめたのだが、それも二〇回を過ぎたあたりでこの企てからも心が離れ、大きく腰を振って、雄鶏(コック)をポンプの先まで送りこみ、ふたたび出発点に引きもどすことによって、興味を新たにするというか、ゲームへの参加を続けるにとどめた。したがって、まったく受け身に徹している自分のパートナーの返答だけを聞く会話を活字で再現すれば、一連の肯定または受諾に中断符が続くだけで、一冊の本の多くのページを、はい……はい……はい……はい……はい……はい……はい……はい……は

い……はい……といった具合に埋めることになり、長いこと掛かってそのページを繰って、やっと終わりまで来ると、サラ・サンドの契房のアンゴラ山羊の皮で被われた長椅子に戻って、ミリアム・グウェンが受話器と付属のレシーバーを切る瞬間にたどりつく。その瞬間はほんのひとときで、というのも、無理強いされる行為に黙って、静かに、従順に耐えていた餌食の女の鼠蹊部にまで入りこんだユゴーが、すかさず腰のリズムを速め、いわば熱く溶けたバターで溢れそうな肉の穴を激しく連打したからで、犯される女とのこの親密な接点は、放出がしだいに近づくにつれて、犯す男の意識をこの一点に集めていたのだった。二度繰り返されたものの、まず三度目が起こる可能性のない行為が終わって、抗しがたい放出が生じ、雌の煮えたった袋を溢れさせた（と雄は思った）のだが、男はいましばらく雄鶏（コック）をその袋のなかに浸しておき、充血が引き、堂々たる硬直が和らぎ、痙攣しながらこの小器官が縮んでいくのも、またひと味ちがう格別の楽しみだった。思うがままに弄ばれ、勝ち抜き合戦の勝利者である男の欲望をすべて従順に叶えた敗北者の美女の上に乗ったまま、その体から自分を抜かずに、ひと眠りすることこそ、いままさに望むところだ。だが、そうはいかない。女のほうが最初に粗暴な力を回復し、尻のひと振りで身をふり解き、男の隣に仰向けに転がって、美しい長椅子を汚さないように、蛾の刺青のあたりを手で押さえたからだ。

「そうだな……ミリアム」といいながら、ユゴーは微笑が返ってくることを期待し、また彼女が女主人のことを語りはすまいかと思った。

しかし、失望は二重で、まず、電話のひと幕の前に見せた柔らかな体の大いなるやさしさとおなじほどいまや彼女の心が硬化しているのが感じられたし、ついで、汚いものが垂れないように、アトポス蛾の吻管の下に手を置いたまま、彼女が彼の横から立ちあがっていくのを見たからだった。なぜかイタリア語が彼の口をついて出て、

「立派ナ栓ガ欲シイモノダナ（チ・ヴォッレッベ・ウン・ベル・タッポ）」というのがその文句だったが、できればその場を陽気に盛りあげて、幸運にもさきほど二人が浸っていた快活さにいま一度戻りたいと思ったのだった。トスカーナ語の「栓」という言葉で彼女は侮辱されたと感じるだろうか？　どうもそうらしい、彼女が返した視線は冷たかったし、そこから離れる前に、こんな言葉を投げつけたからである。

「ばかなことをいうのはやめて、その場を動かないで、わたしを待ってるのよ。もう知っておいたほうがいいと思うけれど、サラ・サンドの契房には、たくさんのマイクやカメラがおもに長椅子に向けて備えつけてあるの。あなたがここに入ってからの言動はすべて記録され、監視され、聴取されているから、どんな代償でもあなたに要求できるでしょうね」

彼女は行ってしまう……。孤独にとり残されたユゴーは、途方に暮れ、愛していると思い、また愛されていると思っていた女のまわりに、まったく別の空間が拡がっていることを頭に描こうとするより、そもそも自分自身がいったい何者なのかという疑問に襲われる……。過ぎゆく時間も、計測されることに逆らっているかのようだ。そして、流れた時間の外から女が現われたが、相変わらず足の爪先から頭の天辺まで裸で、超自然の創造物ででもあったかのように、忽然として静けさの只中に出現したように思われたのは、たぶん裸足だったからだろう。だが、よく見れば、むろんミリアム・グウェンにほかならない。

それが変化といえるかどうか確言はできないが、女の顔の化粧は直されて、口には前よりずっと濃い紅が引かれ、白い歯のまわりの唇を黒ずんだ血の色に見せていることにユゴーは気づいた。黒褐色に際だつ眉と、おなじ色で濃く塗られた瞼と、黒く鋭い睫（まつげ）のせいで、顔全体がいっそう白く見える。目は大きく見開かれ、開いた唇には笑いはもちろん微笑の影すらなく、そうした全体があたえる印象は冷たさを通りこして、まさに凍りつきそうだった。そして、この幻の女が背後に回していた手が、急にユゴーに向かって突きだされたとき、彼は茫然自失のうちにも、両手の五本の爪がそれを支える指とほとんどおなじ長さなのが分かった。女がこの爪を振ると、宝石か真珠母か七宝のような色とりどりの光が放たれる。青だと思った目も、消えることのない炎で赤々と輝いている。

いかなる音楽の響きもないのに、いま、女は脚と爪先というより腕と手で踊りはじめ、その動きを頭と首が追いかけ、この動きを正確に定義することは不可能ながらも、おおよそのいい方で表現するなら、沈黙にふくまれる音の調和を描きだすものだということができ、この調和には、善良さとか単なる好意といったもの以上に、敵意、さらには残酷さの表情が刻みこまれているようだった。しかし、監視装置の存在が明らかになっていたにもかかわらず、男が期待していたのは愛であって、彼が引きよせられたその罠は、よく考えてみれば、まずありそうもない仕掛けに思われたし、ふたたび男の腕に抱かれる前に、またもや彼をからかうためにミリアムが考えだした作りごとども考えられる……。いや、そうではない、それはじっさい、ついさきほど愛人だった男を嘲弄する別のやりかたであり、女がいま彼に一歩また一歩と近づきながら、目の前で披露している長い爪の踊りには、彼にたいするいかなる愛情のきざしも慈悲の念もなく、その自動運動にも似た厳しい制御ぶりを見れば、血の通う目と耳だけではなく、電気で動く目と耳が彼に向けられていることは間違いなかった。

さらに接近しながら、人に切りつける最良の瞬間を狙って威嚇する武器のように、たえず左から右へ行き、ついでその逆に、また後ろから前へ、そして逆戻りする女の手は、いささか機械的な動きをしていたが、ユゴーはいま明らかに、その長い爪が、それぞれ幾重もの銀の指環で指の第一関節に取りつけられた偽物にほかならないことを知り、同時にすべての爪の先が、刃と尖端を恐ろしいほど研ぎ澄ました本物の剣であることも見てとった。ユゴーが長椅子の奥まで退くと、ミリアムは椅子の前のクッションに膝をついて、彼の目から数センチのところで残酷なゲームを続けるのだった。両手の八本の指がいわば剣の舞を舞うなか、親指だけが鳴りをひそめ、捕獲の瞬間を待って、ほかの指に加わろうとしていた。女の香水が前とは変わっていることにも男は気づき、彼が文句なしに酔わされたさきほどの匂いには、生贄として捧げられるやいなや蹂躙される美しい肉体に最適のどこか下卑た官能性がひそんでいたが、今度の香りは女らしさが薄れたばかりか、男性的なものさえ加わり、そこから喚起されるのは、インドやジャワやバリやタイの女神、あるいは半女神が放つ犯しがたい冷たい支配感であり、そうした女神の爪のなかでは、その手に掛かるという幸福あるいは不幸を得た者にとって、どんな抵抗も不可能であり、そんな真似はもとより考えもつかぬことだった。

「美貌の友よ、君の行った浴室か化粧室はどこにあるのだろう?」彼女に声をかける決心をして、女神の指の舞には無関心を装い、口調にはできるかぎりの丁重さをこめて、ユゴーはいった。

「美しい友だちの時代はとうの昔に終わったのよ」と女は答える。「サラ・サンドの契房に迎えられながら、男らしさの意識をすべて捨てるという有益な教えを身につけられなかった者には化粧室など必要ないわ。男たちをそこそこ役立てたあとは、愛人だろうと君主だろうと召使だろうと、汚れた男はみんな外に放りだすの。でも、あなたには、これから受けるべき試練がまだ残っているわ。体を伸ばして長椅子に横になりなさい」

彼は従った。もはや友情が期待できないというのなら、この女が自分の頭を持ちあげて下にクッションを入れたのは、名残りの愛のためか？　男はそう考えたが、幻想はすぐに破れた、なぜなら女が彼を跨いで、じかに馬乗りになり、顔に全体重をかけて、体を前後に動かしながら、自転車をこぐように背を丸め、彼の腹と腿の上で指の剣を踊らせ、触れあわせて音を立て、最初は男の自負心をくすぐったのだが、すぐに男は平静さを失うことになったからだ。

「さあ」と女は迫る。「口を開けて、舌を出して、菊座をお舐め。その格好なら、いちばんお得意の演目でしょう」

今度も男が命令に従ったのは、女が自分に仕掛けたがっているらしい最悪の行為を恐れたからで、いまの二人の体勢からすれば、それは造作もないことだった。女が広げた尻のあいだで、男の鼻と唇は押しつぶされ、息を吸うのも困難ななか、できるかぎりの努力で、鼻の上を行き来するものを舐めては、吸ったのだが、それは往復のたびに顔の上で一瞬停止し、重みをかけてから、通りすぎる。巧みに調整された機械のような運動で、いったい何時になったら止まるのだろうと思わせるほどだった。いっぽう指の刃は、体の間近まで接近し、最終的な目的を仄めかして恐怖を煽りつつ、何度も軽く肌に触れたため、雄鶏（コック）の根元と下腹部にかすり傷を負ったとユゴーに思わせたが、その間も女騎手は彼の体を放さなかった。数滴の血が雫を結ぶ。

女は、男の顔を馬の鞍がわりにして前に身を傾け、男の足先まで指の爪の射程範囲において、伸ばした腕で体を摑み、膕（ひかがみ）に一撃を加えて、苦痛を味わわせた。太腿の締めつけがあまりに強くて、彼は体を振りほどくことができなかったが、口にはわずかに動く余地が残されていたので、彼女を懐柔することは無理でも、憐れみを乞うことは可能かもしれないし、あるいは、前に女にお世辞を振りまいたとき、満更でもなさそうな顔をしていたことを思いだして、ただのお世辞に訴えてでもいいから、この理由の分からぬ激怒を鎮めようと試みた。

「ミリアム……。その素晴らしい女優の才能には最初からずっと驚いているのだが、君がじつに見事に使いこなして、観客の心にまさに愛の火を放った優美な技巧をもう一度見せてくれないか？　思いだしてくれ、地下鉄での君の言葉、小橋（プチ・ポン）の肌着商の女の話……」

「いまここにあのバソンピエールを捕まえていたら、あなたより手酷く扱ってやるでしょうよ。わたしの命令だけに従う黒人の大男二、三人にひっ立てさせて、時代遅れな貴族の服をひき剝がし、全裸にして、打ちすえて、しくじりを犯した馬みたいに、わたしの脚のあいだで震えあがらせてやるわ。サラ・サンドの邸を劇場だと信じこませて、あなたを誘いいれ、わたしたちの自由にするためにどんなことでもいったけれど、ここは劇場なんかじゃない。もしも啞のピンを呼んでいたら、初めから終わりまで、もっとずっと惨（むご）いことになっていたでしょう。そうしなかったのは、ただ、あの男が来るのがあまりに恐ろしかったからよ」

たぶん、壁の向こう側の別室、想像もおよばぬ小部屋で、数人の色好みの娼婦をお供に、これら美しい娼婦たちは座っているよりも寝転んでいるはずだが、不気味なピンだけを片隅に立たせて、サラ・サンドがスピーカーの音とスクリーンの画像とに耳と目を向け、仲睦まじい契房が屈辱と拷問の部屋に昇格する一部始終を見ていると思うと、ユゴーは体中に戦慄が走るのを覚えた。

「だめだ、そいつを呼ぶのだけはやめてくれ、なんでもいうことを聞くから……」

女刑吏の笑いは、さきほどまでの恋する女の笑いと変わらなかった。

「そして、わたしのいい子になるってわけね」男の太腿に平手打ちをくれて女はいう。「怖がるのは無理もないけれど、あなたの苦痛はまだ終わりじゃないの。動かないで。もう分かったでしょうが、あなたに苦痛をあたえるのがわたしの楽しみで、この楽しみのためには、あなたをずっとそこに寝かせておいたほうが具合がいいの、位置を変えるのはわたし、人格を変えたようにね」

女は身を起こして、男の舌で例の場所をもうひと舐めさせ、鞍から降りるように男の顔から降りたが、それはぐるりと反対側を向くためで、全身を伸ばして、彼の体の上にのしかかり、顔と顔、腹と腹を接して、男の脚を、抗いがたい強姦に開く女の脚のように無理やり開かせ、自分の閉じた脚をそのあいだに割りこませた。この想像上の性の交換に女はご満悦だったが、当然ながらユゴーのほうは気が気ではなく、なぜなら、女は男の顔から降りたものの、目と頬と口の上で、たったいまその恐ろしさを思い知らされた刃の指を、ふたたび乱舞させはじめたからだ。すでに下唇が傷を負い、かなり出血してきたので、ユゴーは唇を口のなかに引っこめ、その血を飲みくだそうと努めたが、そのとき、男の手当てを間近で見逃さなかったミリアムは、今度は上の唇に狙いを定めて、攻撃をさらに激しくしたため、血は細い水路を作って顎にまで流れだした。その情景がミリアムを昂ぶらせ、気まぐれから犠牲者に長い接吻をして血を吸いあげると、その味も興奮をいや増すことになった。

それから女は我を忘れて、激しく動きまわったが、男の全身の無力と好対照の狂ったような身ぶりは、私設の見世物小屋で取りまき連中とともに彼らを観察するサラ・サンドのモニターへの効果を狙ったものにちがいあるまい、とこの最悪の事態に翻弄されるがままになりながら、男は考えていた。叫んだり、逆らったり、暴れたりすることは、この場面をいっそう面白くすることにしか役立たないだろうし、この激怒は女当人にとってもひどく疲れるものだから、そうそう長続きはしないとすれば、これにぼろ布製の人形並みの反応しかしないのが得策だと男は思ったのだ。しかし、この見通しはまったく甘く、女の怒りの発作はやまず、それどころか時が経つにつれてますます激しさを募らせるようだった。いまや、女は身を起こすたびに、男の顔に唾を吐きかけ、それからまた身を屈め、何度も爪を立てて男の体に擦りつけたので、男は額と膝のあいだのあらゆる場所から血を流すことになった。棘だらけの木の枝で打ちすえられていたとしても、これほどまでには怪我を負わなかっただろう！

指の刃はたえず触れあう音を響かせたが、それが数分中断したのは、ミリアムが体と体を擦りあわせながら、彼の首のまわりに、身の毛もよだつ指の爪で首飾りの素描をおこなって刃の感触を伝えたからで、どうにも説明のつかない彼女の怒りは高まるばかりに思われた。

「両手を上にあげて」女はユゴーの右耳にかすり傷をつけながら、左耳に繰り返す。「高くあげて、もっと高く、両手をしっかり合わせて、いうとおりにしないと出血がひどくなるわよ……」

男が従うと、彼女は身を揉みたてるように、屈従する男の体をいわば馬櫛にして自分の体を摩擦したり、鮫の表皮にでも乗ったようにあばずれの卑猥な仕ぐさで摺りつけたり、柔らかく擽(くすぐ)るようにしたり、ごしごしと擦りつけてみたりしたあげく、自分の使っているこの孫の手代わりの体に悪態を吐く。

「蕁草(いらくさ)の束になって」と彼女は叫ぶ。「……わたしの体中をひりひりさせて……」

そして、体をさらにひき攣らせ、呻き声をあげ、見たところ、自分の下に柔らかい体しか感じられないことに怒り狂ったらしいが、この体からはどう技巧を凝らしても、澱んだ水苔、粘つく繊維、沼地の藻といったごみ屑並みの感覚しか得られず、そこから美しい屍骸を掬いあげて、この接触のなかで、男の本性でありその栄光と価値とを作りだすあの魅力的な硬度を取りもどす必要があった。これほど完全に腑ぬけになり、その状態にまったく変化が訪れないとは、哀れ幼子、この雄鶏は、よほど雌を飾る長い爪に恐れを抱いたのだろう、つい先刻まであれほどの快楽と力量で女を責めたて、一向に飽きる気配もなかったのに。

「ぼろ切れか雑巾以下だよ、あんたがそこに持ってるのは空っぽのコンドーム、さっきのあれのふにゃふにゃの抜け殻、もう元には戻らない！　それにインポならまだ大目に見るけど、怖がったりびびったりは許せないんだよ……」

さらに、巨大な雌豹のように、喉に絡みつく咆え声をあげる。「があぁう！」それから男の体の上に頽れて、彼に劣らずぐったりとなった。

しばらく時が過ぎるなか、女の役はすでに終わり、つぎになすべきこと、いうべきことを知るためにまた電話が掛かるのを待っているのだな、と男は思う。だが幸いにもなにも来ない。きっと観客は彼と彼女に飽き、二人が演じた芝居はたぶん失敗だったのだろう……。

女か獣か、ミリアムは、最大種の豹のように、静かに、物憂げに伸びをし、ちょっと身を起こして、餌食の目を見つめ、笑みも洩らさず、男の目に長い爪で軽く触れた。男が瞼を閉じなかったのは、それを女が目を抉りだす口実にしないかと恐れたからで、自分でもぜいぜい喘ぐのを承知している呼吸が女を苛立たせないよう、息を抑えて、まったく受身の姿勢を保っていた。時が過ぎる、測りしれぬほど。

そしてようやく、ミリアムは腰をひと振りして立ちあがり、ユゴーの顔に大量の唾を吐きつけ、彼は思わずびくりと体を震わせた。女は横に立って、男が喋るのを待っているのだろうか？　しかし、彼は沈黙を守り、口まで流れこむ女の唾を拭おうともせず、この口のなかでついさっきまでおなじ快楽を求めて二人の唾液が混じりあったのに、と思っていた。すると、彼女は言葉を継いだが、それは男が予想していたありきたりな罵りの文句ではなかった。

「さあ立って、ここから出ていくのよ！」そして繰り返す。「一分以内に出ていくの、ひと言もいわず！」

「ミリアム」男は呻く……。

「ひと言もいわず、といったでしょう！　ここにはあなたのミリアムはいないし、もう二度と現れない。いいえ、一度も存在しなかったし、あなたが追いかけてきたのは、もともとこの世にはいないものだったのよ。わたしだったかもしれない女があなたに告げたかもしれない名前なんか、もう絶対に忘れてしまうことね。忘れて、消してしまうの！　それができないなら、無理にでも記憶からひっこ抜いて、壊してしまいなさい。そして、最悪の事態が恐ろしい顎を開いて襲いかかる前に、黙って、負け犬のように尻尾を巻いて逃げだすのよ。いま見ているはずのこの場所、見たと思ったこの場所で、すべては終わり、二度となにも起こらない。ここにいたことに、なんの実体も、ほんのわずかな現実も残らないことこそ、あなたにあたえられた慈悲なのよ。あなたの同類たちが愚かにも冗談にするように、ここで起こったと思うことすべては夢でさえないの。そう。もう一度いうわ、要するになにも起こらなかったし、いっさいなんでもない。出ていきなさい……」

「負け犬以下だ……」立ちあがり、体を大きくふらつかせ、目もよくみえないまま、男は呟く。「石を投げつけられ、鉄砲で撃つぞと脅され、主人から永遠に追放された犬のようなもの……」

「だったらすぐに逃げなさい、まだ手遅れじゃないからうしろも見ずに。扉は、〈大修道院長〉みずからの手で閉じられるという非常事態でないかぎり、外に出るときは自動的に開くはず。外に出たら、右に曲がって、真っ直ぐに進み、いまいたかもしれない場所を振りかえったりしないこと。そうすれば河に突きあたるから、その水を見たら、なんとか現在に甦ることができるでしょう。いまあなたが踏み迷っている過去の幻からセーヌの流れがあなたを洗い浄めてくれるわ。二千年以上も昔から、ほかの多くの人びとを浄めてきたように。さあ逃げなさい」

彼はいうことを聞き、靴を探したが、すぐに階段の下に投げすてたことを思いだして、ボタンもはめずにワイシャツを羽織り、ズボンはフックを掛けただけでジッパーを上げず、ミリアムが足を載せている下着類は放っておくことにした。そして、彼女が弄んでいるネクタイに手を伸ばした。

「結んでいる暇はないわ。それに、ピンは、勝利者だと思っていた連中が残していく衣類の戦利品に目がないの、自分の祖国でそうしていたみたいにね。時計も蒐集しているから、わたしの足元にあなたのを捨てていって。あなたが本当の色好みなら、ミリアムの横にいて時間の配分を気にするなんて真似をせずに腕から時計をさっさと外していたでしょうが、もうあなたの純粋な価値には判決が下されたわ。ゼロよ」

彼は命令に従い、時計の金属のベルトを外し、それから、

「判決が下された?」急いで上着に腕を通しながら訊いた。

「そう、いうまでもなく有罪。下手な役者は劇場からお払い箱にされるの。ゲームの規則も知らなかったんですものね。いまのあなたの存在は存在の影にすぎないといってもいいし、もちろん男の影でさえない。人間の見せかけだから、憎むことも、呪うこともできやしないのよ。でも、文句をいわないで、たぶんそのおかげで今夜は救われたんだから。さっさと消えて……」

それよりも彼は時計のことを思って、すぐには諦めきれないだろうなと考えていた。ミリアムは腕に時計をしていないが、言葉の端ばしからこれほど時間を気にするらしい人物が、時間を計る器械なしで済むとはとても思えないので、長椅子の側に置いた万能箱にその道具が入っていることは賭けてもよかった。だが、ユゴーは慎重に口にはなにも出さず、自分の考えを押し殺した。そして、こう言いかえす。

「私は役者だといった覚えはない。だから、下手な役者にもなりようがないんだ。君

にも、サラ・サンドの奥方にも、君が仄めかしたほかの人びとにも、芝居を演じて見せたつもりはない。私は男、それだけだ、ただの人間なんだ」

「行きなさい」大きな怒りは過ぎたようにミリアムはいう。「たしかにあなたは役者じゃない。役者になるように誘ったわたしが間違っていたわ。あなたは詩人でもないし、未来永劫、詩人のかけらにもなれやしない。だから、女優との戯れに身も心も沈めることができないのよ。あなた自身がいったとおり、ただの人間、わたしにいわせれば、バソンピエール流の粗野な男でしかない。あなたがたは哀れな精神の不能者で、わたしたち役者のもつ神聖な特権を感じとることができず、死に至るまで、そして、わたしたちの死か相手役の殺害に至るまで演技を続けることができなくても、それはたぶんあなたたちのせいじゃないわ……。バソンピエールのように、ワインを一本飲んで、馬に乗って逃げだすことしか考えていないの。さっさとそうしなさい。さもないと啞のピンが時計よりも命のこもったものを取りに来るわよ、あなたが見せびらかしていた雄鶏（コック）とその付属品を。行っておしまい。そう見せかけたほどあなたを憎んでいるわけじゃないけれど、あなたのようなただの汚い男は河に送りだして、その水で汚れを洗いおとしてもらいましょう。それだって楽な仕事じゃないはずだし、わたしにはあなたの未来がぼんやりとしか見えないの、未来のことなんて夢のなかでも一度も考えたことがないにちがいないわね。フォルトゥニーのドレスのところに戻るがいいわ、危険を冒さずにはものにすることのできないものの空っぽの包み紙のところにね。さあ行きなさい、哀れなただの男！」

男は、この女が「けっしてあなたを憎んではいない」という台詞を舞台に立っているかのごとくふたたび見事にいってのけた、と思いつつ数歩退いた。はたして、彼女のいうことは真実なのか？　いずれにしても、血で汚され、あらゆる自尊心を踏み躙られて、彼は一刻も早く外に出たかった。

「顔の傷を洗えないだろうか？　それに、本当に扉は開くのか？」

「ただのかすり傷は、セーヌに身を浸して、イシスやデメテルや聖処女に祈りながら、ほかのものと一緒に洗い浄めなさい、河はこの聖なる三位一体の宿る座で、その導き手でもあるのだから。扉のほうは、サラ・サンドが拷問の餌食を手もとにおき、啞の下男に譲りわたそうと思って閉鎖しなければ、自動的に開くことになっているし、前にもいったとおり、あなたを引きとめたりはしないはずよ。わたしとおなじく、サラ・サンドだってもうあなたにはうんざりしているにちがいないから！」

ユゴーはふらつき、倒れそうなまでによろめきながら、とても優美とはいいかねる身ぶりで女が指さした扉に向かったが、女の身ぶりには、またしても芸の熟練が感じられた。触れようとした瞬間、扉が開いて、彼は躓いて転びかけ、なんとか体勢を立てなおして、契房の敷居を越え、この失われた楽園の狭い空間に、追われゆく者の最後のまなざしを投げ、その最後の残像を心に刻もうとした。開くときとおなじく静かに扉は閉じる。そして、無事に螺旋階段を降りきらねばならない、天使はもう助けてくれないのだから。外の通りに出るまで安心はできないのだ。手探りで彼は進み、上の階を浸す光から遠ざかり、なかば暗闇に降り、いちばん下に近づくにつれて、闇黒は深まっていく。裸足はむしろ好都合で、階段の幅は中央の柱の近くがひどく狭く、その周辺でもやっと安心できる程度の広さだったから、足の下にじかに段を感じることができるのは具合が良かった。そうして、蝸牛状の階段室の底に着き、目よりも記憶と手に導かれて、そこにある扉の板のほうに歩を進めたとき、この扉も思っていたよりすばやく開いたが、かなり唐突な動きだったので、扉に体があるとするなら、それはかなり乱暴な身のこなしだった。扉が開くと、地面にユゴーの靴の片方が見え、もう片方も螺旋階段の下のそう遠くない場所にあるにちがいなかったが、靴を探すよりは恐るべき命令に従って、彼はなにも拾わずにつぎの間へと通りぬける。ユゴーには気の毒ながら、扉はなんの愛想もなくすぐに閉まる。彼は追われ、そう、文字どおりこの場の機械装置に追いたてられ、その仕打ちは、彼がひとりしか知らないこの邸の住人たちとおなじくらい、あるいは彼らよりもっと厳しかった。最後の扉は通りに面したもので、彼の前でなんの勿体もつけずに開き、同様に閉じた。

ついに外へ出て、彼は目覚め、かつて見たことのないもっとも奇異な夢から逃れた気分だったが、パリの街路の現実に戻ったいまになって、ほとんど体中に印された爪の刃による小さな傷痕が痛みはじめている。命令に忠実に、彼は歩道の自分の裸足しか見ないようにして、そこから遠のいていく。「敗レ去リシ皇帝（イムペラートル・ウィークトゥス）」と彼はひとりごちて敗退を自讃し、「勝チ誇レル女王（レーギーナ・ウィクトリークス）」の勝利に鎖で繋がれて、敗北者にふさわしく、汚され、汗にまみれ、血みどろで、そのうちセーヌ河に着くことになるのだろうが、通行人が自分を見ているかどうかも分からぬまま、指示に従って右へ曲がった。どこへ行くのかと問われたなら、どこか知らないが〈勝利の女〉の権威に導かれて自分の道を歩んでいるのだと答えただろう。

Ⅱ

ユゴー・アルノルドはよろよろと長いこと歩いたが、その時間を測るすべもなく、目をつねに歩道にすえ、捨てられた金属の破片や壊れたガラスを裸足で踏んで怪我をしないように注意しながら、きわめてゆっくりと歩行を続け、いき過ぎと思えるまでに、ミリアムの下した命令に忠実に従おうとことさらに気をつけていたが、彼女の命令はたぶん、ついに一度も会わなかったにもかかわらず恐るべき存在であるにちがいないサラ・サンドなる奥方の意志を鸚鵡がえしに伝えるものだったのだろう。すると、冷ややかな一陣の風が吹きわたり、いままでよりはるかに明るい光が目に差しこんで、彼の懲罰の歩みの目的地であり終着点だと名ざされた懐かしいセーヌの流れの畔に着いたことが察せられた。契房の扉から追放されて以来はじめて目を上げ、じっさいアナトール＝フランス河岸に来ていることを知ったのだが、ここはかつて心躍る劇場で、今日の、そして明日の美術館となった旧オルセー駅よりすこし川上にあたる場所だった。ユゴーは胸いっぱいに空気を吸いこみ、ロワイヤル橋の車の信号が赤になったのを見て車道を渡り、河岸に近づいた。灰色の水の流れと彼のあいだは、河岸の古本屋の箱が設けられた低い欄干で隔てられているだけで、彼はためらうことなく流れとは逆に右手に歩き、古本の箱の中身に目をやった。もちろん驚きはなにも期待しておらず、客引き用の本の表紙がなかの本文を見るようにと彼の指を誘ったとしても通俗的な内容に失望させられるに決まっていたし、裸足の浮浪者が商品に手をつけることを嫌がって、本屋があいだに割って入った。ちょっと遠くにあるサン゠ジュストの詩集『オルガン』の小冊子がユゴーの興味を引いたのは、彼はこの詩集を一度も読んだことがなく、その主題も内容も知らなかったからだが、上着の内ポケットに財布が残っているとは考えられず、それは中身の身分証明書、社会保険証、そして金とともに唖の男の手に落ちたのだろうと思われた。本屋の男より人間味のある女の売子は、ひと言もいわず、薔薇色の総絹で装丁された美しい稀覯本をユゴーから奪いながらも、五〇サンチームの小銭を彼の手に滑らせてよこした。いまやこれが彼の手持ちの唯一の財産になったらしい。ミリアム・グウェンの恩恵によって物乞いの地位にまで昇りつめたというわけだ……。しかし、住居の鍵だけはいつも入れている場所であるジャケットの右ポケットに残っている。時間はあとどのくらい残されているのか？　と彼は思う。というのも、車道の反対側にあるセーヌの畔の建物の群れが彼の視界のなかで揺らめき、まるで確固とした現実性を失い、いまにも巨大な青い雲に溶けてゆきそうな建築物の幻影でしかないように見えたからで、その雲さえ空の一部をなすものであるかどうか確信がもてなかった。

カルーゼル橋の前を横切るのに立って待つ必要はなく、珐瑯の表示板の助けなど借りなくても自分がいまマラケ河岸にいることが分かったし、この河岸や、それから先の河岸の古本屋の箱には、川下よりも豊かな内容が展示されていた。だが、たとえポケットに五〇サンチーム以上入っていたとしても、彼はこのうえ興味を引かれなかっただろう、というのは、彼の愛書家としての探求は、もはやミリアム以前と呼ばれるべき世界に属しているからであり、彼はあの邸を脱出して以来、自分の脳髄のなかでミリアム以前の世界が決定的に消滅しつつあるという感覚を抱いていたのだ……。サン＝ペールの船着場の堤にはポプラの木が増え、風が吹いているようにも思われないのに葉叢(はむら)がたえず震え、車の通行が間遠になると、枝から落ちるざわめきがはっきりと聞こえ、ユゴーになにかを伝える使命を帯びているかのようだった。近代都市の厳しい環境に許されたわずかな自然の伝言だろうか？　いやむろん幻想にすぎないのだが、もしもそれが超自然的な啓示だとしたなら、地下鉄の壁に何度も見出された「すべては消えねばならぬ」という言葉のたえざる繰り返し以外のなんだというのだろうか？

消え去ったあの謎の女に、ほんとうにユゴーは「歩きつづけろ」と命令されたのだったか？　ついさきほどのことにすぎない過去のなかで、彼女、あるいは彼自身が発したすべての言葉とおなじく、その事実もまた絶対に確かなこととはいえないが、彼は女に命令されたはずだと感じている。だから、裸足で彼は歩きつづけるものの、それは、セーヌの流れと反対に歩きはじめてから一歩ごとに存在感が薄れていく指示に従うためというよりは、それ以外に自分がなにをすることも不可能だと思っているからだ。車道の向こう側には、国立高等美術学校の側面と思しきものが見え、ユゴーはこの学校の愚鈍な学生になったような気がして、芸術橋（ポン・デ・ザール）の前をよろよろ歩いたが、車の通行量が少ないので、ことさらに注意を払わなくともその道を渡ることができた。なぜ、この橋を右岸に渡り、ルーヴル宮をひと回りしてパレ・ロワイヤルまで行き、ひと気のないアーケードを通って、さっさと出発点のシャバネ通りに戻らなかったのか？　だが、それは問題外で、彼の心には安全な道を行くといった考えが生じることはなく、ほんのわずかなためらいもなしにコンティ河岸へと進み、この河岸は造幣局の建物と枝分かれするセーヌ河とに挟まれているため、細くなった河筋を流れる水流はさらに速まるように見えた。

パリの歩道は汚いが、ユゴーは自分の足が踏むものにはまったく無頓着になって、足の指のあいだと爪の先に砂が入り、もしかしたら犬の糞が入ったかもしれないのを見ても驚かなかった。この糞をひり出した当の犬たちは、とんと平気な顔でそこを闊歩しているではないか？「ちょっと前とは大違いで、おれはいま人間より犬に近いのだ」と彼は考え、四つ足の犬は、二本足の自分より、地面を踏みつける重量が少ないことにも思いいたった。癪な話だが仕方ない！　頭を右のほうに振りむけると、造幣局の山のような影が目に入り、以前はまったく気づかなかったが、その傲慢な巨大さをもつ眺めに苛だちを覚えた。この建物の切れ目からはゲネゴー通りが始まっており、彼はノラ・ニックスの店やほかの画廊に行くために、何度となくこの通りを歩いたものだ。車道を渡って、この小さな通りに入り、河から遠ざかれば遠ざかるほど番地の数が増えていく道をたどるなら、ふたたび救われる可能性も出てくるのだろうが、ユゴー・アルノルドは、救われることなど足の裏の具合とおなじくほとんど気にかけない……。ミリアムの爪か、歩道のガラスの破片で、足の裏はいささか傷つき、指のあいだに血痕が見えるが、かまわず彼は歩き続け、親切な手が足もとに投げてくれるフォルトゥニーの美しい衣裳の広がりの上を歩くように、心地よく、ゆっくりと進んだ。にもかかわらず、いささかもフォルトゥニーを軽視したわけでもないのに、そのドレスに背を向けることを選んだのは、左手の新橋（ポン・ヌフ）を渡るためにほかならず、サン＝ジェルマン＝デ＝プレで過ごした暑い時刻から、ポン・ヌフの名は彼の頭のなかにずっとよじれて引っかかっていたのだ。すると、小橋（プチ・ポン）の肌着商の女の話が熱く記憶に甦り、水面に身を屈めてみると、それに触発されて一瞬の幻影があらわれ、橋に向かって、流れに逆らって泳ごうとする人間の裸の背を目撃したような気がした。たぶん幻覚だったのだろう、もう一度河に身を乗りだしてみても、セーヌの二筋の流れが合流する中洲の先端あたりで逆巻く水の泡だちのほかにはなにも見えなかった。それでも釈然としない気持ちと動揺は抑えがたく、ふたたび歩きはじめたものの、橋のなかほどを過ぎて、アンリ四世の乗馬像のほぼ正面まで来たとき、ある古い建物の三階中央のバルコニーから、ひどく大きな黒いシーツが、おそらく陽干しのためか、それとも、来るべき無政府状態を人民に呼びかけるためか、皺ひとつなく垂れさがって、すぐ下の窓を目隠ししており、それを見たとき彼を訪れたのは、むろん心穏やかな気分などではなかった。しかし、数少ない通行人たちは相変わらず忙しい蟻のように歩きつづけ、アナキストの象徴や葬送の屍衣を見ようとして歩みを止めるものはだれもいなかった。

「女たらし（ヴェール＝ギャラン）」と呼ばれた王の騎馬像にユゴーはいささかうんざりする。女学者から歴史の蘊蓄（うんちく）を垂れてもらわなくても、この像が、官選彫刻の不振だった比較的新しい時代に作られたことはよく分かったし、彼の記憶によれば、ここにはまず、公道の真ん中にジャンボローニャの手になる青銅の《アンリ四世像》が建てられていたはずで、これは大革命の最中に取り壊されてしまったのだった。おそらくこちらのほうが見た目が良かったはずだ、と思いながらも、すぐに、目の法楽、あるいはもっと俗にいうように「有難さに目がつぶれる」といった考えはまったく人を馬鹿にするものだと思いなおした。そして、そんな思いをさっさとうち切って、希望を拒むもとの状態に戻ったのだが、この陰鬱な楽しみに似た心の状態は、ヒトという種の雌よりも、えてして雄のほうが大いに鼻にかけたがる絶望とはなんの関係もなかった。しかし、明確な直感ではないながら、いま自分のいるこの場所、官製の騎馬像がセーヌの二筋の流れを見はるかし、一〇〇メートル足らず下流でふたたびセーヌがひとつに合流するこの場所は、自分の人生が選んだ道のなかで、重要な中継地となるものであり、いまここから離れることは禁じられているのだとユゴーは感じ、自分自身でもそれを望んでいた。それゆえ、浅く浮彫りにされた模様や台座の銘にはなんの注意も払わないのに、騎馬像を一周し、小さな「女たらし（ヴェール＝ギャラン）」公園の上にかかる欄干から身を乗りだしてみた。驚いたのは、この公園にまったく人影が見えないことで、以前ここから下を見たときには、ほとんどすべてのベンチが年老いた男女や子供のお守り役で埋まり、子供たちがこの狭い空間の端から端まで駆けまわって遊んでいたのだった。しかし、夜の短いこの日、まだ太陽は地平線の上にかなり高く上がっている。つぎにユゴーがすることは、できれば、この説明しがたい人気（ひとけ）のなさの理由を確かめるために公園のなかに降りていくことか、あるいはもっと単純に、この環境に新たな興味を抱きつつそこに導かれることだった。

彼のすぐ後ろに、下の公園に続くはずの二つの階段の降り口があり、階段の使用を禁じる表示はまったくないようだった。それで、彼はまったくおなじ二つの階段のうち、左の近いほうに回り、裸足に注意して、狭いけれども地下鉄の階段よりはるかにずんぐりして、歩きにくい段に歩を進めた。頭上の陽光はほとんど隠れて、意志というよりは本能による緩慢な動きで足は下に向かい、下方では光は弱まって見え、ユゴーは考古学者が古代の墳墓に降りていくところを想像して、得意になる気分を抑えきれなかった。墓を囲む暗い石の壁はどれほど昔のものなのだろうか？　エトルリア、ローマ、いやエジプト、はるか遠い過去の壮大な回廊を進む姿がたいした苦労もなしに思い描かれる……。だが、数世紀の階段の下に降りて地下から外へ出てみると、そこは五月二五日火曜(マルディ)、満月の夜を迎える軍神(マルス)の日の快い太陽の下で、彼は命綱を失ったように感じた。目の前に表示板があって、当然のことながら、これは上のテラスに掲げられて然るべきものだったが、階段を下まで降りてくることだけなら禁じられていないのかもしれない。その表示の内容はといえば、「女たらし(ヴェール＝ギャラン)」公園の入口の鉄柵は、ベンチやそのほかの座席のペンキ塗りたてのせいで数日間閉鎖されるというものだった……。たしかに、公園は四方を高い鉄柵に囲まれていて、それを乗りこえるのは非常に困難（だが不可能ではない――とユゴー・アルノルドは思う）だった。いま彼の注意を引いているのはセーヌの中洲の河岸で、彼は左に進もうとしていたが、それというのも、右には遊覧船(バトー・ムーシュ)の船着場があって、行き来する人で一杯なのにたいし、左のほうはいまのところ、だれも見えなかったからだ。じっさい、庭園の鉄の囲いと河の流れのあいだは、きわめて狭い河岸になっていて、彼の望みどおり、まったくというか、ほとんど人がいなかった。唯一の例外は、眠っているらしい若い男で、流れに直角に寝転んでいるので、彼を跨ぎこして先に進むか、河に落ちないように注意して、古い布靴を履いた男の足を回りこまなければならなかった。物乞いだと分かったのは、手の届くところに暗い色の陶製の皿が置かれていたからで、もしかしたらコロンブス以前のアメリカの陶器かもしれないが、なかにはいくつか小銭が散らばっていたので、ユゴーもそこに五〇サンチーム貨を放りこまなければいけないような気持ちになって、そのいわば通行料を支払った……。その結果、ユゴーが眠る男以下の文無しになってしまうと、男は片目を開いて「どうも」といい、ふたたび目を閉じた。数歩で新たな文無しは公園の端に達するが、高い柵の内側の公園はほぼ中洲の輪郭に一致していたから、橋の下では広かった公園の幅が中洲の先端に近づくにしたがってどんどん細くなっていき、その先端は山脚の突出部か舟の舳先(へさき)のようになって終わっていた。公園のなかには、両側の河岸とおなじように相当な大木が植わっていて、どう適当に見積もってみてもその樹齢を当てることはできそうになく、一〇〇歳の数倍といいたいところだが、その元気さ、高貴さ、そして、地面の外にあらわれた巨大な根と思しきものの頑丈さには、それを観察するものにみずからの存在の脆弱さを意識させ、怖気づかせるような感覚さえあった。ユゴーもまたそうした敬意をもって、あえて左側にとどまりつづけながら、木々のうちの枝垂れ柳らしき一本を凝視していたが、けっして珍しくないこの種の柳としては、これまで見たすべての木よりもはるかに大きかった。中洲のほとんど先端に立ったこのみごとな枝垂れ柳のいちばん低い枝々は、二筋の河の流れの合流点にできる渦巻きの近くで、水面すれすれに接していたが、ユゴーの関心は、木の幹の下に置かれているのが見える古い袋か、積み重なった古い布地に向けられていた。その前まで行き、身を屈めて見ると、じっさいに袋がひとつあるのが分かり、まわりには釣人もまったくいないので、なぜそこに袋があるのか不可解だったが、さらに、袋とおなじ茶色の粗い布でできたかなり丈の長いドレスも置かれていた。

興味深く思われたし、たしかに最初に見て感じたよりは奇妙なものだった。ユゴーは袋から目を離し、ドレスを手に取って目の前で何度もひっくり返してから、中洲の先端の地面に広げてみたが、そこは素晴らしい巨木の枝が四方八方から垂れて、ドレスの検査に最適のほとんど密室のような場所になっていた。ドレスは袖なしで、開く部分にはボタンかフックがついていたが、広く、深くデコルテされ、左脇にはかなり上までスリットが入って、これを着る背の高い女が走るとまではいかなくとも、歩くときにその歩行を容易にするための細工らしかった。もちろん、否定しがたい形態上の類似から、フォルトゥニーのドレスとの比較がすぐにユゴーの頭に浮かんだが、素材がたんに違っているだけでなく、ほとんどまったく正反対の印象だった。麻、もしくは雌羊か山羊の毛が原料で、まちがいなく手で織られ、ざらざらして、傷だらけで、場所によって染めが薄れたり濃くなったりした赤茶けた褐色のこの粗い織物は、そもそも布と呼べるのかどうか？　どれほど昔にできたものか当てようとしても不可能なほどで、眠る物乞いの陶器とおなじように、類似品を探すなら考古学的古代に遡らねばなるまい……。ふと怖くなったユゴーは、柳の巨木の下でこんな衣服を発見したことが自分にとってどんな意味をもつのか考えてみたものの、どう考えても、この服が無邪気な経緯を経てここに辿りついたとは思えない。

その瞬間、ユゴー・アルノルドの疑念に答えるためか、ひとりの泳ぎ手がサン＝ミシェル橋か小橋(プチ・ポン)のあたりから来て、河の支流にあらわれ、懶(ものう)げな平泳ぎで、にもかかわらず、河の流れをこえる速さで、中洲の縁にそって進んでくるのが目に入ったが、その姿ははっきりとは見えにくかった。ユゴーは、自分の目を絶対的に信じていたわけではないが、さきほど見かけたと思ったのは、おそらくこの人物なのだろう。下る流れに運ばれて、泳ぎ手は中洲の先端を過ぎ、下流に消えるかと思われた、ところが、突然半回転して、いまや全力で流れに逆らい、上流に戻ろうとする。そうしながら、堅く大きい一対の乳房を見せたから、それが女であることはもはやまったく疑いもなく、全裸で、ということもまず間違いなく、滑空するように水の上をほぼ水平に泳ぐ体の、うなじから踵(かかと)まで背中は完全に剝きだしだった。女はたえず全力を尽くしながら前進して、堤のセメントに埋めこまれたひどく狭い階段の脇の柳の根方に近づこうとする。ユゴーは枝垂れ柳に見とれていたため、すぐには階段の切込みに気づかなかったのだが、その数段を降りて、女が望むならば手を貸そうと思い、消えかけていた好奇心もようやく甦ってきた。女は喜んで、というのは、ほかにしがみつけるものがなにもなかったからだが、手助けを受けいれ、彼の手を摑んで自分の体を引きあげた。女は全身びしょ濡れでユゴーの前に立ち、ユゴーのほうも、女の裸体から流れ落ちる水で自分が濡れても、別に気にかけるふうもなかった。

「こんにちは」と女はいう。「手を貸してくれてありがとう。わたしの名はメリエム・ベン・サアダ……。で、親切な裸足のルンペンさん、あなたはどなた?」

礼儀正しく振舞おうと、彼はできるだけセメントの壁にぴったりと張りついて、女を先に通そうとし、先に通った女はユゴーの体をさらに水で濡らした。彼は女の後ろから昇り、彼女を見る。女の言葉にもかかわらず、ユゴーは彼女のなかに、本物の生きている女というよりは、なにか魔術の力で動かされる彫像のようなものを認めていた。そして、契房を追放されて以来、ひどく現実離れした心境にあった彼は、女の名前のメリエムがミリアムというヘブライ名のアラブ語形であることに思いいたって、さらにいっそう現実から遠のくような気がしたのだった……。

「私はユゴー・アルノルドという名前の人間だったはずだが、この数時間ばかり確かなことはもうなにも分からなくなってしまった」と彼は生ける彫像に語る。

「前より賢くなったのよ」と女は体を振るいながらいう。「どうやら、わたしのドレスを広げてみたのね。ドレスを取って頭からかぶせてちょうだい」

彼がそのとおりにすると、女は手を差しあげ、肩紐に腕を通し、頭を大きな襟刳りに突っこみ、ドレスは聖職者のマントのようにふくら脛(はぎ)の下まで落ち、石像のような裸体を被った。女は微笑む。

「確かなことがもうなにも分からなくなったときこそ」と女は続ける。「確かさへの道を順調に進んでいるのよ」

彼女は、自分の体をよく見せるために、行ったり来たりして歩いてみせたが、モデルと呼ばれるあの露出の専門家よりもはるかに落ちついて、誇り高く、この女に比べればモデルたちなど、昔の仕立屋やお針子が自分の作った服の形を確かめたり、外科医が弟子たちを教育するのに使った木偶人形とおなじ程度の魂と肉しかもっていないと思われるほどだった。彼女を眺めながら、ユゴーはまたしてもフォルトゥニーの豪華な衣裳のことを連想したのだが、それは、何世紀ものあいだ陽に晒されたようなひどく粗末なブール布の袋が、まるであのヴェネツィアのカタルーニャ人の作ったドレスのように女の体の上で揺れていたからで、服の長い丈にもかかわらず体はほとんどまったく隠れず、また、ドレスの生地は、完全にもじゃもじゃになった髪の毛とほとんどおなじ素材でできているように見え、ただの一度も櫛を通したことがないように思えるこの髪は、しかしかつての聖職者の剃髪を連想させるほど短く、衣裳の茶色よりたぶんほんのすこしだけ明るい黄味を帯びた色だった。女は、二筋の水の腕がたえず大きな水音を立てて絡みあっては新たな流れに変わる河を前にして、柳に背をもたせかけ、その後ろに垂れる葉叢を従えて、中洲の先端に立っており、ついさきほどまでもう自分にはなんの大事も重要な出来事も二度と起こりはしないだろうと思いこんでいたユゴーは、この女は来るべきなにかの前兆にちがいあるまい、と考えるようになっていた。

「血だらけね」といいながら、メリエムは片手で軽くユゴーに触れ、シャツの胸を開き、呼吸をするたびにまだ痛む胸郭の裂傷を負った部分の皮膚に指を置いた。

「死ぬかと思ったよ」とユゴーは答える。

二人のあいだに沈黙が流れ、それは、交響曲が再開される前の音楽的調和のようにも思われれば、また、もっと奇妙なことに、森のすべての鳥たちが明らかな理由もないまま一斉に黙りこむときに生まれる休止状態のようにも思われた。

「『死ぬ前に死ね』という文句があるのを知っている?」とメリエムが続ける。

「たぶん、ついさっき私に起こったことがまさにそれで、そのために、これまで暮らしてきたような月並みな男の生きかたでもう一度生きようという欲望が完全に拭い去られてしまったらしい。にもかかわらず、得体のしれぬなにものかに駆りたてられて、セメントか石に穿たれたひどく狭い階段をくだり、高い鉄柵で閉じられた出口なしの庭園に出て、古代からルテティア[17]を洗いつづけてきた河の支流の畔を歩きながら、鉄柵沿いに庭園を回り、これまでの人生の旅路で出会ったもっとも見事な樹木と対面した。そして、この敬うべき巨木をじっくりと眺めていると、根方に包みが見え、その上に、たったいま君に着せるのを手伝ったドレスが置かれてあり、河から君が裸で上がってきたのだ」

「あなたの木はわたしの木でもあって、あなたに負けずわたしもこの木を愛しているのよ。美しい木々を愛する男や女たちは、この悲しむべき世界でいわば教団を作っていて、たがいにその団員を見分けることができる。そうして、あなたはわたしを見分け、わたしもあなたを見分けることができたの、やさしいユゴー」

メリエム・ベン・サアダ……。ユゴーはこの名前の洗礼名を思いかえし、その意味と音が、しばらく前に消え去った美女の名前に似ていることに気づき、そのせいで少なからず不安に誘われても不思議ではなかったのだが、すでに彼は、自分が、危険の母であり娘でもある恐怖の世界から脱出したことを意識しており、すべての悪とすべての善をおなじ無関心で受けいれるすべを学んだ以上、もはや彼にとって危険は存在しなくなったのであり、これからどんな善と悪があたえられ、また課されようとも、善悪は、女の爪が彼の首に印した唯一無二の宙吊りの宝飾品のなかで繰り返しひとつに溶けあわされていくのだ。そして、二人を近づけたのはこの柳の木、その力と栄光をみずからのうちに蔵した四大の要素から汲みあげる柳であり、げんにこの木は、中洲を越えてたぶん両側の右岸と左岸にまで這いすすむことのできる巨大な根で、自分を育む土や、渇きを癒す河の水とたえず交流をおこない、いっぽう、太陽に向かって頭を差しだして、陽光の火を受けとめ、また、ほんのわずかな風のそよぎにも、下に垂れる低い枝のいちばん軽い新芽を震わせつづける。そうして見れば、この柳はすべての植物相のなかでも類を絶したもので、堂々たるブナも、老いたる楢も、火と水と風と土の四大の序列のなかでは、とうていこの柳に太刀打ちできるものではない。だからこそ、とユゴーは考える、柳は詩の樹木、詩人と錬金術師たちの霊感の泉なのだ。

17 古代ローマ時代に現在のパリのある場所を指したラテン語の地名。

「『柳の木立ち』……」と男は呟く。

　だが、メリエムがさえぎる。

「自分を外に残したままわたしはなかに入る、といったペルシア人が昔いたわ」

「そして君は」とアルノルド。「洗った体をなかに残したまま、裸で水から外に出た」

「でも、これがわたしでないのなら、いまいるわたしはだれだろう？と、一〇世紀の終わりごろか、一一世紀の初めに、あるアンダルシア人がいった。そして、二〇世紀も終わるころになって、わたしたちは幸運にも出会った、というわけ……」

「そして、枝垂れ柳の王の木蔭で結ばれる」とユゴーは答え、このゲームの終わりはかならずやって来るが、そのとき災厄が襲いかかるだろうと予感しながら、みごとな柳の枝の下で、言葉のラケットで受けたボールをふたたびもうひとつの言葉のラケットに打ち返して、ゲームを続行する。「そうなるとしての話だが、もしも夜が来たら」と彼はつけ加える。「空の金星（ウェヌス）と火星（マルス）、『善』と『悪』、緑の星と赤の星を教えてあげよう」

「そうはならないと思うわ、満月が星々を消し去るはずだから」とメリエムは答える。「でも、ウェヌスを信じすぎてはだめ、マルスを疑いすぎてもだめ。二人はともに肉欲の神で、嫉妬した火神(ウルカヌス)が、不貞を犯した自分の妻と、彼女が選んだ愛人の神を一緒に捕えるために、ひどく目の細かい鉄の網を作り、彼女たちの愛の床にかぶせてしまったから、二人の美しい肉の交わりは永遠の姿にとどめられて、ほかのすべての神々の目の喜びとなったのよ。マルスとウェヌスはつねに空で交わり、この銀河系の終わりまで交わりつづけるでしょう。彼らの結合は肉の愛の象徴。だから、一八九六年二月一八日、午後一〇時三〇分、終わりも近いこの世紀のもっとも高貴な冠を戴く人物[18]のひとりが生まれおちた瞬間にも、彼らは交わり、占星術でいう合の位置にいたのよ」

「どういう意味がある？」訳が分からなくなったユゴーは尋ねる。

「ただの、愛よ」メリエムは答える。

静寂。ボールは地に落ちたが、セーヌ河の風景にも、空の高い圏域にも、なにも起こらなかったようだ。

18 アンドレ・ブルトンのこと。戸籍上は同年同月一九日生まれだが、本人は誕生日を二月一八日だと公言していた。

「君はどこで生まれた？」と、ユゴーは言葉の穴を埋めるため、とくに知りたいとも思わずに訊いてみたが、べつに彼女はこの沈黙を気に病んでいるふうでもなかった。

「よく分からないけれど、どこかユーフラテス河とヨルダン河のあいだ、そこには砂の堤があったはずで、娘のころ、そこに行って、裸になるか、ほとんど着物を脱いで横になって、通りがかりの男に体をあたえて、わずかな小銭をもらっていたわ」

「じゃあ、君も娼婦だったのか！」

「ええ、娼婦だったわ。最初は父と兄たちのいうことに従い、姉たちの例にならったから、そして、もっとのちには、ひとりきりで自分を養うためにそうしたの。男たちに喜びをあたえるのが好きだったし、慰めをあたえるのはそれ以上に好きだったわ」

と夢から覚めたように女は語る。「学者たちがわたしに教えてくれたのは……」

「いつのことだ？」とユゴーは重ねて問う。

「自分でも混乱してしまうほど昔の話で、いっても信じてもらえないでしょう。いまこうしているように、左の乳の下の心臓を手で押すと、わたしの年老いた頭に血を送りこむことができて、長い歳月に埋もれた記憶が表に浮かびあがってくるの、順序はまるでばらばらだけど。それで、いま思いだすのは、わたしのように河辺に暮らして、小舟で生計を立てる船頭がいたということ。船頭は、青銅の小銭ひとつで代金を払う巡礼や流浪の民を川下に運び、また、小銭を二、三枚にふやせば、川上にさえも運んだけれど、わたしを運んでも金を取ろうとはせず、わたしを乗せるとたいてい、だれの目にも触れないように、舟をとても丈の高い葦の原の空き地まで操っていき、そこで、わたしは男たちに体をゆだねて、ほんの申しわけ程度の着物を脱ぐの。水の上には花々が咲き、血の色をしていたわ。わたしは逆らいもせず、だれかれの区別もなく、すべての男に身をまかせ、どんな身分の男だろうと、最初にいったとおりのわずかな金の施しで、彼らのあらゆる欲望に服従したわ。そして、船頭とわたしの二人きりになったとき、わたしのほうから彼に体を捧げ、それはもっとやさしい感情の昂ぶり、もっと完全な心の安らぎで、わたしも彼も幸せに、いえそれ以上の気持ちになったものよ。彼が、まだ子供のわたしの体を何度も裸に剝いて、爪先から頭まで恣にしたのち、彼のその行為のおかげで、わたしの魂は若いきれいな体から脱けだして、裸の自分を見出すすべを学んだように思うの」

「君の魂だと」この根源、この生の本質の回帰という思いに虚を衝かれて、ユゴーは口走った。「自分に魂があると信じているのか？」

「信じる信じないの問題ではないわ」とメリエムは答える。「知っているんだから。船頭は、わたしの体をものにして、腰の動きでわたしの感覚を燃えあがらせ、汁気たっぷりの無花果（いちじく）みたいに迸る直前、わたしに、自分の外に出て肉の快楽から遠ざかるすべを教えてくれたのよ。そのとき、わたしは自分の魂そのものになり、小舟の底の古びた絨毯に横たわって男に犯されている最中の肉体という物の上に出て、いうならば宙に浮かびあがったの」

「ほんとうに、肉体の上に出たというのか？」そう訊きかえしながら、ユゴーは激怒する前のミリアムの言葉を思いだしていた。

「そう、肉体の上に出たの。偉大な詩人、ガザーリーのこんな詩を知らない？

　もしもわたしが鳥ならば　体はわたしの鳥の籠
　それでもわたしは飛びたった　籠を印にここに残して

女と本物の詩人は」とメリエムは続ける。「こんな明らかな悟りにたやすく達することができるのに、それを女が男に告白することはめったにないわ、女の悦楽の道具でしかない男は多少可愛げはあってもそれ以上のことを知るに値しない、と女が考えているからよ、正しい考えだと思うけれど」

「では、なぜその秘密を私に教えてくれたのだ？　河から出るのを手伝ってやったからか？」と男は尋ねる。

「たしかに、わたしを押し流そうとした河の水から、あなたは体を引きあげるのを手伝ってくれた。でも、ご存じのとおり、わたしと水とは、四大のほかの三つの要素とおなじく、ごく親しい間柄なの。『心を解きほぐして、泳ぐすべを学べ』とアッ・ダルクアーウィー師はいったわ。あなたが想像もできないほど昔からわたしは師の教えを知っているし、実行しているの。原因が結果より多いことはない。それがわたしにいえることね。問いは存在しようがないのよ、だって答えがないんだもの。ともかく、どんな答えにもなんの価値もないわ、答えを出させた問いそのものになんの意味もなかったんだから。だいたい、わたしがセーヌの激しい流れに飛びこまなかった可能性だってあるし、いずれにしても、あなたはわたしに喜びをあたえてくれなかっただけでなく、今後永遠に喜びをあたえてくれることもないはずよ。けれど、あなたは、わたしが大昔に脱けでてきた炎のなかにいまだにとどまっているのだということが分かるし、それが感じられるの、だからこそ、もう二度と取り戻すことはないと思っていたやさしい心をこうしてあなたに向けているのよ。それに、あなたのために、まだはっきりとは定まらない計画もあって、それは、この日が落ちる前に、つぎのひと幕になるでしょう」

「取りとめもなく、わけの分からぬ言葉をずいぶんとまくし立てたものだ。もし私が今朝と変わらぬ男だったら、濡れた彫像みたいなその体に着せるのを手伝ってやったドレスを力ずくで引っ剝がし、柳の根方に押し倒して、ひいひいいわせて喜ばせ、君を運んできた河に投げかえして、水底の藻屑にしてやったことだろう。はるか昔の娘のころの話をしているときは、まだ面白かったのだが」

「あなたが今朝と変わらぬ男だったら、娘時代のわたしを見ることも叶わなかったでしょうね」とメリエムは穏やかにいう。「でも、娘のときの話をしてあげるわ。娘時代のわたしは、幾日幾夜の夢と幻の苦難を舐めさせられたけれど、とうとうわたしの体は、わたしの魂の威厳の前にひれ伏したのよ」

「そして、心ならずも、君は葦に囲まれた広い水辺の魅惑から遠く離れてしまったのだな、それを私もさびしいと思う。だが、君が自分のなかの水の獣をほんとうに殺したと思えないのは、たったいまその獣の出現を目撃したばかりだからだ」

「いいえ、わたしは砂の獣、小石の獣、荒地の砂利の獣になったのよ。家族がわたしを愛する以上にはわたしのほうも家族を愛してはいなかった、つまり、ぜんぜん愛していなかったし、わたしの家族はわたしのことを、懲罰の街で人夫や百姓相手の淫売屋を営む人でなしの女将が身をもち崩した小娘をこき使うみたいに扱っていたから、まず手始めに、家族との縁をすっぱりと断ち切って……」

「砂の獣になったというわけか?」とユゴーは問う。

「そう、荒地で」と女は答える。「夜のあいだ、とくに月が照っているときは、荒地をさまよい、焼けつくような一日の真ん中ごろは、猫のように体を丸くして、最悪の暑さが下り坂になるまで眠り、それから目を覚ますの。でも、その縮こまった眠りのなかで、太陽が蓄電池のようにわたしを充電してくれて、わたしの魂はそこから激しい炎を得ていたから、どう足掻いても、その炎に逆らうことはできなかったでしょう。それから、わたしは魂に駆りたてられて、荒地を大股(おおまた)で歩きまわり、飢えた人びとや病んだ人びと、不幸な男や不幸な女たちを探して、彼らを世話し、助け、慰めたいと思ったけれど、砂地はいつも空っぽで、いるのは、小さな鼠や、鼠を餌にする美しい蛇の類ばかり。もちろん、彼らにはわたしの手助けなど必要ないらしかったわ。わたしは蛇を自分より高貴な存在として扱い、蛇たちはときどきわたしを見ると、とぐろを巻いて、首を膨らませ、頭を高くもたげた。それから、わたしが道をさらに進む前に、蛇に挨拶すると、彼らのほうでも、わたしにおなじようにしてくれたと思うの。そう、わたしは猫と蛇が好きなのよ。食べるものは、まるで人間の世界から身を引いた男女のためであるかのようにその辺の岩陰に生える野生の草しかなかったけれど、それで満足して、めったにない泉で渇きを癒すか、太陽の最初の火が照りつける前の夜明けに、石に結んだ露を舐めたわ」

「たしかに、君の語った獣のようだ。だが、その話のなかにどんな真実があるというのだ?」ユゴー・アルノルドは尋ねる。

「こうしたこと一切は、たぶんあなたやあなたの仲間が現実と呼ぶものとは関係がないわね。わたしが教えてあげているのは、完全な真実などどこにもないし、絶対の虚偽もまた存在しないということ。真実と虚偽というのは刑事や裁判官の考えなのよ。そうして、死のあとに死、誕生のあとに再生を重ね、消えた記憶のあとに想像力を充たした結果、残り数時間で終わる今日という日に、わたしはセーヌ河の中洲の畔に立つことになったのだろうし、砂漠を貫く河とおなじく、このセーヌだってわたしの伝説の一部なのよ」

「今夜は、もう信じられるものはなにもない。だがそれにしても、場所も歳月ももたない気がかりな美女よ、君が語るのは、君の伝説なのか、それともただの空想にすぎないのか?」

「わたしたちがいまいる場所では、そんなことにはなんの意味もないわ。おそらく、わたしはいちばん遠い古代から老齢の果てに至って、あのメリエム・ベン・アタラ[19]、すなわちアンドレ・ジッド氏とピエール・ルイス氏に愛されたウラド・ナイル[20]の娼婦になり、それから、熱い屍体に飛びかかるように女に襲いかかる在アフリカ・フラン

19 同性愛者であるアンドレ・ジッドが初めて性行為を行えた女性で、アルジェリアの一六歳の娼婦。ジッドは感激して、友人の詩人ピエール・ルイスにもメリエムと交わることを勧める。ルイスはジッドの勧めに従い、やはり魅了されて、メリエムを自分の詩集『ビリティスの歌』の霊感の源のひとつとする。

20 アルジェリアの山岳に住む部族。この部族の女はベリーダンスを得意とし、娼婦になる者が多かったことから、一九世紀末~二〇世紀初頭の西欧人男性の性的幻想を刺激した。

ス軍兵士たちの野獣のごときさかりの餌食にでもなるのでしょう」

「河の娘よ、君はいったいだれなのだ？」

「あなたこそ、わたしでないなら、あなたはだれ？」と女は答える。

しかし、ユゴー・アルノルドのまなざしは、ミリアム・グウェンの顔を非在のなかに押しやり、にもかかわらず、ひどくミリアムに似ているこの女から離れて、周囲の四方八方を探っていた。新橋（ポン・ヌフ）広場とコンティ河岸には、いつのまにか人だかりができて、「女たらし（ヴェール＝ギャラン）」公園の先端、とくに枝垂れ柳のほうに人の注意を集めているように見えたが、柳から垂れさがった葉叢のせいで、木の幹のそばで起こっていることは、はっきりとは見えないはずだった。メリエムと自分がもっと慎重だったら、とユゴーは考えた、裸の女が水から上がる光景はだれに見られても不思議ではないことにすぐに気づいたはずだし、いうまでもなく、メリエムが服を着たところで、ここから出て、船着場の通行人の群れに交じり、反対側の岸へ行って話をするべきだったのだ。だが、もう遅すぎる。二人がどこへ行くにしても、広場の見物人たちはすくなくとも目で二人を追いかけ、橋に上がってくるところを待ちかまえるだろう。欄干の上から一本の腕が突きだされ、その手の指が一時しのぎの避難場所にいる男女を差して、調査の対象とすべき旨を告げているようだった。

「マダム」とユゴーの口調は突然恭しさを増した。「あの連中が君と私の存在に気づいたようだが、私たちは二人とも、いずれ劣らぬ胡散臭さを発しているように思われる。私の財布、身分証と呼ばれる書類一切、スイス製腕時計は、熱帯の蝶と様ざまな爬虫類が跋扈する棕櫚の林の下の異国風契房で、混乱のうちに、靴と下着とともに失われてしまったのだ。かつてそうだった私の、そして今後二度とそうなりたくない私の、その唯一の名残りといえば、ここにもった鍵、パレ・ロワイヤル付近の古い建物にあるささやかなわが住居の扉を開く鍵だけ。それをどうするか、よく見てくれ」

そういいながら、ユゴーは、断固としてなにかを厄介払いするのに好都合なように、流れの方向に沿って鍵を河に投げすてた。

「ユゴー・アルノルド、人の関心に値しないこの無名の男は、人類が原子爆弾を発明し、月面に足を踏みいれた今世紀末を生きたというが、いまやなにものでもなく、今後なんの痕跡も残すことはないだろう……」

「メリエムもまた、束の間の出現のあいだ、この悲しい惑星の表面に、なんの痕跡も残しはしないつもりよ。けれど、いっておくわ、そのためには、勇気と果敢さを超えるものをもって、今後の歳月と時間のなかで凡庸な生を拒みつくし、無名であることを守りぬかなければならないのよ。わたしはもっと単純なやりかたでここから脱けだすことにするけれど、あなたはまだそこまで習熟していないから、わたしの方法を真似てはいけないわ」

「水のなかに君を見つけ、河の流れが君を運び去ろうとしたとき、手を貸して、小さな階段に上がらせてあげたね」

「そんなに昔のことじゃないわ」女は色気を含むような目つきで語る。「水の目だけが水を見ることができる。この言葉もまたわたしたちの祖先の本に書かれていたことよ。ともかく、あなたは人間としての生の鍵を河に投げすてた。それはいいことよ。あなたは、わたしの行ないの形と意味を封じこめるのに必要な証人になってくれるでしょうし、わたしの行なったことの責任を取ってほしいのよ」

「このささやかな物語の作者はなんとしても物語を終わらせようとしているから、その作者の身代わりになれと……」

「『創造主』は、教義によれば、そして定義の上からも、あらかじめ罪を免れたものだけれど、もしあなたが、これからあなたを問いつめる愚かな創造物たちのすべての質問にたいして、喜んで、ただひとつの肯定、ごく単純な『はい（ウィ）』だけで答え、自分に関して、見知らぬ犯罪者、とりわけ最後の罪の犯罪人になるという自尊心以外なんの手がかりもあたえないならば、そのとき、あなたはもはや何ものにも心煩わされることなく、自分の生命を国家に預けることになるでしょう。その救いのなかで、あなたは眠りと瞑想とにひとしく自分を振りわけることができるのよ」

「ほんとうにそう思うか？」ユゴーは訊きかえしながら、女の全身とおなじテラコッタの色に見える彼女の目を見つめたが、その虹彩はいま金箔のかけらを散らしたように輝いていた。

「落ち着いて」と女は答える。「あなたがどこにいようと、そして、わたし自身がどこにいようと、わたしはあなたの影、あなたの反映としてあなたと一緒にいるわ。その反映は鏡のなかであなたの思いのままに見られるし、目を閉じれば河で見出したわたしの姿が見えるでしょうが、あのとき裸身を晒したのは、ヘロデ王に見せたわたしの体をあなたにも見せたかったからだと思うの」

「サロメの義父の名前を聞けば」とユゴー、「ヨルダン河のことが心に浮かび、この河を思えば、彼女の娘時代の夢想に誘われる……。いったい君はだれなのだ？　私を固い牢獄に閉じこめることになるこの一幕が終わる前に教えてはもらえないのか？」

「『屍』を閉じこめることのない『墓』、『墓』に閉じこめられることのない『屍』、自分自身の『墓』でもある『屍』」女はそれらの名詞の最初の音節を強く発音しながら答え、目はまばゆい黄金の坩堝と化していた。

「『ボローニャの石』だ」ユゴー・アルノルドは語るというより叫ぶ……。「消え去りつつある碑銘の最後の部分、『石』のことに通じている数少ないボローニャの住人のひとりから来た最新の連絡で知ったことだ……。男でもなく、女でもない、両性具有でも、娘でも、若者でも、老婆でも、貞女でも、娼婦でも、淑女でもなく、しかし、いうまでもなく、そのすべてを合わせたもの、それは君そのもの、あらゆる時代のニンフだ。だから、君を、私を、どうとでも君の望むようにしてくれ。君が決めたすべてを合わせたものにしてくれ」

「石の秘密を知らないのはいいことだわ、その秘密はけっして解明されないことによってのみ意味をもつのだから。だから、わたしの言葉も行為も解釈しようとしてはいけない。わたしの行為が完遂されるとき、あなたの生命は善良な人びとが『公安』と呼ぶもののなかに包みこまれるの。そこでは、あなたは自分にさえ関心を失い、あなたをここまで導いてきた男らしさの名残りをきれいさっぱりと捨て去って、自分の本質をもっとよく知ることになるでしょう」

いうは易くおこなうは難い話だが、ユゴー・アルノルドは、この戯れの女主人の行動にも身ぶりにもいっさい干渉しようとはせず、彼女が柳の木の根方に置いた袋の前に跪き、その粗い布地に長い口づけをし、ついで、袋の口に手を差しいれるのを見ていると、女はそこから、思いもかけぬほど角質化していながら、骨董愛好家の目を釘づけにするような、珊瑚と小粒のエメラルドと思しき緑の宝石のモザイクで装飾された暗い色の革の鞘を取りだした。螺旋状の角をもつ雄羊の頭が彫られた黒檀の柄を指で摑み、大した苦労もなしに、鞘から新品のように青く輝く鋼の長い刃を抜きだし、それを用いて、まず、ドレスの左の肩紐を断ち切り、その端を引きおろして、左の乳房と心臓のありかを大きく剝きだしにした。それから、秘跡をおこなうかのように厳かに、河の水面に身を傾けて、柳の柔らかい葉とおなじくらい薄く研ぎ澄まされた刃を水に浸したのち、柳の垂れた枝からすこし離れていたユゴーのほうに近づいた。彼は動揺を隠すことができなかったが、逆に彼の前に立った女は冷静さを保ち、武器を示した。

「あなたの好きな一一世紀に、ヤコウブ・ベン・サロメの工房で、わたしのために鍛造されたトレドの剣よ」そういいながら、女はその剣で自分の体に小さな円をひとつ描いて、血の雫を数滴結ばせ、こうつけ加えた。

「この心臓は、いまのわたし自身の中心であり頂点をなすもの、そして、わたしの生命の泉。その心臓の動きをあなたの目の前で止め、魂を解き放つわ。そうして、わたしが最後の自分の道を見つけることができますように」

そういうと、円の正確な中心の皮膚に刃の先端を置き、滅多にない状況下で女性が稀に出せる、力をこめたにちがいない激しい身ぶりで、二本の肋骨のあいだに、短剣を角製の鍔もとまで埋めこんだ。

しゃくり声を上げて、女がよろめき、倒れようとすると、ユゴーは彼女の体を摑み、自分の体で支えてしばらく立たせていたが、ゆっくりと彼女を地面に寝かせ、さらに緩やかに傷口から短剣を引きぬいた。ユゴーは、彼女が死んでいないとは一瞬たりとも考えず、手当てをすればまだ彼女を救えるとも思わなかったが、それは、彼女に敬意のようなものを感じ、その言葉を絶望的なまでに信用していたからにちがいなかった。間違いない。彼女は死んでいたし、そのことを彼は厳然と悟り、手に武器をもったまま立ちすくみ、血はゆるゆると傷口から河岸の砂地に流れていた。彼のまわりのすべてが、ほかの場所とは違う超自然的な緩慢さで過ぎる時間のなかに入ったかのように思われたが、すでに、様ざまな方面から、人殺しと叫ぶ人びとの声がひとつになり、告発する指が彼のほうに一斉に突きだされた。最後の静かな数刻を利用して、彼はいまのひとときだけ自分のものになった美しい死の道具をためつすがめつした。この剣はすでにほかの世紀でも人を殺しているのか？　まず殺していないはずはないとユゴーは考え、自分がほんとうは思った以上に残酷なのだと納得して、心から笑みを浮かべた。だが、すべての生き物にたいして人間の優位をもたらすらしい正義感の代表者たちの最初の群れが、上げ潮の波が砕けるようにどんどんその数を増して押しよせ、彼とメリエムの屍体のまわりに集まり、しかし、男の手に握られた血みどろの凶器に近づくことはたぶん遠慮したのだろう、ある程度の距離を置いて取りまいていた。

彼らは合唱隊のように声をそろえて、「警察官を呼んできて、女殺しを逮捕しろ、ここにいるから、捕まえて、みんなの前から、消しちまえ」と叫び、あるものはドイツ語なまりで喚きたてるかと思えば、あるものはベルギーふうの抑揚をもつことが聞きとれた……。たぶんこの連中は、とユゴーは思う、悪辣なラヴァイヤック[21]に暗殺された善良な国王の銅像の前に止まった観光バスから降りてきた者たちだろうが、なぜ、大衆デモのように、全員が勇壮な詩の調子で怒鳴っているのか？「消しちまえ」という最後のひと節はとくに繰り返しみごとに唱和されたため、吹き荒（すさ）ぶ嵐のような祈りとなっていた。繰り返しの文句を変えるためにも、そろそろ警察が割ってはいるべき潮時だなとユゴーは考えていた。

結局、叫び声はほとんど止み、「女たらし（ヴェール＝ギャラン）」公園の鉄柵と中洲の先端の両岸のあいだにあとから入りこんだ人びとに押された群衆は、波打つようにうねりはじめ、ついで、古臭いケピ帽にハンチングを交えた制帽の一団があらわれて官憲の介入を告げ、あまりに現場に近づきすぎた見物人を遠ざけようとして、彼らをセーヌ河に落としそうになった。全員が持ち場に着くと、ユゴー・アルノルドには役柄上不可欠な問いが発せられる。

「この女は死んでいるが、お前が殺したのか？」

この二重の質問に、メリエムの意志をけっして裏切るまいと、ユゴーは唯一の「はい（ウイ）」で答えられると考え、礼儀正しさを示そうとして、急いで「巡査部長殿」という言葉を適当につけ加えたのだが、それはこの太った人物をいたく満足させたらしかったものの、ユゴーは彼の肩章やバッジの意味を知らなかったし、知りたいとも思わなかった。たぶんミリアムだったらそういっただろうが、これはまたしても演劇なのだ。しかも、この太った警官は血塗（ちまみ）れの短剣を取ろうとして、ハンカチらしい布切れをポケットから出して、じかに手で触らずに摑むのに使ったから、演劇らしさはいっそう募った。役柄上必要なつぎの質問は「これでやったのか？」で、それにたいする答えはもうひとつの「はい（ウィ）」であり、それに続いて、いまこの瞬間の非現実的状況のなかでは、言葉を真面目くさって受けとるのは難しいということを示すべく、ユゴーの顔には善良そうな微笑みが浮かんだ。このとき、民衆の怒りは「殺せ」「殺せ」という短い言葉の合唱となってあらわれ、あらゆる調子で繰り返され（歌いあげられ）、それをユゴーは拍手喝采だと受けとって、さらに好ましい微笑みの挨拶で応えることを選んだのだが、この態度は怒号をさらに増幅させた。こんなにもみごとに役柄をこなす自分のすぐ傍らに、イスラムの天使の合唱隊に囲まれたメリエムの魂が浮かんで、

21　フランソワ・ラヴァイヤック。一六一〇年にフランス王アンリ四世を刺殺したため、八つ裂きの極刑に処せられた。

はしゃぎ回っているにちがいないとユゴーは思う。そして、目を閉じたらたぶん彼女の姿が見えるだろう、と彼はひとりごちる。試してみるが、むろんなにも見えず、こう考えなおすのだ、死のなかに入ることは重大な行為だから、最初は新たな死者の心が完全にその行為に集中することが必要であり、もうすこしあとになって自分が孤独を迎えたころ、彼女は自分のもとにあらわれるだろう、と。目をふたたび開き、ユゴーは、なぜこの殺人を犯したのかと尋ねる声を聞く。その問いに、ユゴーは手をひと振りするだけで答え、それはあたかも、説明はできないが、至極当然の自明な事柄なのだといいたげな様子だ。じっさい、彼はメリエムが自殺したのかどうかも疑わしく思い、結局、自分が彼女を殺したのかもしれないと考えはじめていた。

　質問された何人かの証人たちは、ユゴーが殺人を犯すところを目撃したと明言しているし、そのなかでいちばんはっきりと証言したのは、ユゴーが最後の小銭を地面の小皿に置いたとき、眠ったふりをしていた若い物乞いだった。頭の弱い者の多くの例に洩れず、彼は供述のひと言ひと言に「うんそうそう」とつけ足すのだが、太った巡査部長と彼の仲間のほかの役者たちはそれに満足したようだった。

「お前を連行する」とユゴー・アルノルドへの通告がなされる。「手を出して」

ユゴーは素直に手を前に差しだしたが、警官が望んだのは手を後ろへまわすことで、その手首に冷たく光る金属の器具を掛け、器具はかちゃりという音とともに、ユゴーの両手を捕えた。生まれて初めて手錠をつけるのは悪い気分ではなかった。これは、サラ・サンドという名前の女の契房で始まった出来事にふさわしい結末ではあるまいか？

「こういう人殺しは、生かしておいちゃためにならねえよ、刑事さん」と、ベルギーの農婦らしい頰の膨れた女が、太った役者に叫びかける……。「消しちまいなよ！」

「もちろん、消えていきますよ。奥さん、そのことだけはわれわれを信用してくださって結構です」と太った男は胸を張って愛想よく答えた。

一九八六年一一月七日

解説

中条省平

アンドレ・ピエール・ド・マンディアルグは「シュルレアリスム最後の小説家」というべき人物であり、二〇世紀フランス幻想文学における最も重要な作家のひとりです。

しかし、そうした流派や時代の限定をこえて、一八世紀のサドや一九世紀のロートレアモンの描きだしたエロティックな残酷趣味と通じあう感性をもった作家であり、バロックやマニエリスムの絢爛たる美学を現代に蘇らせる「イメージの渉猟者」(澁澤龍彥(しぶさわたつひこ))でもあります。

この反時代的かつ特異な文学世界がどのように形成されてきたか、まずは彼の生涯を見てみることにしましょう。

アンドレ・ピエール・ド・マンディアルグは一九〇九年にパリで生まれました。

この長い名前は本名ですが、「ピエール・ド・マンディアルグ」というなんだか大げさな感じのする部分が姓で、しかも「ピエール」は普通の綴りのPierreではなくPieyreという気障(きざ)な(?)綴りで、人名事典などではPの項目に分類されるのですが、さすがにちょっと面倒くさいと見えて、のちには作家本人が自分のことをただ「マンディアルグ」と称するようになりました。

マンディアルグの一家はプロテスタントの裕福なブルジョワで、幼年期の彼は何不自由なく育ちました。一九一四年に第一次世界大戦が勃発すると、ノルマンディ海岸の有名な保養地ディエップの近くにある別荘で主に暮らすようになります。この戦争中、父のジュールはイギリス軍参謀本部で翻訳官として働いていたのですが、砲弾の炸裂で重傷を負い、ルーアンの病院で亡くなります。マンディアルグが七歳のときの悲劇です。満たされた暮らしを送っていた彼にとって、この父の死は、幼年期唯一のトラウマといっていい事件でした。前兆を欠いた突然の死というドラマは、今後マンディアルグの文学に執拗につきまとうことになるでしょう。

この時期のマンディアルグの最良の友は年配の乳母ミーで、彼女はマンディアルグの母の乳母もつとめた女性でした。ミーはマンディアルグをしばしばノルマンディの海岸に連れだして海の自然と親しませ、のちに開花するマンディアルグの生物学的・

博物学的想像力の下地を養ったと考えられます。

少年期の読書経験としては、ジュール・ヴェルヌやガストン・ルルーなど子供向きの空想的な小説に読みふけることから始まって、まもなくアンドレ・ジッドの快楽主義を讃える散文集『地の糧』に夢中になり、思春期には、ヤコブ・ベーメ、エリファス・レヴィ、ルドルフ・シュタイナーなどの神秘主義的著作も愛読しました。

そして、一七歳くらいでアンドレ・ブルトンをはじめとしてシュルレアリスムの詩人や作家たちを発見し、文学的指向を決定づける深い影響を受けます。

また、ほぼ同時期、母の友人夫婦の息子であるアンリ・カルティエ゠ブレッソン（未来の写真家）と親友になり、ジョルジョ・デ・キリコやキュビスムの絵画、黒人芸術、ヘーゲルやマルクスの哲学、ランボー、ロートレアモン、ウィリアム・ブレイク、プルーストなどの文学をともに愛好するようになります。

一九二九年、母の希望を受けいれて、二〇歳でフランスのエリート校ＨＥＣ（高等商業専門学院）に入学しますが、学業に身が入らなかったことはいうまでもありません。翌年にはパリ大学ソルボンヌ校の文学部にも登録しなおしますが、卒業には至りません。

このころマンディアルグが夢中になっていたものは三つあります。

ひとつは、一六歳で初めて訪れたイタリアをはじめ外国を旅行すること。

二つ目は、カルティエ゠ブレッソンら友人たちと夜のパリの街に繰りだし、ナイトクラブで踊ったり、ジャズを聴いたり、映画を見たりすること。

三つ目は、オートバイなどの乗物に乗ることで、二一歳で成人すると、父の遺産の分割贈与を受けて、働かずに自立生活を営み、各種の車を買っては、ヨーロッパじゅうを旅するようになります。一見書斎に籠る耽美主義者のように思われるマンディアルグですが、このスピード狂としての側面は、のちの長篇小説『オートバイ』や本書に収録した短篇「クラッシュフー」に鮮やかに印されることになります。

一九三一年（二二歳）以降は、カルティエ゠ブレッソンの紹介で女性画家レオノール・フィニーと友人になり、また、マックス・エルンストやレオノーラ・カリントンといったシュルレアリスム周辺の芸術家とも交友の輪を広げます。なかでも、マン・レイの写真でのヌードで有名な芸術家メレット・オッペンハイムとは恋仲になり、イタリアやスイスに旅行をしています。

さらに、カルティエ゠ブレッソンに次ぐ第二の親友として、イタリア人の「形而上絵画派」の画家フィリッポ・デ・ピシスとの付きあいも始まります。キリコとの交友もあったデ・ピシスは、当時三〇代後半、同性愛者で、パリで暮らしており、一時期はマンディアルグと毎日のようにいっしょに行動していました（本書の『すべては消えゆく』のなかにもデ・ピシスについての言及があります）。十数年後（一九五〇年）、マンディアルグは、デ・ピシスの姪で自分より一七歳年下のボナ・ティベルテッリと結婚することになります。

こうして一九三〇年代は、高等遊民を絵に描いたようなボヘミアン生活を満喫していたマンディアルグですが、一九三九年から第二次世界大戦が始まり、翌四〇年にはナチス・ドイツ軍がパリを占領したため、彼はレオノール・フィニーや彼女の母親とともに南仏に逃れ、最終的にモナコのモンテ゠カルロに落ち着きます。こうして、モンテ゠カルロを戦争中の避難場所として、結局、五年以上もこの土地にとどまることになります。

マンディアルグが作家を志したのは比較的遅く、秘密裏に散文詩などを書きはじめたのは、二四歳のころとされていますが、モンテ゠カルロではひたすら読書と執筆を続け、一九四三年、三四歳にして初めて、その成果を散文詩集『汚れた歳月』としてニースで刊行します。発行部数二八〇部で、レオノール・フィニーの二枚のデッサンに飾られていました。

散文詩と並行して小説も書きためており、マンディアルグの傑作として名高い血みどろのお伽話「仔羊の血」も一九四一年には完成されていました。そして、この「仔羊の血」のほか、「ポムレー路地」「ビアズレーの墓」などの代表作を収める『黒い美術館』が、第二次大戦後ほどなく(一九四六年)刊行されます。

これがマンディアルグの初めての小説集ですが、その完成度の高さには心底驚かされます。どこに行きつくか分からないほど長く迷路のようにうねくる華麗な文体、グロテスクな流血や暴力や死を美しく劇的なスペクタクルに変える巧緻な演出、いつのまにか超現実的な幻想の領域へと滑りこんでいく予想外の物語。ここにフランス文学、いや、世界文学にも稀な独創的な小説家が誕生したことは明らかでした。

もちろん、人間の自由な意志と行動を描く正統的な近代文学とはまったく異なる、耽美と神秘と残虐とエロティシズムを追求する異端の文学です。しかし、人間の精神の底につねに深く潜むそうした傾向に引かれる読者にとって、マンディアルグはほとんど理想的な純度と強度とを備えた小説家でした。フランスでも徐々に熱心な愛読者がマンディアルグのまわりに集まり、評判は高まっていきました。

第二短篇集『狼の太陽』（一九五一年）は「批評家大賞」を受賞してマンディアルグの名を世に知らしめましたし、連作短篇集『大理石』（一九五三年）は、マンディアルグの幾何学的想像力ともいうべき造形感覚に貫かれた作品で、澁澤龍彥はこの短篇集をマンディアルグの最も優れた文学的達成と見ています。

また、マンディアルグの小説を際立たせるものとしてエロティシズムの横溢という特色がありますが、それが極限的な表現を見た長篇小説が『城の中のイギリス人』（一九五三年）です。サドの『ソドム百二十日』やアポリネールの『一万一千の鞭』の系譜に連なる、ケレン味に富んだ残虐なポルノ奇譚で、当時はこのスキャンダラスな書物を本名で発表することができず、ピエール・モリオンという偽名を使いました。

しかし、発表されたときから、このサドマゾ的な趣向と哄笑に満ちた好色小説がマンディアルグの作であることは一部の具眼の士たちから見抜かれており、この初版から二六年後に出たガリマール書店刊の再版にマンディアルグは序文を付して、自分が真の作者であることを正式に明かします。

一九五六年に出た中篇小説『海の百合』も、マンディアルグの珠玉の逸品です。ひとりの少女が車で夏のヴァカンスに出て、イタリアのサルデーニャ島の海岸で相手の男を選び、すべての次第を自分の意志で決定して処女を捨てるという単純な物語ですが、清澄な文体、汎神論的な宇宙観、決然と潔いヒロインの人間造形がみごとに一体化して、マンディアルグの作品中際立って緊密な構成をもつ一篇となっています。優柔不断な男性に比して、狩猟の女神ディアナのようにつねに意志的に行動する女性の主人公という性格類型も、マンディアルグの小説を特徴づける重要な要素のひとつなのです。

一九五九年には第三短篇集『燠火(おきび)』が出て、アカデミー・フランセーズによる「短篇小説賞」を獲得します。ここにはマンディアルグの最高傑作のひとつ「ダイヤモンド」が含まれています。ダイヤモンドを愛する娘がその宝石の内部に入りこんで経験する神秘を描いたフランス幻想文学史に残る名品で、マンディアルグを愛した澁澤龍彦は、この作品を翻案して、「犬狼都市」(一九六〇年)という短篇小説に仕立てなおしています。

一九六〇年代に入ると、マンディアルグは一部の熱狂的なファンに愛好されるマイナーな作家という域を脱し、世界的な名声に向かって進むことになります。

一九六三年には、ついに名門ガリマール書店の文芸部門「ブランシュ版」から初めての長篇小説『オートバイ』を出し、大きな話題となります。ショーツ一枚の裸体に黒革のライダースーツを纏(まと)った美しきヒロインが、重量級のオートバイ、ハーレー・ダヴィッドソンにうち跨り、全速力で国境を越えてドイツの恋人に会いに向かうという、これ以上ない単純な物語ですが、そこに速度の陶酔への讃歌、耽美的なサドマゾ的趣向、相変わらずのアクロバティックな文体の魔術が巧みに綯(な)いあわされ、洗練され尽くした芸術性と口当たりのよい娯楽性が絶妙のバランスをとって、なんとベストセラーに躍りでます。

『オートバイ』は世界的な評判を呼び、数年後には、『黒水仙』でアカデミー撮影賞を取った英国のジャック・カーディフが映画化しました(一九六八年)。主演はマリアンヌ・フェイスフルとアラン・ドロン。同じ年のうちに日本でも『あの胸にもういちど』の邦題で公開され、ハーレーの輝く車体と、フェイスフルのヌードと、黒革のライダースーツというとり合わせが人気を呼びました。

しかし、この映画の日本公開とは無関係に、すでに一九六五年、生田耕作(いくたこうさく)が『オートバイ』を日本初のマンディアルグ紹介作として邦訳刊行しており、マンディアルグは日本でもフランスの新しい異色文学の寵児として一部の熱心な支持を獲得していました。生田耕作は続いて『黒い美術館』も邦訳しましたが、これはフランスのオリジナル版の翻訳ではなく、生田耕作のセレクションによる日本独自の選集でした。日本でのマンディアルグの人気は一時期、ある意味で本国フランスを凌ぐほどのものがありましたが、それには、生田耕作と澁澤龍彥という偉大なフランス文学者がマンディアルグを心から愛し、その詰屈にして瑰麗（かいれい）な文体をじつに魅力的な日本語に移してくれた功績が絶大です。マンディアルグは日本では大きな幸運を享受した作家といえます。

一九六七年、マンディアルグは第二長篇『余白の街』でゴンクール賞を受賞し、現代フランスでも屈指の作家の地位を獲得することになります。マンディアルグがこの栄光の頂きに昇りつめたとき、彼は五八歳でした。

さて、本書『すべては消えゆく　マンディアルグ最後の傑作集』は、マンディアルグが一九七六年から八七年（六七歳〜七八歳）にかけて発表した三冊の小説からのアンソロジーです。

一九四〇〜五〇年代の中短篇の時代を初期、一九六〇〜七〇年代前半の、フランス内外で高い評価を得た時期を中期とするならば、本書は、一九七〇年代後半から八〇年代にかけて、『刃の下』『薔薇の葬儀』の二短篇集と、最後の長篇小説『すべては消えゆく』を発表した晩期の代表作を集めたものです。

冒頭に収めた「クラッシュフー」は、一九八〇年にカルロ・グヴァリエンティのエッチングの挿画を添えて一四〇部限定の豪華本として発表された短篇小説で、一九八三年刊の短篇集『薔薇の葬儀』に再録されました。

若き日のマンディアルグのスピード狂ぶりは最初の長篇『オートバイ』に遺憾なく発揮されましたが、この長篇がオートバイを題材にしているのに対し、この一七年後の短篇小説で主役を演じるのは英国製のスポーツカー「トライアンフ・スピットファイア」です。

この車を操縦する男が主人公で、自転車に乗った美しい少女と出会い、この少女の最初の性体験の相手になるというマンディアルグ好みの展開になりますが、後半では一転して主人公は車の不調に悩まされ、少女の夢に登場した死神のような男と遭遇し、瞬く間に死のカタストロフへと巻きこまれていきます。
初期からマンディアルグの小説は死の惨劇で終わることがよくありましたが、晩期に至って彼の小説は、あらゆるものが残酷な終焉を逃れえないという運命論に色濃く染められています。「クラッシュフー」は、速度の陶酔とエロスの歓喜が一瞬にして死の運命の淵に呑みこまれるマンディアルグ世界特有の不可逆的運動を、もっとも単純かつ鮮烈に形象化した作品です。

続く「催眠術師」は日本におけるマンディアルグの人気の頂点を印した作品です。初出は一九七四年秋、日本でした。ショートショートというのがふさわしいこの掌篇は、「催眠術者」という邦題で、出口裕弘の翻訳により、サントリーの広告用書き下ろし小説として、朝日・読売・毎日の主要新聞の紙面に大々的に発表されたのです。内容はまるで落語の夢オチのようなお話ですが、そのほとんどナンセンスな物語を、マンディアルグの文体の超絶技巧で、一篇の醇乎(じゅんこ)たる短篇芸術に昇華する名人芸がまさに唯一無二の読みどころです。マンディアルグの小説的マニエリスムのひとつの極点を示す作品といっていいでしょう。

最後に収録した『すべては消えゆく』(一九八七年)は、マンディアルグの第三長篇で、最後の小説です。マンディアルグは生前からこの小説を自分の最後の作品にすると公言しており、じっさい、これが遺作となりました。ガリマール書店の初版本の裏表紙に記されたマンディアルグ自身による『すべては消えゆく』の紹介文を以下に引用しておきます。

マンディアルグのこの最後の「フィクション」は、ご覧のとおり、長篇小説(ロマン)というより、ただの物語(レシ)であって、その時間も、パリの晩春の美しい午後のひと時に限られている。男性の登場人物が大きな位置を占めているが、主役は、ボードレールの言葉を借りれば、なかば高級娼婦である女優に割りふられ、作者はこの女優を操って、ガラス屋根の下のいわば異国の庭園で、自分好みのエロティックな舞台を演出することになる。そして、物語の第二部では、メリエムという名の女がセーヌ河から全裸で出現するが、彼女の名前は、第一部の女優が自称するミリアムというヘブライ語の名前のアラブ語形にほかならず、だとするならば、一

一世紀のトレドの短剣を用い、流血によって物語に終局をもたらすもののもまた、
永遠に女性的なものの演劇的化身ではないだろうか？

A・P・M

作者自身が語るように、この小説は売春と演劇を二重化した世界でくり広げられます。売春の底にひそむ原理はエロティシズムであり、演劇をつかさどる原理は幻影です。したがって、売春の空間である娼館と、演劇がおこなわれる劇場を二重化した本書の舞台は、娼館と劇場が同心円状に重なる場所であり、そこではエロティシズムと幻影の働きによってすべてが決定されます。そして、その舞台で、娼婦でもあり女優でもある双子のようによく似た二人の運命の女（ファム・ファタル）が、男の主人公を相手に性と血の儀式を執行するというのが、『すべては消えゆく』の大きな筋書きです。

晩期のマンディアルグは、一見能動的に振舞う男が、娼館とも劇場とも見紛う空間に誘いこまれ、そこで、運命の女たちに翻弄されて、結局、犠牲者に転落していく、という物語に尋常ならざる執着を見せていました。晩期の重要な三作品は、いずれもこの構図に収まるものなのです。

短篇集『刃の下』（一九七六年）の柱をなすのは冒頭に収録された「一九三三年」という長めの短篇ですが、この小説はファシスト独裁政権下のイタリアのフェラーラを舞台にして、妻をなぶり殺しにしたいという理不尽な欲望に苛まれた男が、酒の勢いで、巨大な赤煉瓦の「正六面体」の修道院を改装した娼館を訪れ、そこで巨大な男根の張り形を装着した娼婦に犯される（？）という物語です。娼館はまだ劇場の結構を整えてはおらず、主人公の男の惨劇も未完了で、ふしぎな宙吊り感覚が全篇を支配する異色作ですが、小説家マンディアルグが執着した生涯最後のファンタスムの最初の発現といえるでしょう。

続くマンディアルグ最後の短篇集『薔薇の葬儀』の表題作は、娼館と劇場の相似性というテーマにもっと大胆に近づいています。主人公のフランス男レオンは、ある夜、パリの街中から車で拉致され、パリの西郊外にあるらしい「二重正方形」の館に連れられていきます。そこで車椅子に腕輪で縛りつけられて、その館の主人である日本人女性の死の一部始終を見守ることを強制されるのです。その女性は女優兼高級娼婦として巨万の富を貯めて、この「二重正方形」の館を終の棲家として選んだのでした。レオンにその死の儀式の目撃を強いるのは、四輪の薔薇と呼ばれる四人の日本人女性で、彼女らは自分たちの女主人の死体を海で始末したあと、ふたたびブローニュの森の滝でレオンと再会し、その後はレオンを「二重正方形」の館の主人として迎え、快楽と夢想の日々を送ろうと提案し、レオンに覆面をかぶせて解放します。自分はブローニュの森の滝に行くだろう、とレオンが思うところでこの短篇は終わります。

「薔薇の葬儀」では、マンディアルグの幾何学的想像力が「二重正方形」の館という格好の舞台で縦横に羽ばたき、エロティックな色彩を帯びた死の儀式が展開されます。しかし、ここでも、「一九三三年」と同じく、主人公の男が迎えるであろう快楽と死の惨劇は、じっさいに描きだされることなく、未来にむかってひき延ばされています。

いっぽう、『すべては消えゆく』では、「一九三三年」と「薔薇の葬儀」で宙吊りにされた性と死の惨い儀式が最後の最後まで完遂されます。その意味で、マンディアルグの最後の小説にふさわしい大団円を描きだした長篇なのです。

しかし、『すべては消えゆく』の前半は、そのような死の惨劇をほとんど予感させることのない、表面的にはのどかといえるほどの、しかしその底にはねっとりとした官能性を湛えた、パリという街を讃美する紀行文のような体裁をとっています。

主人公のユゴー・アルノルドはセーヌ河の右岸、パリ二区のシャバネ通りにある自宅のアパルトマンから出発して、リシュリュー通りを南に下り、パレ・ロワイヤル広場に出て、そこでメトロに乗り、セーヌ河の下を潜り、地下鉄の車内で淫らそうな美女と出会い、彼女といっしょにサン＝ジェルマン＝デ＝プレ駅で地上に上がり、すぐそばにあるパリでいちばん古いサン＝ジェルマン＝デ＝プレ教会に入ってひと回りし、さらに、付近の大通りや古く狭い小路を通りぬけて、七区のどこかにある「契房」に入ります。

私が「契房」と訳したフランス語の単語はfoutoirというものです。詩人のアポリネールが好んで使った造語で、foutre（一発やる）とboudoir（閨房＝寝室）を合成した言葉です。

この契房を支配する女主人サラ・サンドについて、女優にして娼婦のミリアムは、「サラ・サンドの栄誉を高めるのは、ディオニュソス流の法悦の宴なの」（本書一五九ページ）と語りますが、マンディアルグの世界を定義するのに、この「ディオニュソス流の法悦の宴（オルギア）」という言葉ほどふさわしいものはないかもしれません。かつて『オートバイ』のラストでも、死の寸前のヒロイン・レベッカの頭のなかには、「世界はディオニュソス的だ」という言葉が響きわたっていました。

『すべては消えゆく』の前半のパリも、いわばディオニュソスの徴（しるし）のもとに描かれています。冒頭にシャバネ通りの高名な娼館「大いなる館（グランド・メゾン）」への言及があるとおり、契房に至るまでのこの小説の前半は、パリという街自体がいわば性愛と陶酔の館であるような含みをもって、主人公と女が戯れる官能的な空間として描きだされているのです。

そして、契房での性の惨劇を通過したあと、ユゴー・アルノルドは傷ついた精神と肉体を浄化しようと、セーヌ河に向かって七区を北上し、オルセー美術館のあるアナトール＝フランス河岸に突きあたり、河の流れに逆行するように河岸を右へと進み、新橋（ポン・ヌフ）を渡って中洲のシテ島に降り、そこにある「女たらし（ヴェール＝ギャラン）」公園で物語の終幕を迎えます。

物語の最後は、マンディアルグが十代半ばで熱中した神秘主義哲学への帰還を印しづけるかのように、残虐な性の化身であった女ミリアムは、肉の空しさを悟った元娼婦メリエムに変身し、地上の肉体と物質から解脱するべく、自分の心臓にトレドの短剣を突きたてるのです。

すでに三〇年以上前、『海の百合』のなかで、ヒロイン・ヴァニナは自分の処女を捨てる行為が、肉体の快楽を求めるものではなく、「熱狂的で高貴な一種の陶酔を伴うものの、結局、肉体の放棄に至る破壊の原則」に従うものであることを意識していました。

マンディアルグのなかには、性愛と官能の熱狂と陶酔を求めるのと同等の比重で、その熱狂と陶酔の根拠である肉体を滅ぼしてしまいたいという神秘主義的な解脱への指向が存在しているのです。

その点において、マンディアルグは自死こそしませんでしたが、ボディビルによる肉体の鍛錬に耽溺し、しかし、その鍛えあげられた肉体を刃の一閃によってあっさりと破壊してみせた三島由紀夫に最大限の共感を捧げていました。

マンディアルグは、三島由紀夫の『サド侯爵夫人』と『熱帯樹』という二つの戯曲を翻訳しただけではありません。

『刃の下』の「一九三三年」は「三島の霊に」という献辞で始まっていますし、『すべては消えゆく』には、現代を「三島由紀夫の時代」と形容する一節もあります（本書一七三ページ）。また、ほぼ同じ個所で、螺旋階段を昇って到達するいちばん高い階層を開く扉に「究竟（くきょう）（aboutissement）」という仏教用語を当てているところは、明らかに『金閣寺』のクライマックスを想起させます。

そうした三島への共感も含めて、『すべては消えゆく』は、狂熱的な夢と幻想の錬金術師であるマンディアルグが、それらをみずからの手で惜しげもなく破壊してみせた、究極の幻滅の記念碑だといえるかもしれません。そこには、精神的遺言というべき苛烈さがあるとともに、空の空なる彼方に不感無覚の境地を求める、どこか東洋的な軽みも感じられるような気がします。

マンディアルグ年譜

一九〇九年

三月一四日、パリ一七区のヴィリエ大通りに生まれる。父ジュール・エドモン・ダヴィッド、三〇歳。母リュシー、二九歳。父母ともにプロテスタントの家系で、裕福なブルジョワだった。そのため、マンディアルグは生涯、生活のための定職に就くことはなかった。

一九一二年　三歳

母がスイスのレマン湖畔にあるヴァルモンのサナトリウムに入ったため、マンディアルグもしばしばこの地を訪れる。この療養所はリルケが最後の日々を過ごしたことで知られる。マンディアルグの母は一九六〇年代まで、このサナトリウムで療養することを好んだ。

一九一四年　五歳

七月、第一次世界大戦が始まり、八月、フランスはドイツと交戦状態に入る。マンディアルグの一家はノルマンディ海岸の保養地ディエップの近くのティベルモンにある「エピネット」荘を借りて、戦争中は主にここで過ごす。父はまもなく徴集されてイギリス軍の翻訳官として働くようになり、マンディアルグは母と乳母のミーとともに暮らす。

一九一五年　六歳

二月一五日、弟アランがパリで生まれる。

一九一六年　七歳

八月、父が砲弾の炸裂で重傷を負い、ルーアンの軍事病院に移送され、そこで亡くなる。マンディアルグは父の埋葬に出席することはできなかった。

一九一七年　八歳

このころ拒食症と吃音症を患い、吃音症は青年期まで続く。

一九一八年　九歳

パリに戻り、八区のモンソー公園に面したミュリヨ通りに住む。

一九一九年　一〇歳

母リュシーがノルマンディのヴァルジュモンの城館に近いベルヌヴァルに古い家を買う。リュシーはヴァルジュモンの城館で生まれ育ち、彼女の父は銀行家で絵画の収集家でもあったので、この城館にはしばしばオーギュスト・ルノワールが訪れ、少女リュシーはルノワールの絵のモデルになったこともある。以後一〇年ほど、マンディアルグは毎春と毎夏、このベルヌヴァルの別荘を訪れ、付近の海岸の自然を愛するようになる。

このころマンディアルグが最初に愛読した小説家は、ピエール・ロティ、ジュール・ヴェルヌ、ガストン・ルルーなど。

一九二三年　一四歳
九月、カルノー高校に入学。学業をそっちのけでアンドレ・ジッドの『地の糧』やウォルト・ホイットマンの詩に夢中になる。

一九二五年　一六歳
バカロレア（大学入学資格試験）の一次試験を四度受けてようやく合格。弟のアランと初めてのイタリア旅行でフィレンツェに行く。
バカロレアの受験予備校に入学。ヤコブ・ベーメ、エリファス・レヴィ、ルドルフ・シュタイナーなどの神秘主義的著作を耽読する。

一九二六年　一七歳
シュルレアリスムを知り、アンドレ・ブルトン、ルイ・アラゴン、ポール・エリュアールらの著作を夢中で読み耽る。
母の友人夫婦の息子で、一歳年上のアンリ・カルティエ゠ブレッソンと知りあい、親友としての長い交流が始まる。そして、相互に影響しあいながら、キュビスム絵画、黒人芸術、ヘーゲルやマルクスの哲学、ランボー、ロートレアモン、ウィリアム・ブレイク、ジェイムズ・ジョイス、プルーストなどの文学への関心を共有する。

一九二七年　一八歳
カルティエ゠ブレッソンの導きでジョ

ルジョ・デ・キリコの絵画を知り、大いなる啓示を受ける。
バカロレアの二次試験に合格。
この夏、ローマに旅行し、美術館と画廊をめぐり、未来派の芸術家たちが集う演劇カフェに通う。
初めて自分の小型オートバイを所有する。

一九二八年　一九歳
エリート校HEC（高等商業専門学院）の受験を準備しながら、ニーチェとプラトンを読み、カルティエ゠ブレッソンらとともにナイトクラブで踊り、ジャズと映画に夢中になる。

一九二九年　二〇歳
HECに合格するが、勉強はほとんどしない。
秋、イタリアで考古学とエトルリア文明の講義を受ける。

一九三〇年　二一歳
成人して父の遺産分与を受け、以後、自立した生活を送る。
アメリカ製の八気筒の幌付きオープンカー「オーバーン」を購入する。

一九三一年　二二歳
車に乗って、ひとりで、あるいはカルティエ゠ブレッソンとともにヨーロッパじゅうを旅行する。
カルティエ゠ブレッソンの紹介でレオノール・フィニーと友人になり、フィニーの紹介でマックス・エルンストと知りあう。

一九三二年　二三歳

夏、カルティエ＝ブレッソン、フィニーとともにイタリア旅行。カルティエ＝ブレッソンと仲たがいし、以後、一〇年以上にわたって不仲が続く。

一九三三年　　二四歳
秘かに執筆活動を始める。
「形而上絵画派」のイタリア人画家、フィリッポ・デ・ピシスと知りあい、親友となる。

一九三六年　　二七歳
女性芸術家メレット・オッペンハイムと知りあい、のちに恋人になる。

一九三七年　　二八歳
夏、ひとりで車に乗って、パリからドイツ、オーストリア、ハンガリー、ルーマニア、トルコ、ギリシア、イタリアなどを旅行する。
女性画家にして小説家のレオノーラ・カリントンと知りあう。

一九三八年　　二九歳
オッペンハイムとイタリアおよびスイス旅行。

一九四〇年　　三一歳
六月、ナチス・ドイツ軍がパリを占領。フランス南西部の海浜都市アルカションにいたマンディアルグは、ドイツ軍の侵攻から逃れて、フィニーや彼女の母とともに南仏に向かう。最終的にモナコのモンテ＝カルロに落ち着き、読書と執筆に耽りながら、一九四六年初頭までこの町で暮らす。

一九四三年　　三四歳

初めての書物である散文詩集『汚れた歳月』をニースで自費出版する。レオノール・フィニーのデッサンを二枚あしらい、二八〇部印刷した。

一九四六年　三七歳
この年の初め、パリに戻って三区のマレー地区にある「マルル館」で暮らす。
第一短篇集『黒い美術館』を刊行する。

一九四七年　三八歳
パリのサン゠トゥアンの蚤(のみ)の市で偶然アンドレ・ブルトンと出会い、以後、交流が始まる。
一〇月、デ・ピシスの姪、ボナ・ティベルテッリと出会う。

一九五〇年　四一歳
二月、ボナと結婚。

一九五一年　四二歳
第二短篇集『狼の太陽』を刊行し、「批評家大賞」を受賞。

一九五三年　四四歳
連作短篇集『大理石』を刊行。
ピエール・モリオンの偽名で、残虐趣味に彩られたポルノ奇譚『城の中のイギリス人』を刊行。

一九五六年　四七歳
中篇小説『海の百合』を刊行。

一九五八年　四九歳
オクタビオ・パスに招かれて、ボナとともにメキシコ旅行。同地でレオノーラ・カリントンと再会。

一九五九年　五〇歳
第三短篇集『熾火(おきび)』を刊行し、翌々年にアカデミー・フランセーズの「短篇小説賞」を受賞。

一九六一年　五二歳
ボナと離婚。

一九六三年　五四歳
初の長篇小説『オートバイ』を刊行。

一九六五年　五六歳
第四短篇集『みだらな扉』を刊行。

一九六七年　五八歳
三月、ボナと再婚。
七月、娘シビル誕生。
第二長篇『余白の街』を刊行し、ゴンクール賞を受賞。

一九七一年　六二歳
第五短篇集『海嘯（かいしょう）』を刊行。

一九七六年　六七歳
三島由紀夫の戯曲『サド侯爵夫人』のフランス語訳を刊行。
第六短篇集『刃の下』を刊行。

一九七九年　七〇歳
ボナとともに日本を訪問。

一九八三年　七四歳
第七にして最後の短篇集『薔薇の葬儀』を刊行。

一九八四年　七五歳
三島由紀夫の戯曲『熱帯樹』のフランス語訳を刊行。

一九八七年　七八歳
第三にして最後の長篇小説『すべては消えゆく』を刊行。

一九九一年　八二歳
一二月一三日、死去。

訳者あとがき

マンディアルグは、私が中学生から高校生だったころ、最愛の小説家でした。マンディアルグが書いたものの翻訳ならば断簡零墨(だんかんれいぼく)に至るまで収集し、何度も読みかえしていました。この熱狂は、生田耕作と澁澤龍彥という尊敬するフランス文学者が愛情と誠意をこめてマンディアルグの小説を優美な日本語に移してくれたことが強い動機になっていました。当時はまったくのアマチュアとしてマンディアルグの小説を楽しんでいたので、のちに自分がそれを翻訳することになろうなどとは考えてみたこともありませんでした。

マンディアルグがみずから遺作にすると明言していた『すべては消えゆく』を、翻訳してみませんか、と誘ってくれたのは、白水社の編集者、小山英俊さんでした。私は当時、勤務先の大学から研修休暇をもらってパリに滞在していて、時間だけは十分にあったので、喜んでこの仕事に取りかかりました。

マンディアルグの文章が凝りに凝ったものであることはよく承知していたのですが、翻訳には手こずりました。というのも、この小説では、主人公の男と女の会話が多くの部分を占めているのですが、これがエロティックな事柄から繊細微妙な美学上の嗜好に至るまで、あらゆることを気取り倒した言葉で語っているからです。

何よりも困ったのは、男と女のあいだで、「あなた（vous）」と「君／お前（toi）」という相手への呼びかけが、たがいの心理的立場と儀式的役柄の推移にしたがって自在に変化することで、この変化に伴って文体そのものが微妙に、あるいは劇的にゆれ動くため、その仕掛けを日本語に移しかえるのが至難のわざだったのです。

そもそもこの男女は、自分たちの言葉のやり取りが演劇的（お芝居）であることを意識し、その会話をわざと大時代な演劇の調子で交わすことを楽しんでいるので、そのフランス語をそのまま翻訳しても、とうていまともな日本語にはならず、不自然きわまりないものになってしまうのです。

思案に余って、私は、マンディアルグがフランス語に翻訳した三島由紀夫の戯曲『サド侯爵夫人』と『熱帯樹』のオリジナルの日本語版を手元において日夜拾い読みし、その演劇的文体の効果をサブリミナルに吸収しようと努めました。

そんなふうになんとか頑張って翻訳を仕上げた結果、一部の読者や評者からは望外な好評を頂戴し、ようやく胸を撫でおろしました。それが今から二四年も前の話です。その後、この『すべては消えゆく』は二〇〇二年に白水社のuブックス版で再版されたのですが、そのときは初版の単行本の字句をほとんど訂正しませんでした。

しかし、今回、光文社古典新訳文庫で一八年ぶりに版を改めるに際して、編集部から、主人公男女の会話をアップ・トゥ・デイトしてほしい、という要請を受けたのです。最初、私は、いや、もともとこの会話は擬古的な戯曲の調子で書かれているのだし、その芝居がかった反時代的なところが独自の個性なのだから、などと反論していたのですが、なにしろ二〇年以上も前の仕事であり、若い編集者の鋭敏な言語感覚にとって古臭いと感じられるならば、それはやはり可能なかぎり現代的な言葉に改めるべきだと思いなおし、vous と toi という人称代名詞の交替などもはや度外視して、なるべく自然な会話の流れになるように推敲してみました。二四年前の旧訳が「新訳」にふさわしく甦っていればこれに過ぎる幸いはありません。

ほかの二篇、「クラッシュフー」と「催眠術師」は、マンディアルグの最後の二冊の短篇集『薔薇の葬儀』と『刃の下』のなかからそれぞれいちばん好きな作品を選びました。

「クラッシュフー」は、七〇歳をこえたマンディアルグが半世紀も前の若き日に夢中になった車への情熱を突如再燃させた短篇小説で、スピードとエロスの陶酔が一転して死の運命に呑みこまれるドラマを描いています。私はこの短篇を翻訳しながら、デンマークの偉大な監督カール・テオドア・ドライヤーが撮った短篇映画『彼らはフェリーに間に合った』を思いだしていました。スピードの陶酔と死の運命というテーマが共通し、非常に親和性の高い世界を作りあげているからです。本作「クラッシュフー」は、一瞬、姿を現す死神のように不気味な男の点描や、切れ味鋭くあっけないラストの処理など、短篇の名手であるマンディアルグの技巧が遺憾なく発揮された小説です。

また、「催眠術師」は、解説でも触れたとおり、物語のナンセンスさと文体の超絶技巧が見事に融合したショートショートで、落語のようなユーモアを放っています。一九七四年秋のある日曜の朝、開いた朝日新聞にいきなりこの小説が全文掲載されているのを見たときの驚きは、それを飾る宇野亜喜良の挿画とともに、いまでもよく憶(おぼ)えています。そして、読み終えたときの満足感！　あのときの喜びが、私のマンディアルグへの熱狂の頂点を印すものだったのではないかといまにして思います。あの瞬間、私は確かにマンディアルグと同時代の空気を吸って生きていると実感しました。そんな思いもあって、今回はどうしてもこの掌篇を自分の手で翻訳してみたいと思ったのでした。

今回の翻訳でも、光文社古典新訳文庫の駒井稔さん、今野哲男さん、小都一郎さんの真摯なご尽力をいただきました。心よりお礼を申しあげます。

＊本書は一九九六年六月に白水社から刊行された『すべては消えゆく』を大幅に加筆・修正したものに、別の二篇を新たに訳して加えたものです。（編集部）

本書には、今日、許容されるべきでない「啞」という言葉や「浮浪者」「不具者」などの用語が使われています。また、特定の民族に関して「スリを仕込まれたジプシーの子供たち」など、ステレオタイプの差別的な表現も使用されています。本作品群が成立した一九八〇年代フランスの社会状況に鑑みたとしても、それぞれ不快・不適切な表現であることは間違いありません。しかしながら、本作の歴史的・文学的価値と、著者がすでに故人であることを考慮した上で、原文に忠実に翻訳することを心がけました。それが今日ある人権侵害や差別問題を考える手がかりとなり、ひいては作品の文学的価値を尊重することにつながると判断したものです。差別の助長を意図するものではないということをご理解ください。

編集部

すべては消えゆく
マンディアルグ最後の傑作集

著者　マンディアルグ
訳者　中条省平

2020年4月20日　初版第1刷発行

発行者　田邉浩司
印刷　萩原印刷
製本　ナショナル製本

発行所　株式会社光文社
〒112-8011東京都文京区音羽1-16-6
電話　03（5395）8162（編集部）
03（5395）8116（書籍販売部）
03（5395）8125（業務部）
www.kobunsha.com

落丁本・乱丁本は業務部へご連絡くだされば、お取り替えいたします。
ISBN978-4-334-75422-8 Printed in Japan

いま、息をしている言葉で、もういちど古典を

長い年月をかけて世界中で読み継がれてきたのが古典です。奥の深い味わいある作品ばかりがそろっており、この「古典の森」に分け入ることは人生のもっとも大きな喜びであることに異論のある人はいないはずです。しかしながら、こんなに豊饒で魅力に満ちた古典を、なぜわたしたちはこれほどまで疎んじてきたのでしょうか。

ひとつには古臭い教養主義からの逃走だったのかもしれません。真面目に文学や思想を論じることは、ある種の権威化であるという思いから、その呪縛から逃れるために、教養そのものを否定しすぎてしまったのではないでしょうか。

いま、時代は大きな転換期を迎えています。まれに見るスピードで歴史が動いていくのを多くの人々が実感していると思います。

こんな時わたしたちを支え、導いてくれるものが古典なのです。「いま、息をしている言葉で」——光文社の古典新訳文庫は、さまよえる現代人の心の奥底まで届くような言葉で、古典を現代に蘇らせることを意図して創刊されました。気取らず、自由に、心の赴くままに、気軽に手に取って楽しめる古典作品を、新訳という光のもとに読者に届けていくこと。それがこの文庫の使命だとわたしたちは考えています。

このシリーズについてのご意見、ご感想、ご要望をハガキ、手紙、メール等で翻訳編集部までお寄せください。今後の企画の参考にさせていただきます。
メール　info@kotensinyaku.jp

★続刊

みずうみ／人形使いのポーレ　シュトルム／松永美穂・訳

将来結婚するものと考えていた幼なじみとのはかない恋とその後日を回想する代表作（「みずうみ」）ほか、「三色すみれ」「人形使いのポーレ」を収録。若き日の甘く切ない経験を繊細な心理描写で綴ったシュトルムの傑作短編集。

戦争と平和2　トルストイ／望月哲男・訳

一八〇五年アウステルリッツの会戦でフランス軍に敗れ、負傷し行方不明になっていたアンドレイが戻った夜、妻リーザは男子を出産するのだが……。一方、ピエールは妻エレーヌの不貞への疑念からドーロホフに決闘を申し込むのだった。（全6巻）

ほら吹き男爵の冒険　ビュルガー／酒寄進一・訳

東西南北、海や地底、そして月世界にまでも……。かのミュンヒハウゼン男爵はいかにして、世界各地を旅し、八面六臂、英雄的な活躍をするに至ったのか。その奇妙奇天烈な体験が、彼自身の口から語られる！　有名なドレの挿画もすべて収録。